〈김광순 소장 필사본 고소설 100선〉

곽해룡전 · 유씨전

역주 강영숙姜英淑

대구에서 태어나 학업을 쌓았다. 경북대학교 대학원에서『조선후기열녀전의 유형과 의미朝鮮後期 烈女傳의 類型과 意味』로 문학석사 학위를 받았고, 영남대학교 대학원에서『한국의 열녀전 연구』로 문학박사 학위를 받았다. 2006년에 한국불교문인협회 제7회 신인상 수상 시부문에 당선되어 등단했다. 시작품으로『대지大地』,『귀원歸原』,『만추晩秋』,『해인사』 등이 있다. 논문으로「조선조 열녀전의 구성 방식과 문학사적 의의」(정신문화연구 제30권 2호, 한국학중앙 연구원, 2007) 등 다수가 있고 저서로『대구지명유래총람』(공저) 등 6권, 역서譯書『국역인백당 선생일고國譯忍百堂先生逸稿』(2006),『국역계산유고國譯桂山遺稿』(2012) 등이 있다. 현재 경북대와 향교에서 강의하고 있다.

택민국학연구원 연구총서 40
〈김광순 소장 필사본 고소설 100선〉

곽해룡전 · 유씨전

초판 인쇄 2017년 12월 5일
초판 발행 2017년 12월 10일

발행인 비영리법인택민국학연구원장
역주자 강영숙
주 소 대구시 동구 아양로 174 금광빌딩 4층
홈페이지 http://www.taekmin.co.kr

발행처 (주)박이정
        대표 박찬익 ▎편집장 권이준 ▎책임편집 조은혜
주 소 서울시 동대문구 천호대로 16가길 4
전 화 02) 922-1192~3 ▎**팩스** 02) 928-4683
홈페이지 www.pjbook.com ▎**이메일** pijbook@naver.com
등 록 2014년 8월 22일 제305-2014-000028호

ISBN 979-11-5848-359-3 (94810)
ISBN 979-11-5848-353-1 (셋트)

* 책값은 뒤표지에 있습니다.

택민국학연구원 연구총서 40

김광순 소장 필사본 고소설 100선

곽해룡전 · 유씨전

강영숙 역주

(주)박이정

21세기를 '문화 시대'라 한다. 문화와 관련된 정보와 지식이 고부가가치를 지니기 때문에, '문화 시대'라는 말을 과장이라 할 수 없다. 이러한 '문화 시대'에서 빈번히 들을 수 있는 용어가 '문화산업'이다. 문화산업이란 문화 생산물이나 서비스를 상품으로 만드는 산업 형태를 가리키는데, 문화가 산업 형태를 지니는 이상 문화는 상품으로서 생산·판매·유통 과정을 밟게 된다. 경제가 발전하고 삶의 질에 관심을 가질수록 문화 산업화는 가속도가 붙을 것이다.

문화가 상품의 생산 과정을 밟기 위해서는 참신한 재료가 공급되어야 한다. 지금까지 없었던 것을 만들어낼 수도 있으나, 온고지신溫故知新의 정신으로 오랜 세월에 걸쳐 그 훌륭함이 증명된 고전 작품을 돌아봄으로써 내실부터 다져야 한다. 고전적 가치를 현대적 감각으로 재현하여 대중에게 내놓을 때, 과거의 문화는 살아 있는 문화로 발돋움한다. 조상들이 쌓아 온 문화유산을 소중히 여기고 그 속에서 가치를 발굴해야만 문화 산업화는 외국 것의 모방이 아닌 진정한 우리의 것이 될 수 있다.

이제 고소설에서 그러한 가치를 발굴함으로써 문화 산업화 대열에 합류하고자 한다. 소설은 당대에 창작되고 유통되던 시대의 가치관과 사고 체계를 반드시 담는 법이니, 고소설이라고 해서 그 예외일 수는 없다. 고소설을 스토리텔링, 영화, 드라마, 애니메이션 CD 등 새로운 문화 상품으로 재생산하기 위해서는, 문화생산자들이 쉽게 접하고 이해할 수 있게끔 고소설을 현대어로 옮기는 작업이 선행되어야 한다.

고소설의 대부분은 필사본 형태로 전한다. 한지韓紙에 필사자가 개성 있는 독특한 흘림체 붓글씨로 썼기 때문에 필사본이라 한다. 필사본 고소설을 현대어로 옮기는 작업은 쉽지가 않다. 필사본 고소설 대부분이 붓으로 흘려 쓴 글자인 데다 띄어쓰기가 없고, 오자誤字와 탈자脫字가 많으며, 보존과 관리 부실로 인해 온전하게 전승되지 못하는 경우가 많다. 그뿐만 아니라, 이미 사라진 옛말은 물론이고, 필사자 거주지역의 방언이 뒤섞여 있고, 고사성어나 유학의 경전 용어와 고도의 소양이 담긴 한자어가 고어체로 적혀 있어서, 전공자조차도 난감할 때가 있다. 이러한 이유로, 고전적 가치가 있는 고소설을 엄선하고 유능한 집필진을 꾸려 고소설 번역 사업에 적극적으로 헌신하고자 한다.

필자는 대학 강단에서 40년 동안 강의하면서 고소설을 수집해 왔다. 고소설이 있는 곳이라면 주저하지 않고 어디든지 찾아가서 발품을 팔았고, 마침내 474종(복사본 포함)의 고소설을 수집할 수 있게 되었다. 필사본 고소설이 소중하다고 하여 내어놓기를 주저할 때는 그 자리에서 필사筆寫하거나 복사를 하고 소장자에게 돌려주기도 했다. 그렇게라도 하지 않았다면 지금쯤 벽지나 휴지의 재료가 되어 소실되었을 가능성이 크다. 본인이 소장하고 있는 작품 중에는 고소설로서 문학적 수준이 높은 작품이 다수 포함되어 있고 이들 중에는 학계에도 알려지지 않은 유일본과 희귀본도 있다. 필자 소장 474종을 연구원들이 검토하여 100종을 선택하였으니, 이를 〈김광순 소장 필사본 고소설 100선〉이라 이름 한 것이다.

〈김광순 소장 필사본 고소설 100선〉 제1차본 번역서에 대한 학자들의 〈서평〉만 보더라도 그 의의가 얼마나 큰 지를 알 수 있다. 한국고소설학회 전회장 건국대 명예교수 김현룡박사는 『고소설연구』(한국고소설학회) 제39집에서 "아직까지 연구된 적이 없는 작품들이 다수 포함되어 있어서 앞으로 국문학연구에 크게 기여할 것"이라 했고, 국민대 명예교수 조희웅박사는『고전문학연구』(한국고전문학회) 제47집에서 "문학적인 수준이 높거나 학계에 알려지지 않은 유일본과 희귀본 100종만을 골라 번역했다"고 극찬했다. 고려대 명예교수 설중환박사는『국학연구론총』(백민국학연구원) 제15집에서 "한국문화의 세계화라는 토대를 쌓음으로써 한국문학에 크게 기여할 것이라'고 했다. 제2차본 번역서에 대한 학자들의 서평을 보면, 한국고소설학회 전회장 건국대 명예교수 김현룡박사는『국학연구론총』(백민국학연구원) 제18집에서 "총서에 실린 새로운 작품들은 우리 고소설 학계의 현실에 커다란 활력소가 될 것"이라고 했고, 고려대 명예교수 설중환박사는『고소설연구』(한국고소설학회) 제41집에서 〈승호상송기〉, 〈양추밀전〉 등은 학계에 처음 소개하는 유일본으로 고전문학에서의 가치는 매우 크다"라고 했다. 영남대교수 교육대학원 교수 신태수박사는『동아인문학』(동아인문학회) 31집에서 전통시대의 대중이 향수하던 고소설을 현대의 대중에게 되돌려준다는 점과 학문분야의 지평을 넓히고 활력을 불어 넣는다고 하면서 "조상이 물려준 귀중한 문화재를 더 이상 훼손되지 않도록 갈무리 할 수 있는 문학관이나 박물관 건립이 화급하다"고 했다.

언론계의 반응 또한 뜨거웠다. 매스컴과 신문에서 역주사업에 대한 찬사가 쏟아졌다. 언론계의 찬사만을 소개해보면 다음과 같다. 조선일보(2017.2.8)의 경우는 "古小說, 일반인도 쉽게 읽을 수 있도록"이라는 제하에서 "우리 문학의 뿌리를 살리는 길"이라고 극찬했고, 매일신문(2017.1.25)의 경우는 "고소설 현대어 번역 新문화상품"이라는 제하에서 "희귀·유일본 100선 번역사업, 영화·만화 재생산 토대 마련"이라고 극찬했다. 영남일보(2017.1.27)의 경우는 "김광순 소장 필사본 고소설 100선 3차 역주본 8권 출간"이라는 제하에서 "문화상품 토대 마련의 길잡이"이라고 극찬했고, 대구일보(2017.1.23)의 경우는 "대구에 고소설 박물관 세우는 것이 꿈"이라는 제하에서 "지역 방언·고어로 기록된 필사본 현대어 번역"이라고 극찬했다.

물론, 역주사업이 전부일 수는 없다. 역주사업도 중요하지만, 고소설 보존은 더욱 중요하다. 고소설이 보존되어야 역주사업도 가능해지기 때문이다. 고소설의 보존이 어째서 얼마나 중요한지는 『금오신화』 하나만으로도 설명할 수 있다. 『금오신화』는 임진왜란 이전까지는 조선 사람들에게 읽히고 유통되었다. 최근 중국 대련도서관 소장 『금오신화』가 그 좋은 근거이다. 문제는 임란 이후로 자취를 감추었다는 데 있다. 우암 송시열도 『금오신화』를 얻어서 읽을 수 없었다고 할 정도이니, 임란 이후에는 유통이 끊어졌다고 해야 할 것이다. 그럼에도 『금오신화』가 잘 알려진 데는 이유가 있다. 작자 김시습이 경주 남산 용장사에서 창작하여 석실에 두었던 『금오신화』가 어느 경로를 통해 일본으로 반출되어 몇 차례 출판되었기 때문이다. 육당 최남선이 일본에서 출판된 대총본 『금오신화』를 우리나라로 역수입하여 1927년 『계명』 19호에 수록함으로써 비로소 한국에 알려졌다. 『금오신화』 권미卷尾에 "서갑집후書甲集後"라는 기록으로 보면 현존 『금오신화』가 을乙집과 병丙집이 있었으리라 추정되며, 현존 『금오신화』 5편이 전부가 아닐 가능성이 높다. 귀중한 문화유산이 방치되다 일부 소실되는 지경에까지 이르렀으니, 한국인으로서 부끄럽기 그지없다.

　　이런 문제를 해결하기 위해서는 필사본 고소설을 보존하고 문화산업에 활용할 수 있는 '고소설 문학관'이나 '박물관'을 건립해야 한다. 고소설 문학관이나 박물관은 한국 작품이 외국으로 유출되지 못하도록 할 뿐 아니라 개인이 소장하면서 훼손되고 있는 필사본 고소설을 체계적으로 관리하는 데 크게 기여할 수 있다.

　　현재 가사를 보존하는 '한국가사 문학관'은 있지만, 고소설의 경우에는 그와 같은 시설이 전국 어느 곳에도 없으므로, '고소설 문학관'이나 '박물관' 건립은 화급을 다투는 일이다.

고소설 문학관 혹은 박물관은 영남에, 그 중에서도 대구에 건립되어야 한다. 본격적인 한국 최초의 소설은 김시습의 『금오신화』로서 경주 남산 용장사에서 창작되었음을 상기할 필요가 있다. 경주는 영남권역이고 영남 권역 문화의 중심지는 대구이기 때문에, 고소설 문학관 혹은 박물관을 대구에 건립하지 않으면 안 된다. 고소설 문학관 혹은 박물관 건립을 통해 대구가 한국 문화 산업의 웅도이며 문화산업을 선도하는 요람이 될 것을 확신하는 바이다.

2017년 11월 1일

경북대학교명예교수 · 중국옌볜대학교겸직교수
택민국학연구원장 문학박사　김 광 순

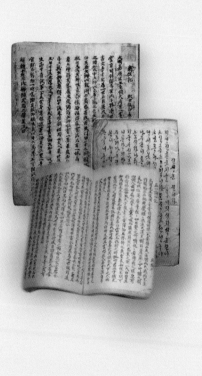

일러두기

1. 해제를 앞에 두어 독자의 이해를 돕도록 하고, 이어서 현대어역과 원문을 차례로 수록하였다.

2. 해제와 현대어역의 제목은 현대어로 옮긴 것으로 하고, 원문의 제목은 원문 그대로 표기하였다.

3. 현대어 번역은 김광순 소장 필사본 한국고소설 474종에서 정선한 〈김광순 소장 필사본 고소설 100선〉을 대본으로 하였다.

4. 현대어역은 독자들이 쉽게 이해할 수 있도록 한글 맞춤법에 맞게 의역하는 것을 원칙으로 하고, 어려운 한자어에는 한자를 병기하였다. 낙장 낙자일 경우 타본을 참조하여 의역하였다.

5. 화제를 돌리어 딴말을 꺼낼 때 쓰는 각설却說·화설話說·차설且說 등은 가능한 적당한 접속어로 변경 또는 한 행을 띄움으로 이를 대신할 수 있도록 하였다.

6. 낙장과 낙자가 있을 경우 다른 이본을 참조하여 원문을 보완하였고, 이본을 참조해도 판독이 어려울 경우 그 사실을 각주로 밝히고, 그래도 원문의 판독이 불가능한 경우에만 □로 표시하였다.

7. 고사성어와 난해한 어휘는 본문에서 풀어쓰고, 그렇지 않은 경우에는 각주를 달아서 참고하도록 하였다.

8. 원문은 고어 형태대로 옮기되, 연구를 돕기 위해 띄어쓰기만 하고 원문 면수를 숫자로 표기하였다.

9. 각주의 표제어는 현대어로 번역한 본문을 대상으로 하였다.

예문 1) 이백李白 : 중국 당나라 시인. 자는 태백太白, 호는 청련거사靑蓮居士 중국 촉蜀땅 쓰촨[四川] 출생. 두보杜甫와 함께 시종詩宗이라 함.

10. 문장 부호의 사용은 다음과 같다.

1) 큰 따옴표(" ") : 직접 인용, 대화, 장명章名.

2) 작은 따옴표(' ') : 간접 인용, 인물의 생각, 독백.

3) 『 』 : 책명冊名.

4) 「 」 : 편명篇名.

5) 〈 〉 : 작품명.

6) [ ] : 표제어와 그 한자어 음이 다른 경우.

목차

제1부 곽해룡전

제2부 유씨전

곽해룡젼

Ⅰ. 〈곽해룡전〉 해제

『곽해룡전』은 창작 연대, 작자
가 미상인 국문본 고소설로 군담
을 소재로 한 군담소설이다. 역주
한『곽해룡전』은 김광순 소장 필
사본 고소설 474종 중에서 100종
을 정선한 〈김광순소장 필사본고
소설 100선〉중의 하나이다. 본고
『곽해룡전』은 한지에 가로 18cm,
세로 28cm이며 붓글씨 흘림체로
쓴 총 106면, 각 면 9행, 각행 평균
37자의 필사본 고소설이다.

〈곽해룡전〉

이 외에도『곽해룡전』의 필사본으로는 조희웅의『고전소설
연구자료 총서』(2000년),『고전소설연구보정』(2006년)에 의하
면 김광순 소장본 이 외에 정명기소장본 두 종류가 있고 이윤석
소장본 등이 알려져 있다.

활자본으로는 세창서관에서 간행한 것을 비롯, 신구서림, 영
창서관, 한흥서림에서 발행한 것이 있으며 발행한 곳이 미상인
〈곽희룡전〉도 있다. 뿐만 아니라 조선서관에서 간행한 〈쌍두
장군전〉이란 이름으로 제목을 달리하여 간행한 것도 전하고

있다. 본고의 대본은 이들 작품군과는 이본의 관계이지만 낙자 혹은 낙장은 이들 작품을 참조 보완하였다.

또한, 조희웅의『고전소설 이본목록』에 의거하면『곽해룡전』은 많은 이본이 전하고 있는데, 그 중 14본은 국문필사본이며, 9본은 국문활자본이다. 작자는 알려져 있지 않으며, 창작연대는 17세기 이후로 보인다. 현재까지『곽해룡전』에 대한 연구는 다른 소설과 달리 부진한 상태이며, 단행본에서 줄거리 정도가 간단하게 소개되는 정도이다.

『곽해룡전』은 전술한 대로 군담소설이다. 군담소설은 조선조 후기에 많이 나온 한글소설로서 전쟁을 통해서 주인공의 영웅적인 활약상을 담고 있는 작품 군이라고 할 수 있다. 이러한 소설의 주인공은 '영웅의 일대기'라는 전기적 서사유형에 부합되는 경우가 많아서 영웅소설이란 명칭으로 불리어지기도 한다.

그러나, 영웅소설은 주인공의 유형에 따른 명칭으로서, 사실상 고소설은 거의 모두가 영웅소설이므로 이 명칭을 독립된 장르명으로 정하는 것은 무리가 있다. '군담소설'은 국가 간의 전쟁이 중심이 되는 소설을 가리키는 명칭이므로 영웅소설과는 내포가 다르며, 영웅소설의 하위분류에 해당한다. 군담소설이 아닌 영웅소설은 있으나, 영웅소설이 아닌 군담소설은 존재하지 않는다.

『곽해룡전』도 '영웅의 일대기' 구조에 부합하는 일대기를 지닌 주인공이 등장하는 영웅소설이면서 동시에 국가 간의 전쟁이 중심이 되는 군담소설이다. 이 작품의 줄거리를 살펴보면 다음과 같다.

원나라 시절, 재상 곽춘군이 조정의 일을 접고 낙향하여 세월을 보내고 있었다. 어느 날 죽림사 노승이 퇴락한 절을 보수하니 시주를 부탁한다는 말에 자신에게는 늙도록 후손이 없으니 혹 여의하시면 후손이나 점지 하도록 빌어달라고 하면서 아낌없이 노승에게 황금 일만 냥을 희사하였다. 그리고 난 뒤 얼마 후 곽승상의 꿈에 한 홍의동자가 나타나 자신은 남해 용왕의 아들로 금성에 온 이태백과 시문을 다투다가 상제의 노여움을 사서 인간 세상에 내쳐졌사온데 남해 죽림사 관음께서 이리로 지시하옵기로 왔사오니 거두어 어여삐 여겨 달라고 한다. 그로부터 얼마 되지 않아 부인에게 태기가 있어 옥동자 해룡이 탄생하였다. 자라면서 총명함이 예사롭지 않고 무불통지하니 승상의 기쁨 이루 말 할 수가 없었다.

이때, 변국의 오랑캐들이 강성하여 변방을 침노함에 시절이 평화롭지 못하여 청렴 강직한 승상 곽춘군을 조정으로 다시 부르니 다분한 국사에 황명을 거역 할 수 없어 부인과 해룡을 이별하고 황성에 올라간다. 황제가 나라의 안녕과 기강을 걱정하니 목숨을 다해 상을 보필할 것을 다짐한다. 그리고 각 도 각 읍에 상황을 살피고 물어 곡식 창고를 열어 진휼하니 승상의 명망과 교화가 천하에 진동하였다. 그러던 중 왕이 득병하여 세상을 떠나고 태자가 뒤를 이었다. 왕이 아직 나이가 어려 승상의 근심이 깊었던 차에, 승상으로 인해 자신의 뜻대로 매사가 뜻대로 되지 않던 자들이 승상이 지금 어린 왕을 처단하고 모월 모일에 여차여차 모반을 꾸미고 있다며 승상을 모해한다. 황제 간신들의 참소를 그대로 믿고 멀리 삼만 팔 천리나 떨어진 설산도로 귀양을 보낸다. 이 소식을 전해들은 승상 부인은 탄식하고 열다섯 살 해룡은 자식 된 도리로 앉아만 있을 수 없다고 여겨 어머님께 인사를 올리고 삼년을 기약하고 아버님께서 그렇게 된 연유와 또 귀양 간 설산도에 부친도 뵐 것을 기약하며 길을 떠난다. 적소謫所의 아버지를 만나러 가는 도중 적소검摘小劍과 보신갑保身甲을 얻고 응천대사를 만나 용문산으로 들어가 무술을 연마하게 된다. 한편 고향에 남아 있던 해룡의 모친은 간신들에게 가산까지 모두 몰수를 당하고 자신은 궁비가 되어 어려운 궁중생활을 하던 중, 마침 전 황제 때 이부상서였던 방춘의 딸 차연도 부친이 억울한 누명을 쓰고 유배지로 떠난 후 궁비가 되어 황제를 모시고 있어 차연이 왕에게 말씀드려 적성공주를 모시도록 주선을 한다. 이때 황제를 상대로 서쪽 변방에서 반기를 들며 쌍두장군 백동학을 선봉으로 군사 백만을 거느리고 중원을 독차지 하려하니 황제가 장군들과 의논하여 대적하나 백동학의 기세를 꺾을 수가 없었다. 용문산에서 수학하고 있던 해룡이 대사의 지시를 받아 황성으로 오다가 도중에서 용마를 얻고 부친의 부하들과 합세하여 황성으로 올라와 황성을 탈환하고 적군에게 생포되어 있던 황제를 구출하여 환궁케 한다. 해룡이 도사를 찾아가자 위험시에 펴보라며 봉서를 준다. 다시 진변이 묵특을 내세워 난을 일으키는데 부친을 찾고자 설산도에 있는 유배지로 가 보니, 벌써 적군 진변에서 부친을 잡아 가고 난 뒤였다. 해룡은 단신으로 부친을 구출하려고 반역을 꾀한 진변 대장 묵특과 겨루다 위험에 처하게 된다. 이에 해룡은 봉서를 뜯어보고 위기를 넘겨 적의 손에 처형되려는 부친을 구출하고 진변왕의 항복을 받아 중원에 대한 충성을 다짐받는다. 해룡은 황성으로 올라가 간신을 모조리 처형하고 황제를 알현하니 이에 황제가 크게 기뻐하고 해룡의 충성을 가상히 여겨 좌승상으로 삼고 공주와 인연을 맺게 한다. 그 후 해룡은 위왕의 책봉을 받고, 위 왕국으로 부임하여 선정을 베풀고 이상적인 왕국을 세운다.

라는 이야기다.

『곽해룡전』에 나타난 서사 구조의 의미는 크게 두 가지로 나누어진다.

중세적 질서를 긍정하는 보수성과 서민층의 의식 반영으로 볼 수 있다. 중세적 질서를 긍정하는 보수성은 조선 후기 영웅소설의 일반적인 한계로 지적되고 있는 것이, 중세적 질서를 긍정하는 보수성이다. 이것은 대중소설의 한계이기도 하다. 영웅소설에서는 현세적 질서와 독자 대중의 지지가 '천명天命'의 이름을 가지고 작품 전체를 지배한다. 군담소설에서 '천명'은 작품의 서사적 구조에 대응되는 것으로, 핵심 갈등뿐 아니라 갈등 주체에 해당되는 인물의 성격, 운명, 나아가 갈등의 해결에 이르기까지도 천명과 긴밀히 대응되면서 서사화되고 있다.[1]

조선 후기 소설에서 '천명'은 중세적 질서를 긍정하는 방향으로 설정되는 것이 보통이었다. 그런 천명을 바탕으로 '화이관華夷觀'도 소설의 기본적 전제로 등장한다.

18세기 대량으로 창작된 영웅소설은 군담소설과 겹치는 경우가 많다. 군담소설이 임병양란 이후의 민족의식을 표출한 작품 군이라는 견해는 정설이 되어 있다. 그러나 발생 당시에 절실한 시대적 의미와 아픔을 담고 있었던 유형이라도, 시간이 지나 세대가 교체되면 그 처음의 의미는 희석된다.

게다가 조선후기의 영웅소설은 진지한 문학적 성찰에 의해서라기보다는 대중의 요구에 영합하여 창작된 소설이므로, 발생 당시의 시대의식과 의미는 더욱 쉽게 희석된다.

군담소설은 역사군담소설에서 번안군담소설과 창작군담소설로 진행되었다. 초기의 역사군담소설은 조선을 배경으로 전란의 역사적 체험을 직접 소설의 내용으로 끌어들임으로써 외적, 특히 호胡에 대한 적개심을 표출하고 있다. 그러나 창작군담

---

1) 김현양, 『조선조 후기의 군담소설 연구』- 개념, 유형, 성격 문제를 중심으로, 연세대학교 박사학위 논문, 1994, p.114.

소설의 시대로 넘어가면 가상의 중국을 배경으로 화華와 이夷의 대결을 전개시킴으로써, 전란의 체험은 낭만적인 가상공간 뒤로 숨겨지고 호胡에 대한 적개심은 중세적 가치관에 입각한 관념적 '화이관'에 자리를 양보한다. 여기서 근대적 민족주의가 중세적 범凡세계관을 대신하면서 갈등의 범위가 국내로 좁혀져, 화이華夷의 갈등은 몰락한 충신에게 패자부활의 기회를 제공하는 상투적 수단으로밖에는 다루어지지 않는다.

'군담소설'을 '영웅소설'에서 구분해내는 변별요소는 '국가 갈등을 기본 갈등으로 서사화하고 있는 소설'이라는 항목이다. 이렇게 볼 때 군담소설에서는 ① 중국을 배경으로 하여 ② 외적의 중국 침입이라는 사건을 통해 ③ 중국의 천자와 외적의 왕이 대립한다.2)라는 서사요소가 반드시 나타나게 된다. 『곽해룡전』은 이 세 가지 서사요소를 모두 충족시킨다.

영웅소설에서 '천명'은 주인공 출생시의 신이한 태몽과 적강화소, 고난을 당할 때의 초월적 도움으로 구체화된다. 『곽해룡전』에서도 이러한 '천명'이 등장하여 주인공이 입신양명의 유교적 이상을 가능하게 된다. 또한, 영웅소설에서 '화이관'은 외적에 대한 부정적 형상화에서 나타난다. 외적에 대한 부정적 형상화를 통해 주인공이 공명주의를 근간으로 하여 국가에 큰 공을 세워 충효사상을 고취시키려는 모습을 보여 중세적 질서를 긍

---

2) 김현양, 전게 논문, p.103.

정하는 보수성을 보이고 있다.

〈곽해룡전〉

서민층의 의식 반영으로는 18세기 영·정조 시대를 기점으로 하는 조선 후기는 자생적 자본주의의 맹아기다. "정치, 사상적인 측면에서는 북학파 학자들에 의해 실학이 등장하였고, 자본주의의 맹아, 신분제도의 붕괴, 서민의시의 성장 등이 나타났다. 그리고 문학적인 측면에서도 정치, 사상의 근대적 기운에 편승하여 전대의 양반 중심의 문학에서 벗어나 서민의식의 문학이 주도권을 잡게 되었다."3) 화폐경제가 발달하면서 서민과 여성의 여가 시간이 늘어났고, 그때까지 서민들이 즐기던 문학 장르가 집대성되면서 소설에 대한 요구가 크게 증가했다.

『곽해룡전』에서도 표면적으로는 전통적인 유교윤리가 강조되면서도 이면에는 충忠이나 열烈에 대한 전통윤리로부터의 일탈이 심하다는 점을 찾아 볼 수 있다. 주인공의 '천명'에 의한 영웅적 활약상도 결국 비현실적인 도술전을 통해 이루어진 것

---

3) 김광순, 『한국고소설사』 국학자료원, 2001. pp.287-288.

이며, '천상 존재의 지상 대립'의 결과가 지상에서 부귀영화를 누리는 것으로 결론이 나 서민층이 현실에서 누리고 싶은 욕망을 대변해 주고 있다고 볼 수 있다.

또한 현실적으로 불가능한 염원을 도선적 신비주의에 근거한 상상을 통하여 실현하고 있다는 점에서 당시 일반 대중의 흥미의 성향과 상상력의 특징을 보여주는 작품이다.

작품 속에서는 유교적 사회현실 속에서도, 당시 서민층의 생활에 깊숙이 파고들어 영향을 미쳤던 불교적 색채가 작품 곳곳에서 드러나 있다. 주인공의 출생이 불공에 의한 것이고, 진변국을 칠 때 남해 죽림사에서 7일 동안 불공을 드려 도를 깨쳤다는 것, 운수산雲水山 용왕당龍王堂을 찾아 용제龍祭를 지내고 음조陰助를 얻었다든가, 진변과 접전 때 오백 나한과 삼만육십사천왕三萬六十四天王을 부렸다는 내용은 모두 불교사상에 깊이 뿌리를 두고 있음을 말해 준다. 따라서 『곽해룡전』은 중세적 질서를 긍정하는 보수성과 서민층의 의식이 잘 투영된 작품으로 읽고 음미해 볼 만하다.

Ⅱ. 〈곽해룡전〉 현대어역

옛날 원나라 시절, 능주 땅에 한 재상이 있어 성은 곽이요 이름은 춘군이라. 일찍이 소년등과少年登科[1]하여 벼슬이 우승상에 이르렀으며 청렴 강직한 성품으로 조정은 물론 백성들에게까지 명망이 자자하였다. 그러나 끝내 벼슬엔 큰 뜻이 없어 조정의 일을 접고 고향에 돌아와 낮에는 밭 갈고 아침저녁 물고기를 낚으며 한가한 세월을 보내니 사람들이 산림거사라 하더라. 재물도 넉넉하여 남부러울 것이 없으나 늦도록 일 점 혈육이 없어 부인과 더불어 매양 근심하였다.

그러던 중, 문득 하루는 시비侍婢가 이르러 아뢰기를

"문 밖에 웬 노승이 찾아와 승상어른을 뵙고자 하나이다."

하니, 승상이 곧 답하고 나와 단상에 올라와 노승을 살펴보니 풍모가 수려하고 고고한 거동이 예사롭지 않은 스님 같았다.

승상이 묻기를

"대사께서 이런 누지에 굳이 임하셨으니 무슨 허물을 일러주고자 하시나이까?"

하니, 노승이 왈

"소승은 남해 죽림사 암자인 관음사에 있사옵니다. 수년 동안 암자가 퇴락頹落[2]하여 불원천리하고 승상 댁에 왔사오니 바라

---

1) 소년등과少年登科 : 어린 나이에 과거에 나아가 벼슬에 오름.
2) 퇴락頹落 : 부서지고 허물어짐.

옵건대 시주하옵소서."

하며, 두 번 절하고 권선勸善[3]을 올리거늘

승상이 속으로 헤아리기를

'내 재물이 많으나 전할 곳이 없으니 차라리 불전佛前[4]에 시주하여 남은 생을 닦으리라.'

하고, 흔쾌히 허락하며 황금 일만 냥을 주었다.

"이것이 비록 적으나 대사께서 멀리 오신 정을 표하오니 부디 약소하다 말고 보태어 쓰시고 불전에 발원하여 병신자식이나마 점지하시어 훗날이나 닦게 하옵소서."

하며, 백수白首에 눈물을 흘리거늘

노승이 아름답고 측은히 여겨

"지성이면 감천이라 하오니 세존께 발원하여 보사이다."

하며, 하직하고 섬돌 아래로 내려가 문밖에 나서는 덧 하더니 어느새 간 곳이 없거늘 승상이 그제야 도승인 줄 알고 공중을 향하여 백배 사례하고 즉시 내당에 들어가 부인에게 노승이 하던 말을 이르며 서로 즐거워하였다. 그날 밤 하늘에서 오색이 영롱하여 홍의동자가 내려와 절하며 여쭈기를

"소자는 남해용왕의 아들로 부왕을 모시고 천궁天宮에 가다가 서방 금성[5]에 있는 이태백과 더불어 백학승부白鶴勝負[6]를 다투

---

3) 권선勸善 : 불가에서 시주하기를 청함. 착한 일을 하도록 권장함.
4) 불전佛前 : 부처님 앞. 부처 혹은 부처님이 계시는 사원(佛殿)을 이르는 말.
5) 금성金星 : 금성은 태백성으로 이백의 어머니가 태백성이 품으로 들어오는

었더니 상제께서 노하시어 태백은 적거謫居[7]하옵고 소자는 인간 세상에 내치셨습니다. 소자 갈 곳을 몰라 주저하던 차에 마침 남해 죽림사 관음을 만나 이리로 지시하시기에 왔사오니 어여삐 여겨주소서."

하고, 앞에 안기거늘 놀라 깨어나니 남가일몽南柯一夢[8]이라.

꿈에 있었던 일을 말하며 부인과 더불어 이부자리에 들어 희락자락喜樂自樂[9]하였다. 그 달로 부터 부인이 잉태하여 열 달이 차니 하루는 온 집안에 오색구름이 일어나며 뇌성벽력이 진동하더니 이윽고 부인이 활달한 일개 옥동을 탄생하였다. 승상이 크게 기뻐하며 시비를 불러 향 물에 씻겨 누이는 등 정성이 대단하였다. 아이의 상을 살펴보니 용의 얼굴에 곰의 등이며 이리의 허리라. 소리는 웅장하고 두 손은 만인을 거두고 어루만지는 훌륭한 패왕霸王[10]이라. 그 형용이 꿈에 보던 홍의 동자였다. 이름은 '해룡'이라 하고 자字를 '운'이라 하였다.

점점 자라매 총명聰明함이 예사롭지 않았다. 시서백가詩書百

꿈을 꾸고 이태백을 낳았다고 하는데서 유래.

6) 백학승부白鶴勝負 : 이태백이 살아 생전 학을 소재로 시를 짓기도 하였는데 용왕의 아들이 천궁에서 이미 고인이 된 이태백을 만나 학을 소재로 시의 승부를 다투다가 상제의 노여움을 사게 되었다는 것.

7) 적거謫居 : 귀양을 감.

8) 남가일몽南柯一夢 : 남쪽 나뭇가지 밑에서 잠간 단잠을 자며 꾸는 꿈. 세상 일이 덧없음을 비유할 때 쓰이는 말이기도 함.

9) 희락자락喜樂自樂 : 기쁘고 즐거움.

10) 패왕霸王 : 왕 중의 으뜸.

家11)를 무불통지無不通知12)하고 역대 제왕들의 흥망성쇠興亡盛衰를 모르는 것이 없더라. 승상이 더욱 사랑하여 한시도 떠나지 못하게 하며 부인과 함께 기뻐하며 왈

"해룡은 나는 새 중에 봉황이요 달리는 짐승 중에는 기린과 같으니 인간 중에 호걸이라 일후에 조선을 빛낼 것이니 어찌 아름답지 않으리오."

라고 하였다.

이때, 원제元帝 즉위 이십삼 년이라. 변국의 오랑캐들이 강성하여 변방을 침노함에 시절이 평화롭지 못하여 국가에 다사다난한 일이 많으나 조정에 총명한 인재가 제대로 없기에 황제 곽춘군의 청렴 강직함을 통촉하시어 예조낭관禮曹郎官13)을 보내어

"패초牌招14)하라"

하시니, 예조 낭관이 승상의 복직 옥지玉늡15)를 가지고 불일不日16)에 내려와 승상 의관을 정제하고 유지를 받들게 하였다. 승상이 북향사배北向四拜17) 한 후에 낭관을 대접하고 내당에

---

11) 시서백가詩書百家 : 사서삼경四書三經과 고래古來 제가백가들이 남긴 글.
12) 무불통지無不通知 : 두루 통달하여 막히는 곳이 없음.
13) 예부낭관禮部郎官 : 조선 시대 예부에 소속 된 문관.
14) 패초牌招 : 조선 시대에, 임금이 승지를 시켜 신하를 부르던 일. '命' 자를 쓴 나무패에 신하의 이름을 써서 소속관원을 시켜서 보냄.
15) 옥지玉늡 : 임금이 내린 敎늡.
16) 불일不日 : 불일내, 며칠 걸리지 아니하는 동안.

들어가 부인에게 왈

"내 본디 벼슬에 뜻이 없어 조정을 하직하고 고향에 돌아왔더니 천만의외로 황명皇命이 이렇듯 간절하고 나라에 국사가 다분하기로 황명을 받들어 가게 되었으니 부인은 해룡을 데리고 보존하옵소서."

하고, 해룡을 불러 손을 잡고 이르기를

"너는 부디 너의 모친을 모시고 효도를 다하며 착실히 공부에 전염하라."

하니, 이별할 때 모자의 마음 더없이 애련하였다.

승상이 낭관을 데리고 황성에 올라가 황제께 숙배하니 상이 기뻐하며 말하기를

"지금 국가가 가장 분주하여 경을 패초하였으니 이음양순사시理陰陽順四時[18]하고 세화세풍世華世豐[19]하여 국태민안國泰民安할 근본을 닦아, 짐의 울적한 마음을 덜게 하라."

하시니, 승상이 엎드려 절하며 왈

"성스러운 하교 이러하시니 소신이 어찌 애군희도태愛君希道泰[20]하는 법과 우국원년풍憂國願年豐[21]하는 법을 모르리까마는

---

17) 북향사배北向四拜 : 임금이 계신 곳을 향하여 네 번 절함.
18) 이음양순사시理陰陽順四時 : 음양을 다스려 사시四時가 고르고 순함.
19) 세화세풍世華世豐 : 나라에 아무 변고가 없어 평안한 세상.
20) 애군희도태愛君希道泰 : 임금을 사랑하여 나라에 법도가 잘 펼쳐져 태평할 것을 바람.

옛 말씀에 '해와 달이 비록 맑게 비치나 거꾸로 뒤집어 놓은 화분 속엔 햇빛이 비치기 어렵다' 하오니 위로 요순 같은 성군聖君이 계시나 아래로는 고요皐陶[22] 같은 신하가 없사오니 어찌 화피초목化被草木하오며 뇌급만방賴及萬方[23]하는 폐하의 성스러운 덕을 초야의 백성에게 입힐 수 있겠습니까? 신의 부족한 소견으로 말씀드리자면 소인이 조정에 가득하고 제 몸 살기만 생각하여 나라와 백성의 안위를 생각하는 자 없고 또 군읍郡邑의 수령들이 벼슬하기만 일삼아 준민고택駿敏膏澤[24]하여 살생을 일삼고 있어 자연 백성들이 이리저리 흩어지고 길에는 굶주림과 헐벗음으로 부모형제와 떨어져 황폐히 돌아다니는 자들이 가득합니다. 서로 모여 난을 일삼고 시절을 어지럽히니 다스려지는 세상은 항상 적고 어지러운 세상의 날이 훨씬 많은 법인지라. 황상은 어진 신하를 가려 각도 각읍에 안찰하옵소서. 선한 자에게는 상을 내려주시고 백성을 가혹케 한 자에게는 상벌을 분명히 하시고 또한 조정의 충신을 살피며 소인을 분별하소서. 훌륭한 신하는 등용하여 위로는 황상을 돕게 하시고 아래로 생민을 보존케 하여 그 기강紀綱을 풍족히 한 연후에 천하태평하오리다."

---

21) 우국원년풍憂國願年豊 : 나라를 걱정하여 해마다 풍년들기를 기원함.

22) 고요皐陶 : 순임금의 신하.

23) 화피초목뢰급만방化被草木賴及萬方 : 초목에까지 덕의 교화가 미쳐 만국에 그 덕을 입힘.

24) 준민고택浚民膏澤 : 재물을 마구 착취하여 백성의 고혈을 뽑아냄.

하니, 황상이 듣고 칭찬하여 왈

"나라의 안위安慰와 조정의 상과 벌을 경이 임의대로 하라."

하고, 다시 하교하여 왈

"나라를 어지럽힌 자는 단불용대斷不容貸25)하고 즉시 처참하라."

하시니, 승상이 나와 백관들에게 하례賀禮 받고 왈

"조정에 소인이 농권弄權26)하기로 착한 사람은 도적이 되니 제상이 나지 아니하고 어진 인재는 숨어 한적한 곳에 은거하고 있으니 누구와 더불어 국사를 의논하리오. 여러 백관들은 갈충사군竭忠事君하고 진심보평眞心保平27)할 모책을 생각하라. 만일 눈앞에서 기군망상欺君罔上28)하는 일이 있거나 폭정학민暴政虐民29)하는 자와 사람을 해하는 자 있으면 단번에 큰 죄로 다스리리라."

하고, 각도 각읍에 상황을 살피고 물어 곡식 창고를 열어서 백성들에게 흩어 진휼賑恤30)하시니 불과 삼십 일이 안 되어 교화가 일국에 진동하고 승상의 명망이 천하에 알려졌다. 천자

---

25) 단불용대斷不容貸 : 단연코 용서하지 않음.
26) 농권弄權 : 권력을 이용하여 세력을 휘두름.
27) 갈충사군진심보평竭忠事君眞心保平 : 충성을 다하여 임금을 섬기며 참 마음으로 나라를 보존함.
28) 기군망상欺君罔上 : 신하가 임금을 속이거나 윗사람을 농락함.
29) 폭정학민暴政虐民 : 탐관오리들이 제대로 다스리지 아니하고 백성을 학대함.
30) 진휼賑恤 : 흉년에 곤궁한 백성을 구제함.

사랑하시어 소원대로 조치하게 하니 승상의 위엄 또한 추상 같아 두려워하지 않는 자 없었다. 이때 우승상 왕윤경과 사도 최명윤, 시랑 조상원 등은 만고 소인으로 승상 복직 전에 이미 그들 마음대로 조정을 처단하다가 지금 승상이 두려워 자신들의 뜻대로 되지 않자 매양 승상을 원망하며 모해하고자 하나 황제 특별히 사랑하시고 만조백관滿朝百官이 다 그를 쫓고 있어 틈을 얻지 못하여 불쾌히 여기고 있었다.

때는 국태민안하고 세속은 평안하더니 황제 갑자기 기운이 불편해지면서 한 달이 넘도록 조금도 차도가 없이 점점 병이 무거워지거늘 황상이 자신의 병을 이기지 못할 줄을 알고 승상과 태자를 불러 앉히고 말씀하시기를

"승상 곽춘군은 천황天皇[31])에게 빛과 같은 신하라. 대소국정大小國政을 승상과 의논하고 부디 승상 대하기를 나를 대하는 것 같이 하도록 하라."

하시고, 또 승상을 돌아보며 말씀하시기를

"전후의 나랏일은 경을 믿고 돌아가니 부디 어린 임금을 모시고 사직을 안보하라."

하시며, 용안龍顔에 눈물을 흘리시거늘 승상이 엎드려 눈물을 감추지 못하고 말하기를

---

31) 천황天皇 : 황제, 혹은 옥황상제를 일컫는 말.

"소신 온 마음을 다하여 국정을 돌보겠습니다. 허나 황제의 성덕을 가리는 소인들이 조정에 가득하오니 그것이 염려되옵니다."

하였다. 그리고 얼마 되지 않아 태자를 봉하여 후사를 잇게 하시고 세상을 하직하니 때는 사월 초파일이라. 태자와 승상이 애통해하며 내외 궁 노비들마저 하늘을 우러러 슬퍼함이 그지없었다. 장안 밖 백성이며 들 밖의 백성들이 망극 애통하니 하늘도 울고 해와 달이 빛을 잃었다. 장례 절차를 극진히 차려 구월 구일에 선산에 이장하고 태자 즉위하시니 그때 나이 이십삼 세라. 왕성한 기상에 늠름한 풍도는 족히 선왕을 본받으셨으나 다만 아직 미성한 부분이 있어 국사를 두루 살피지 못하심에 승상이 매일 염려하였다.

이때 왕윤경 등이 서로 논의하여 승상을 모해하고자 하였다. 마침 승상이 청주 야주 기주 삼읍 자사에게 가는 편지 세 장을 만들고 있다고 들었거늘 그 속에 모해하는 사연을 봉하여 최경윤을 주어 가만히 승상부에 들어가서 안에 간수하고 있다가 다른 서찰 속에서 우연히 끄집어내어 이제 막 본 척하면서 뒤집어 씌우기로 서로 약조하고 들어갔다. 이때 승상이 국사에 근심이 많아 근심에 잠겨 있어 경윤이 들어와 문안하고 국사를 의논하는 척하며 서류 등을 만지되 승상은 본디 도량이 군자라 의심이 없는 까닭으로 묻고 답하고 있었더니 이윽고 조장원 등이 승상의 서안 속에서 무엇을 보다가 크게 놀라는 척하며

말하기를

"이것이 어떠한 서간이기에 기주 야주 청주라 하였소. 족질의 서찰이 왔습니까? 잠깐 구경합시다."

하고, 손으로 내어 앞에 쏟으니 승상이 놀라 말하기를

"그 봉서는 어떠한 봉서인지 나는 알지 못하노라."

하시니, 왕윤경 등이 말하기를

"승상이 모르는 서간이 어찌 여기 있습니까? 씌어 있기를 '지금 천자 어리고 나 또한 정권을 잡아 임의로 처단하니 너희 등이 모월 모일에 기병하여 일어나면 내 또한 여차여차하겠다' 고 적혀 있습니다."

라고 하거늘, 그 글을 봄에 승상이 크게 놀라 속으로 생각하되

'놈들이 힘을 합쳐 역경에 빠트려 나를 해치고자 함이라. 어찌 통분하지 않으리오. 그러나 선제 계실 때 같으면 일의 진상을 알아보고 명백히 하려니와 선제 아니 계시니 이를 어찌할까?'

하며, 정신을 진정치 못할 때 왕윤경 등이 큰 소리로 고함을 지르며 말하기를

"승상은 장록이 일품이요 부귀 으뜸이거늘 무엇이 부족하여 모책의 뜻을 두며 또한 선제가 임종할 때 유언으로 중대신이 되었는데 어찌 차마 이런 일을 도모하나요?"

하며, 나가거늘 승상이 아무리 분하나 신원(伸冤)[32]할 곳이 없어

---

32) 신원伸冤 : 원통함을 풀다.

한탄할 따름이더라.

윤경 등 삼인이 급히 들어와 상소를 지어 임금에게 올리거늘 상이 보시니, 그 글에 이르기를

'왕윤경과 사마 최경윤과 황문시랑 조장원 등이 아뢰옵나이 다. 좌승상 곽춘군은 위로 폐하의 은총을 입고 아래로 병권을 잡아 마음을 다해 국사를 보살펴야 하거늘 인사 등을 자신의 임의대로 하오니 뜻이 교만하여 마음이 태만하며 폐하의 어리 심을 업수이 여겨 역모의 뜻을 두고 저의 족질 등 청주 기주 야주 삼 자사로 더불어 모의하다가 사적事蹟[33]이 탄로가 났습 니다. 신 등이 알고 이 글을 올리니 엎드려 바라옵건대 황상皇 上은 급히 국문鞫問[34]하옵기를 간절히 원하옵니다.'

하거늘, 황제 보내 온 글에 크게 놀라 급히 승상을 부르니 승상 이 엎드려 아뢰거늘 황제 하교하여 왈

"경이 진실로 청, 기, 야 삼주 자사로 더불어 모책함이 있으니 즉시 이실직고하라."

하니, 승상이 엎드려 아뢰기를

"저 밝은 태양이 임하여 인간을 밝혔사오니 어찌 눈을 열어 선심으로 살아가면서 찬역纂逆[35]에 뜻을 두어 폐하의 은총을

---

33) 사적事蹟 : 일의 자취.
34) 국문鞫問 : 나라에서 중죄인을 심문하는 일. 왕이 직접 심문하는 경우도 있음.
35) 찬역纂逆 : 빼앗고 배반함.

저버리겠으며 또한 선제先帝의 유언이 계시오니 대역무도大逆無道를 범하게 되면 무슨 면목으로 돌아가신 황제를 뵙겠습니까? 소신의 선조께서 국은을 입사와 대대로 만록萬綠을 누려 소신까지 이르고 있으니 어찌 황은을 저버리고 천지 간에 살아감을 용납하겠습니까? 소신들의 시기로 모해에 들었사오니 아뢸 말씀이 없습니다."

하고, 머리와 두 다리 팔을 흩어 땅에 적시거늘 황제 오히려 마음이 편치 않은 덧 하시나 재차 봉서를 보시고 진노하시어 왈

"곽춘군을 즉시 죽일 것으로되 선제께서 극히 사랑하셨고 유언이 간절하셨기에 죽이지는 아니하고 삭탈관직削奪官職하라."

하시거늘, 승상이 할 말도 제대로 올리지 못하고 있으니 명관이 재촉하거늘, 한편으로 본가本家에 두어 자 편지하고 설산도로 발령을 받아 떠나니 황성에서 설산도가 삼만팔천 리다. 설산도는 춘하추동 사시절에 눈만 오는지라 고로 설산도라 하는데, 승상이 여러 날 만에 임지에 도착하여 사방을 둘러보니 동쪽은 월지국이요, 남쪽은 만월국이요, 북쪽은 가달국이요, 서쪽은 서변국이라. 매일 구름이 자욱하고 항상 눈이 오는 때가 많은지라, 고향을 바라보니 마음이 아득하고 천자를 생각하니 아득한 바다 속에 태양이 숨어 있는 형태였다. 이 일을 어찌 할까 그 형상이 가련하더라.

한편, 이때 임부인이 해룡을 데리고 주야로 황성 소식을 기다

렸더니 문득 사자 들어와 승상의 편지를 올리거늘 반겨 급히 떼어보니

'슬프다 백수풍진白首風塵[36]에 벼슬을 마다하고 고향에 돌아왔더니 선제善帝의 총애하심을 입어 국은을 갚고자 하다가 소인의 참소를 만나 수만 리 설산도에 이 몸 마치도록 이 궁벽한 곳에 있게 되었으니 살아 다시 보기 어려울 것이라 어찌 슬프지 아니하리오. 부인은 부디 해룡을 잘 길러 후사를 이어 선조의 뜻을 지극정성으로 받들면 구천에서 훗날 만난다 하더라도 그 은혜를 만분의 일이라도 갚으오리다. 말씀이 무궁하나 황명이 급박하기로 대강 기록하나이다.'

부인이 보기를 다하심에 대경大驚하여 숨도 제대로 쉬지 아니하다가 이윽고 정신을 진정하여 통곡하며
"승상은 백수의 몸에 먼 길 적적하시리니 혈혈단신孑孑單身[37]으로 뉘를 의지하고 살아가실까?"
하시며, 방성통곡하시니 이때 해룡은 나이 십오 세라. 해룡이 그 모친을 위로하며 왈
"어머님은 너무 심려 마십시오. 사람의 목숨은 하늘에 달렸사옵니다. 부친이 남의 모함에 잡혀 궁벽한 먼 곳에 배임되었사오

---

36) 백수풍진白首風塵 : 세월의 흐름과 함께 늙음. 세속의 일, 조정의 일에 노심초사 젊음을 바치다 늙어졌다는 말.
37) 혈혈단신孑孑單身 : 외롭고 의지할 데가 없음.

니 소자 자식이 되어 부친의 원수를 갚지 못하겠사옵니까? 또한 부친이 수만 리 원정에 평안히 득달하였는지 알지 못하고 있으니 자식 도리에 어찌 어엿이 앉아만 있겠습니까? 엎드려 바라옵건대 모친은 비복을 데리고 편안히 보존하옵소서. 소자는 삼 년으로 기한을 정하고 부친이 귀양 간 곳으로 가 본 연후에 먼 곳에 배임된 이유나 알고 돌아오리다."

하며, 눈물 흘리거늘 부인이 탄식하며 말하기를

"네 어린 것이 어디로 찾아 가리오. 또한 너를 내어 보내고 어찌 내 마음을 놓으리오. 그리하면 나도 함께 갈 것이니라."

하시거늘, 해룡이 다시 여쭈기를

"지금 시절이 분분하여 처처에 적한賊漢[38])이 설치고 있사오니 대대로 내려오던 가산家産과 선영先塋 산소를 누구에게 맡기고 가려 하십니까? 일의 형세가 난처한 지경이니 바라건대 모친은 안심하고 계시옵소서. 소자 아무쪼록 빨리 다녀오리다."

행장을 차려 노비 한 명을 데리고 모친께 하직하면서 노복 등을 다 불러 놓고 왈

"너희들은 부인을 모시고 열심히 자신의 직무에 충실하도록 하라. 나는 아버님을 뵈러 먼 길 다녀 올 것이니 부디 착실히 있도록 하라."

하고, 하직하니 비복 등이 울며 왈

---

38) 적한賊漢 : 도둑의 무리.

"공자 수만 리 원정에 평안히 돌아오시어 쉬 오심을 바라나이다."

해룡이 비감悲感을 안고 떠날 때 부인이 해룡의 손을 잡고 통곡 하며 왈

"너를 데리고 세월을 보냈더니 너 가면 나는 누구를 의지하며 살리오. 생각건대 너만 보내기 망연茫然하여 함께 감이 어떠하리오."

해룡이 울며, 말하기를

"소자도 모친을 외로이 두고 갈 마음이 없사오나 가는 곳이 어지럽고 부산한 곳일 뿐 아니라 선대의 봉제사가 끊어질 터이니 엎드려 바라옵건대 모친은 진정하옵소서."

모친이 말하기를

"부친의 얼굴을 생전에 보기 어려울 듯하니 그것이 답답하구나. 세상이 분분한데 너만 보내고 어찌 살리오. 두루 생각해도 슬프기 그지없다."

하시거늘, 해룡이 아뢰기를

"그건 염려 마옵소서. 아무쪼록 모친 죽기 이전에 부친을 만나게 하오리다."

하고, 떠날 때 모자 통곡하니 사람은 고사하고 금수도 슬퍼하더라.

해룡이 떠난 지 석 달 만에 한 곳에 다다르니 운수지경雲水之景39)이라. 산천은 험악하고 길은 요상한데 저물도록 가되 인가

를 보지 못하였다. 마침 서편을 바라보니 수삼 호 인가가 보이거늘 찾아 들어가 주인을 청하니 백발노인이 청려장靑藜杖[40]을 짚고 나와 영접하며 묻기를

"공자는 어디 있는 사람이며 무슨 연고로 이곳에 왔는고?"

해룡이 대답하길

"저는 설산도를 찾아가나이다."

하니, 노인이 놀라며 왈

"설산도를 찾아간다 하니 무슨 일이 있나이까?"

해룡이 탄식하며 왈

"연로하신 저의 부친께서 그곳에 귀양 가 계신지라 찾아가나이다."

하니, 노인이 묻기를

"그러 하오면 공자는 영주 땅에 사는 곽승상의 아들이 아닙니까?"

해룡이 대답하기를

"그렇습니다만 노인은 과연 저를 어찌 아시나이까?"

노인이 일어나 절하고 여쭈며

"소인은 청주자사 곽씨의 노복奴僕이옵더니 시랑侍郎[41]이 역

---

39) 운수지경雲水之景 : 뜬구름과 흘러가는 물처럼 앞길이 아득하여 알 수 없는 모습.

40) 청려장靑藜杖 : 명아주대로 만든 지팡이.

41) 시랑侍郎 : 왕의 시중을 들거나 궁궐의 소식을 안팎으로 통보하고 전달하는 일을 맡음.

모에 몰리어 삭탈관직削奪官職[42]되자 소인을 데리고 이곳에 있으며 또 기주자사도 이곳에 계시옵니다. 이 뒤는 두문동이라 하는 곳인데 지극히 광활하여 비록 천만 명이라도 용납할 수 있는 곳입니다. 일반인과 걸출한 사람들이 다 모여 자칭 군사라 자부하며 때를 기다려 원수를 갚고자 하고 있습니다. 소인이 이곳에서 더러 왕래하는 사람을 탐지하였더니 마침 오늘 공자를 만나게 되었습니다."

하며, 못내 반기거늘 해룡이 이 말을 들음에 한편 기쁘고 한편 걱정스러운 마음도 들었다. 이윽고 그 노인을 따라 두문동으로 들어갔다. 이때 노인이 먼저 들어가 공자 오신 연유를 고하니 시랑과 두 자사 크게 놀라며 급히 나와 해룡의 손을 잡고 반겨 말하기를

"너 어찌 이곳을 찾아 왔는고?"

하거늘, 해룡이 절하고 왈

"소자는 부친의 적소로 가는 길에 천우신조天佑神助[43]로 종형을 만났사오니 반가운 마음을 어찌 다 측량하겠습니까?"

하며, 또 이르기를

"종형은 부친께서 변방에 멀리 귀양 가시게 된 연유를 알고 계십니까?"

하니, 두 자사와 시랑이 왈

---

42) 삭탈관직削奪官職 : 죄인의 벼슬과 품계를 빼앗고 없앰.
43) 천우신조天佑神助 : 천지신명의 도움.

"우승상 왕윤경 등의 모함이라. 당숙에게 위조 편지를 만들어 당숙의 사무책상에 가만히 넣었다가 이러이러하여 우리 삼인과 당숙을 잡아 이 지경이 되었으니 어찌 통분하지 않으리오. 치욕을 씻고자 하여 이곳에 모여 칼 쓰기와 적진하는 법을 익히다가 때를 만나면 임금을 도와 빛난 이름을 얻은 후에 누명을 씻고 원수를 갚고자 하나니 너도 이곳에 있어 우리와 같이 재주를 배움이 어떠하뇨?"

하니, 해룡이

"종형의 말씀이 지당하와 마땅히 받들고 싶사오나 가르침을 받을 만한 선생도 없고 용총龍驄과 보검寶劍과 의갑衣甲[44]이 없사오니 장부 용맹을 어찌 세우리까?"

시랑이 왈

"힘과 용기만 있으면 용총과 보검이 자연 있게 될 것입니다." 하며, 해룡의 손을 잡고 후원으로 들어가

"초한楚漢시절[45] 한때 쓰던 보검이라, 지금 천여 년을 지냈으나 빛이 변하지 않고 그 두우성斗牛星[46]의 빛이 밤마다 영롱하다. 이러함으로 항차行次에 어떤 도사가 와서 '저 암벽에서 두우성의 빛이 난 지 오래라. 아무 때 곧 그 사람이 올 것이니 만일

---

44) 용총龍驄·보검寶劍·의갑衣甲 : 뛰어난 말·훌륭한 칼·단단한 갑옷.
45) 초한楚漢시절 : 초나라와 한나라 때. 즉 초나라 항우와 한나라 유방이 중원 천하를 두고 다투던 기간(BC200~BC206)을 말함.
46) 두우성斗牛星 : 북두칠성.

오거든 보검을 지시하고 도와라' 하더구나. 이제 생각해 보니 너를 두고 이른 것이로다. 네 힘이 있거든 뛰어 올라 가서 보아라."

하니, 해룡이 이 말을 듣고 마음이 상쾌해져 그 암벽을 쳐다보니 높기는 만 장이 넘고 중간에 두 층이 있으되 나는 제비라도 발을 붙이지 못할 것 같았다. 해룡이 힘을 다하여 소리를 크게 하며 제일 층에 올라 두 번 솟아 제이 층에 오르고 세 번 솟아 상상봉에 올라가 보니 보검이 하나 놓여 있었다. 길이는 삼척이요 검자가 새겨져 있는 적소검摘小劍으로 은은한 정기가 두우성의 빛에 더욱 발하였다. 마음이 크게 기뻐 그 칼을 잡고 바위 사이를 보니 바위 상자가 하나 놓여 있어 오색구름이 영롱하고 정기가 충천한데 글이 새겨져 있기를

'대국大國 곽해룡 친즉개탁親則開坼[47]'

이라 하였더라. 마음을 깊이 가다듬고 함을 열어 보니 갑옷과 투구 한 벌이 들었으되 광채 찬란한지라. 투구엔 황룡이 그려져 있어 오색구름에 나르는 듯하고 그 용의 기상 또한 황홀하니 어디 견줄 데가 없었다. 그 갑옷은 금은으로 장식하고 꿰매어 놓은 것으로 그 찬란한 거동을 어찌 다 말하리오. 해룡이 갑주甲

---

47) 친즉개탁親則開坼 : 상자를 보거든 즉시 열어보라는 뜻으로 아랫사람에게 보내는 편지 등의 겉봉에 쓰는 말.

胄48)를 얻으니 용이 여의주를 얻은 것 같았다. 또한 칠성七星 쪽을 향하여 두 번 절한 후에 내려와 시랑을 뵈옵고 인사하여 말하기를

"종형의 알려 주심으로 보화를 얻으니 어찌 기쁘지 아니 하겠습니까? 시랑 곽현세의 용맹은 옛날 맹분孟賁49)과 오획烏獲50)이라도 도달치 못할지라. 이런 고로 하늘에서 보배를 보내어 그 임자를 내려 주셨으니 어찌 기쁘지 아니하리오. 그러나 손자孫子의 병서兵書51)와 육도삼략六度三略52), 천문도수天文度數의 조화로운 질서와 이치, 귀신을 부르고 내쫓는 법을 통달한 연후에 반드시 장수가 되는 것이니 제가 이곳에서 도사와 시랑을 보필하려 하나이다."

하니, 시랑이 급히 나아가 당상에 조용히 앉았다. 이 때 도사가 말하기를

---

48) 갑주甲胄 : 갑옷과 투구.

49) 맹분孟賁 : 춘추시대 위魏나라의 용감한 무사. 물속에서 교룡도 피하지 않고 산속에서는 호랑이도 마다하지 않았다고 함.

50) 오획烏獲 : 맹분과 함께 용기로 제후들 사이에 이름이 알려진 자.

51) 손자병서孫子兵書 : 원본은 춘추 시대 오나라 왕 합려를 섬기던 손무孫武가 쓴 것으로 알려져 있다. 지금 민간에서 읽을 수 있는 손자병법의 이름을 단 책들은 모두 다 조조가 주해한 위무주손자魏武註孫子 13편이 전부라고 알기 쉬우나 그것은 총론편이고, 각론편이라 할 수 있는 다양한 상황에서의 용병술까지 포함한 82편이 과거에 있었다고 한다.

52) 육도삼략六韜三略 : 육도六韜는 주周나라 문왕과 무왕이 태공망 여상에게 치세治世와 군대를 통솔하는 방법을 주고받은 내용이다. 대화체 형식으로 6권 60편으로 구성. 삼략三略은 상략, 중략, 하략의 3부로 이루어져 있는 간략한 병서.

"아까 대암大巖에 올라 바라보니 장성將星이 두우암에 비쳤는데 어떠한 사람이 두우암에 올랐던가? 이야기하옵소서."

하니, 시랑이 대답하기를

"과연! 이름은 해룡이라, 나이 십오 세로 용맹한 자로 아까 두우암에 올라갔다 내려왔습니다."

하고, 해룡을 청하여 도사를 뵈라 하니 해룡이 일어나 절하였다. 도사 해룡의 상을 보다가 해룡의 손을 잡고 칭찬하여 말하기를

"장하다 그대 풍골이 실로 영웅준걸의 기상이라. 나는 본래 성명이 없는 사람이라 다만 따로 부르는 이름이 있으니 응천도사라 하네. 그대를 만나면 일러 줄 말이 있어 사방으로 찾아다녔더니 오늘 이리 만날 줄을 어찌 알았으리요. 그러니 나를 따라 감이 어떠하리오."

해룡이 다시 절하고 대답하기를

"선생께서 소자를 사랑하심을 아오니 어찌 피하겠습니까? 소자 이리로 오게 된 것은 부친께서 계시는 귀양지를 찾아가다가 일이 어찌 하와 입장이 여기까지 오게 되었습니다."

도사가 대답하기를

"효성은 지극하나 설산도를 어찌 가리오. 다섯 나라 공문이 있어야 관문을 통과할 것이니 죽음도 불사해야 할 뿐 아니라 설산도를 찾아가는 것도 어려울 것이니 나를 따라오면 자연 부자父子 상봉할 날이 있으리라."

하니, 해룡이 이 말을 듣고 정신이 아득하여 설산도를 바라보고

대성통곡하며 말하기를

"천지간에 부자의 정이 중하거늘 나 같은 불효자식이 어디 있으리오. 만약 오랜 세월 부친 얼굴 뵈러 적소에 못 가오면 모친 앞에 연유를 알리고 선생을 따라 가는 것이 옳을까 하나이다."

도사가 말하기를,

"그 모부인도 그대 떠난 후에 왕윤경 등이 또 황제를 꼬드겨 집을 적몰하고 대부인을 궁비로 데려가고 또한 그대를 찾으라 하고 각 읍에 알려 해룡을 잡아 올리라고 하니 그대 내 말을 어찌 듣지 아니하는가?"

해룡이 이 말을 듣고 크게 놀라 얼굴빛을 잃고 정신을 수습하지 못하다가 겨우 진정하여 말하기를

"소자 칼을 잡고 바로 황성에 올라가 왕윤경 등을 함몰하고 부모의 원수를 갚고 돌아오는 것이 어떠하리오."

하니, 도사가 이르기를

"분함을 생각하면 마음먹은 대로 할 것이나 하늘이 그대를 중원에 내실 때에 대국을 위하여서이니 천기를 누설치 말고 때를 기다려 성공하고 봄이 옳거늘 부질없이 몸을 버려 부모께 불효한 환란을 끼치고 원수도 갚지 못하면 그 아니 원통하랴. 나를 따라오면 후에 출세하여 임의대로 할 수 있을 것이로다."

하고, 가기를 청하니 해룡이 말하기를

"이곳의 형은 어찌 하옵니까?"

하니, 도사 왈

"그는 이곳에 두고 출세할 때 서로 합하도록 하라."

하였다. 해룡이 고두수명顧頭受命[53]하고 제형에게 하직인사하며 왈

"선생을 모시고 가오니 일후에 상봉하려니와 부디 용병술이나 착실히 익히옵소서."

하며, 두 자사가 해룡의 손을 잡고 당부하기를

"공부 착실히 하여 부모 원수를 갚고 우리의 회포를 덜게 하라."

하고, 또 도사에게 당부하였다.

도사 시랑에게 왈

"멀지 않아 상봉할 것이니 쓸쓸히 생각 마옵소서. 용병 기술을 착실히 익히오면 자연 쓰일 날이 멀지 아니하여 있으리다."

하고, 피차 훌훌 이별하고 도사는 해룡을 데리고 서로 행하였다.

해룡이 묻기를

"어느 곳으로 행하나이까?"

하니, 도사가

"용문사로 가노라."

하였다.

한 곳에 다다르니 해가 저물고 한 봉우리를 넘으니 높기는

---

53) 고두수명顧頭受命 : 상대의 명을 고개 숙여 받아들임.

수만 장, 그 위에 오운五雲이 어리어 산세가 수려하고 경치가
거룩하거늘 해룡이 묻기를

"이 산 이름이 무엇입니까?"

도사 왈

"용문산이라 하나이다."

해룡이 다시 말하기를

"두문동은 여기서 얼마나 되나이까?"

도사 답하기를

"사만 팔 천리로 내가 종적을 풍운風雲에 붙였기에 그대와
먼 길을 함께 오게 되었느니라."

해룡이 왈

"선생은 짐짓 신선이로소이다."
하였다.

산 위로 올라가며 좌우를 살펴보니 울창한 소나무 푸른 대나
무는 울창하고 기화요초琪花瑤草54)가 전후에 찬란하다. 층암절
벽은 사면으로 병풍이 되고 청계 녹수는 구비 구비 폭포가 되어
골골이 흐르는데 동구洞口 안의 풍경 되어 기화요초 춤을 추니
별건곤別乾坤55)이 이 아니랴. 홀연히 석문에 다다르니 청의동자
나와 절하고 영접하거늘 들어가니 층층이 피어난 국화는 만발
하고 난봉鸞鳳56)과 공작孔雀이며 청학靑鶴 백학白鶴이 쌍쌍이

---

54) 기화요초琪花瑤草 : 기이한 꽃과 풀.
55) 별건곤別乾坤 : 별천지.

노는데 조촐한 초가삼간이 구름 속에 은은히 보이거늘 해룡이 여쭈되

"진실로 선경이니 족히 유遊하기에 적당한 것 같습니다."

도사 말하기를

"이 곳은 옛날 구년지수九年之水57)할 때에 하우씨夏禹氏58)가 놀다 가신 후, 사람 종적이 없었으니 내가 이제 이곳에 와서 터를 닦아 집을 지었노라."

하고, 동자를 불러 차를 권하거늘 먹으니 배부르고 정신이 쇄락하더라. 도사 책상에 비껴 앉아 등촉을 밝히고 태을경59)을 내어 주며

"옛날 강태공이 삼십육 진陣을 벌리셨으니 이 진은 이리 치고 동병東兵은 이리하고 하병下兵은 저리 한다."

또 『육도삼략六韜三略』60)을 내어 주며

---

56) 난봉鸞鳳 : 봉황류에 속하는 새.

57) 구년지수九年之水 : 황하의 범람으로 9년 동안 계속된 홍수를 하우씨가 다스려 멈추게 하고 물길을 바로잡았다.

58) 하우씨夏禹氏 : 하나라 우임금. 9년간 계속 되던 홍수를 다스림.

59) 태을경太乙經 : 태을이란 천지 만물이 나고 이루어진 근원 또는 우주의 본체라 하여 음양가들이 병란·재화·생사 따위를 맡고 있다는 신령으로 태을경은 이런 이론을 근거로 하여 만들어진 이론서.

60) 『육도삼략六韜三略』:『육도六韜』는 주周 문왕 및 무왕과 태공망太公望 여상呂尙의 대화체로 기술되어 있다. '육도'는 여섯 가지 비결이란 의미로서 문文·무武·용龍·호虎·표豹·견犬도의 6권으로 되어 있다. '삼략三略'은 세 가지 책략을 뜻하며, 태공망이 저술한 것으로서 한漢 고조 유방을 도와 항우項羽를 제압하고 한을 건국한 장량張良이 황석공黃石公이라는 은군자로부터 전수받은 것으로 전해진다.

"이는 황석공[61]의 비기로다. 그 후에 장량이 이법을 배워 한漢 고조高祖[62]를 도와 초나라 항우 즉, 초 패왕을 파破하던 법이거늘 착실히 공부 통달하라."

하였다.

해룡은 본니 총명 진인이라 달통하지 아니함이 없으니 도사 더욱 사랑하여 천문도와 육경육갑을 가르쳐 왈

"옛날 제갈선생[63]의 비결이라. 이 법으로 남병산의 동남풍[64]을 빌려 조맹덕[65]의 백만 군사를 파하던 비법이로다. 천지 간 측량 못할 병법이니 힘써 공부하라."

하니, 해룡이 어느 새 달통하자 도사 더욱 귀히 여겨 둔갑장신법[66]과 천문지리天文地理와 풍운조화風雲造化[67], 결전 용병술을

---

61) 황석공 : 장량이 진시황을 박랑사에서 저격하다가 실패한 후, 크게 노한 진시황의 수배령을 피해 하비현으로 숨어들었다. 이때 우연히 한 노인을 만나 비서秘書를 받게 된다. 그리고 13년 뒤에 노인과 약속한 장소로 갔으나 노인은 나타나지 않았고 그 때 노인은 자신이 누런 돌이 되어 있을 것이라 하였기에 장량은 자신의 재능을 알아봐 준 스승의 은덕을 기리기 위해 길가의 누런 돌黃石을 스승의 화신으로 여겨 가져와 집에 모셨다. 《소서》의 저자 '황석공黃石公'이란 이름도 여기서 유래된 것이다. 황석공이 장량에게 준 책은 바로 《소서》와 《태공망의 병서》였다. 장량은 이 책을 늘 익히고 송독誦讀한 끝에 그 묘리를 깨달았으며, 한고조 유방劉邦을 지혜롭게 도와 천하를 통일하였다.
62) 한漢고조高祖 : 한나라를 세운 유방을 말하며 시호諡號는 고조이다.
63) 제갈선생 : 제갈량諸葛亮, 181~234. 자는 공명孔明, 별호는 와룡臥龍. 후한 말 군웅인 유비劉備를 도와 촉한蜀漢을 건국하는 대업을 이루었다.
64) 남병산의 동남풍 : 제갈량이 적벽대전에서 동남풍을 일으킨 일.
65) 조맹덕 : 155~220. 중국 후한 말기 위나라 조조. 정치가 군인 시인 字는 맹덕孟德.
66) 둔갑장신법 : 몸을 갑자기 남에게 보이지 않게 하거나 여러 사람으로 변하

가르친 후에 해룡을 데리고 후원의 대암에 올라가 용검술을 가르치니 칼이 변하여 사람의 육신을 감추고 공중에 번개가 되면서 충천하였다.

"이 변화는 옛날 농서장군이 적진에서 한 사람이 백만 대군을 응징하던 법이라. 후세에 전할 곳이 삼국시절의 관운장과 조자룡이었더니만 삼순구식三旬九食68)이라더니 이제 해룡이 삼십육괘三十六卦69)를 배웠으니 천상은 말할 것이 못되고 지상에는 적수가 없으리라."

하고,

"살기殺氣 가득하니 지금 서방 5국이 중원을 침범코자 하고 있습니다. 또한 장성將星70)이 비추었으니 이 장수는 범상치 아니한지라. 십오 년 전, '대국 금성金星이 서방에 떨어짐에 분명 영웅이 날 것이라' 하였더니 과연 났도다."

하니, 해룡이 말하기를

"그러 하오면 선생은 어찌 그 사람을 찾지 않으십니까?"

여 보이게 함.

67) 천문지리天文地理 풍운조화風雲造化 : 하늘과 땅 즉, 자연의 이치와 바람과 구름을 부리는 힘.

68) 삼순구식三旬九食 : 삼십일 동안 아홉 끼니를 먹는다는 뜻으로 매우 궁핍함을 말함. 여기서는 인재가 늦게 나타났다는 말.

69) 삼십육괘三十六卦 : 『삼십육계』는 병법서로서, 전쟁에서 쓸 수 있는 36가지의 책략을 적은 책이다. 숫자가 낮을수록 고급이고 숫자가 높을수록 저급한 책략이다.

70) 장성將星 : 장수의 기미를 나타내는 별.

도사가 말하기를

"나는 본디 중원 사람이요 그대는 또한 중원을 위하여 태어났으므로 그대를 찾았으니 이제 그대를 가르친 것이다. 그대는 남방주작南方朱雀[71] 차지한 장성將星으로 중앙 자미성紫微星[72]을 응하여 오행으로 의논하건대 목극토木克土하고 토극수土克水하고 수극화水克火하고 화극금火克金이니 어찌 서방을 근심하리오. 날마다 술법을 가르치면 신기한 도술이 사람은 물론이거니와 귀신도 당하지 못할 것이다."
하였다.

한편, 부인 임씨는 해룡을 설산도에 보내고 뜻밖에 황성 금부 도사가 내려와 가산을 빼앗고 부인을 보고 황성으로 올라가자 하거늘 부인 통곡하며 승상과 해룡을 보지 못하고 이 지경을 당한다며 자결하려 하였더니 시비 등이 위로하기를

"세상사를 알 수 없으니 부인은 잠깐 진정하옵소서. 승상과 공자 소식을 들은 연후에 뜻대로 하옵소서."
하니, 부인이 차마 죽지 못하고 황성에 올라가 궁비宮婢[73] 되어

---

71) 남방주작南方朱雀 : 하늘을 별자리에 따라 크게 다섯으로 구분하여 오관五官 또는 오궁五宮이라 하였는데, 그 중 동서남북의 4방 중 남방을 다스리는 신이 주작이다. 남방칠수는 정井·귀鬼·유柳·성星·장張·익翼·진軫이다. 붉은 봉황을 형상하여 예로부터 무덤과 관棺 앞쪽에 그렸다.
72) 자미성紫微星 : 하늘의 큰곰자리를 중심으로 하늘에서 황제의 자리에 해당 함.
73) 궁비宮婢 : 궁궐 내의 여종.

울울히 분한 마음과 창창히 슬픈 회한을 금치 못하여 눈물로 세월을 보냈다. 그러던 중, 궁녀 중에 이름이 차연이라는 자 있으되, 선황제 때의 예부상서禮部相書[74] 방춘의 여식女息이라. 가달의 난에 방춘이 함께 내통한 것으로 여겨 사약을 집행하여 죽이고 그 가산을 적몰하였는데 이때 차연 나이 세 살에 궁중에 들어와 지금 이십오 세라. 자태가 만고의 경국지색傾國之色[75]이라. 황제 극히 사랑하시어 일시도 떠나지 못하게 하고 친근하게 부리심에 차연이 황후께 여쭈어

"새로 온 궁비는 곽승상의 부인이라. 적성공주를 모시게 하옵고 다른 궁녀와 같이 하지 마옵소서."

하며 간청하니 태후궁에 보내 주셨다. 승상부인이 공주와 더불어 고금의 역대사歷代史를 문답하며 세월을 보내니 차연의 덕으로 일신은 편안하나 승상과 해룡을 아니 생각하는 날이 없었다.

한편, 이때는 황제 즉위 오 년이라. 국운이 불행하여 서쪽 변방이 반기를 들었다. 변방에서 쌍두장군 백동학으로 선봉을 삼고 가달 5국을 함락하여 중원中原을 쳐서 반을 나누게 하고 백마를 잡아 피를 내어 맹세하고 옥문관에서 병사를 일으킬 때 용장이 천여 명이고 군사 백만이라. 또한 청영도사를 얻어

---

74) 예부상서禮部尙書 : 예부의 으뜸벼슬.
75) 경국지색傾國之色 : 나라를 다스리는 지도자가 혹하여 정치도 돌보지 않게 할 만큼 아름다운 미모의 여인.

진지의 기세를 돋우었다. 또한 백동학은 머리가 둘이요 눈이 넷이요 이마가 흰 구리쇠처럼 생긴데다 신장은 구척이요 몸은 단산丹山[76]의 맹호와 같고 용 같은 기세로 싸우는 병법兵術은 한신韓信[77]이나 팽월彭越[78]과 같은지라. 이런 날쌔고 비상한 몸으로 변방 왕의 신하되어 몸에 용신갑옷을 입고 머리에 쌍봉 투구를 쓰고 손에 방천검[79]을 들고 대완마[80]를 부렸다. 일신이 웅장하여 풍채 더욱 늠름하고 한번 호통에 용문산이 무너지며 서쪽 웅도 칠십 리를 영합하여 함몰시키고 양주 경계를 지나 오관을 치려 할 때 그날의 거동은 뉘라서 당하리오. 지나는 곳마다 항복하더라.

한편, 이때 황제 만조의 여러 신하들을 모아 국사를 의논하고 계셨더니 문득 선전관이 장서를 올리거늘 급히 열어보니 그 작문作文에 이르기를

---

76) 단산丹山 : 봉황이 깃들어 산다는 곳. 혹은 산색이 붉어 단산이라고도 함.
77) 한신韓信 : BC?~BC196. 한漢나라 개국의 일등 공신으로 작전의 명수, 회음땅에 제후로 봉해지나 억울하게 모함을 당해 죽음.
78) 팽월彭越 : 진말秦末 한초漢初의 무장武將. 한漢나라 고조를 도와 전한前漢 왕조를 세우는데 기여한 개국공신.
79) 방천검 : 방천화극과 같은 용도의 검. 방천화극은 손잡이에 색깔을 칠해 장식하고 끝이 '정井'자 형으로 된 창이다. 끌어당기거나 찌를 수 있게 만든 병기로 남북조시대 이후 의장儀仗이나 문지기 등의 군사용 기물이다. 방천화극은 의식용 물건이었지 실제 전투용 병기로 쓰이지는 않았음. 방천검은 이런 용도였으며 생김새도 비슷할 것으로 추정됨.
80) 대완마 : 서역의 대완국에서 나는 명마.

'서쪽 변방의 간악한 무리들이 남원의 오랑캐 여덟 무리와 원 5국이 합세하여 쌍두장군 백동학으로 선봉을 삼아 오군의 문을 지키던 장수들을 베고 서방의 촉 땅 등 칠십여 성城을 항복받고 전관을 넘어 양주 경계에 임하였으니 엎드려 바라옵건대 황상은 급히 군병을 조발부拔[81]하여 적을 방어하옵소서.'

하거늘, 황제 문무백관들을 모아 방적防敵[82]할 모책을 물으시고 말씀하시기를

　"서쪽 변방이 강성하고 호랑이 같은 가달이 동심 합력하였으니 그 세력이 적지 아니한지라 누가 그 적의 세력을 당하리오."
하니, 좌승상 신경이 쑥 나서며 아뢰기를

　"신이 비록 재주 없사오나 한번 부딪쳐 도적을 항복받아 폐하의 근심을 덜어 드릴까 하옵니다."
하거늘, 상이 크게 기뻐하며

　"경의 용력勇力을 짐이 아는 바라. 급히 나가서 관원들을 구하라."
하시고, 용감한 장수 백여 명과 정병 팔십만을 주시고 신경으로 대원수를 봉하며 중군 원필로 부원수를 봉하시고 평대장군 최경해로 선봉을 삼으시고 반사군 이경달로 중군을 삼아 팔월 초십일에 행군할 때, 황상이 친히 임하여 어전御殿을 뒤로 하고 잔을 들어 출전하는 장수를 전송하시면서 말씀하시기를

---

81) 조발부拔 : 급히 모집함.
82) 방적防敵 : 적을 방어함.

"부디 승전하고 돌아오기를 바라노라."

하니, 여러 장수들이 엎드려 은혜에 감사하고 물러 나와 북을 울리며 행군할 때 높이 든 깃발은 해와 달을 희롱하고 함성은 천지에 진동하더라. 군이 행군한 지 십여 일만에 문관에 이르니 그 관 별장이 나와 영접하거늘 원수가 중군 전령에게 명하여

"적진을 대하여 진을 쳐라."

하고, 적진의 형세를 살펴보고 진을 각각 분산하여 중군의 전령 만충을 불러 말하기를

"그대는 일만 군을 거느리고 우편으로 진을 쳐 적진에 응하여라."

하고, 장군 쇠돌관을 불러

"그대는 일천 군을 거느리고 좌편 금곡에 매복하였다가 장대와 방포 소리 나거든 낙안진落雁陣[83]을 접은 듯이 하여 적병 좌우에 매복하라. 적장이 진지 가운데 들거든 평사진平沙陣[84]을 펼친 듯이 하여 기세를 머금고 있어라. 만약 명을 어기는 자 있으면 처참하리라."

하며, 이렇게 분부하고 이튿날 방포를 쏜 듯이 일시에 함성을 지르고 선봉장 최경해 진전에 나서며 외치기를

"대역무도 서변의 남원왕은 들으라. 너희 등이 한갓 강경하고 포악한 기세만을 믿고 오랑캐 짓하기에, 황제께서 나로 하여금

---

83) 낙안진落雁陣 : 기러기가 가만히 앉아 있는 모양으로 진을 침.
84) 평사진平沙陣 : 평평한 모래처럼 진을 치는 모습.

너희 죄를 다스리라 하시니 만일 거역하면 한칼로 베고 순종하거든 용서하리라. 만일 이대로 순종치 아니 한다면 서변 남원 오랑캐를 씨도 남기지 아니할 것이니 바삐 항복하라. 너희가 나를 당할 수 있을 것 같으냐. 만일 나를 당할 자 있거든 대적하라."

하니, 적진 중에 띠를 한 장수 내달아 외치기를

"중국의 조그마한 아이 들으라. 우리의 명이 하늘에 닿아 쌍두장군을 얻어 중원을 통합하고자 하나니 누구라서 세력을 당하리오."

하며, 말을 마치고 접전할 때 양 장수가 싸워 십여 합에 최경해 칼을 들어 변장을 치고 크게 꾸짖어 말하기를

"어린아이 어찌 어른을 당하리오."

하며, 머리를 베어 창끝에 꿰어 들고 적진을 대하여 칼춤을 추니 변진 중에 또 한 장수 내달아 외치기를

"너는 우리 중 약한 장수 하나 죽였다고 그다지 승세하는가?"

하며, 달려들어 싸워 승부가 나지 않더니 적진 중에 또 한 장수 내달아오니 원수 장대에서 기를 두르며 북을 울렸다. 좌우 복병이 일시에 일어나 치니 적진의 맹달이 철기 용병을 거느리고 나서 접전하여 양 진영의 장졸이 눈을 떼지 못하더라. 이때 원수 후군장 김일관을 불러 정병 일천을 주어 싸우라 하니 일관이 진시辰時부터 유시酉時까지 싸웠으나 승부가 나지 않더라. 적진에서 방포 일성에 진문 앞에 기를 높이 세우고 선봉장 백동

학이 천리마 위에 방천검을 높이 들고 나서서 외치기를

"쥐 같은 아이야, 나는 서변 어천대왕의 선봉장 백동학이라. 명을 하달 받아 중국을 쳐 함몰하고자 왔으니 너는 어떠한 놈이기에 약간의 용맹을 믿고 감히 하늘의 뜻을 거역하는가?"

하고, 나서니 소리 웅장하여 산천이 무너지는 듯 하해河海가 뒤 눕는 듯 위풍이 늠름하여 바라봄에 눈이 어두워지는지라 감히 싸울 마음이 없어졌다. 대원수 신경이 청룡검을 높이 들고 눈을 부릅뜨고 내달아 접전하니 두 호랑이가 밥을 다투는 듯하더라. 서로 십여 합에 이르러 동학의 칼이 번득하며 원수의 말을 찔러 엎어지게 하고 외치기를

"어린아이가 어찌 어른을 당할쏘냐?"

하고, 머리 베어 깃대에 달고 좌충우돌하니 원수의 장졸들이 원수의 죽음을 보고 일시에 다 도망하거늘 적진은 더욱 승승하여 원진에 이리저리 횡행하며 진중을 다 안고 승전고를 울리고 바로 황성으로 행할 때 기치창검旗幟戟劍[85]은 햇빛을 가리고 고각함성鼓角喊聲[86]은 천지를 진동시키더라.

한편, 천자天子 날로 승전 첩서를 기다리시더니 도망한 군사 급히 올라와 황제께 여쭈기를

"모월 모일에 원수가 오성관에 유진留陣하고 변진과 싸우다

---

85) 기치창검旗幟戟劍 : 군사용 깃발과 창과 칼.
86) 고각함성鼓角喊聲 : 승전고의 북을 치며 고함을 지름.

적장 백동학을 만나 하루 만에 원수 구만 군병을 함몰당하고 대원수 신경을 베였사오니 적장 동학은 쌍두목이요 용력은 서초왕 항우의 존장(尊長)[87]이요 검술은 상산의 조자룡[88]도 당하지 못할 것입니다."

하니, 황제 듣기를 마치고 크게 놀라 조정의 신하들을 돌아보며 이르기를

"이 일을 장차 어찌 하리오?"

하시니, 왕윤경이 여쭈기를

"소신이 듣사오니 적세 위태하고 또한 군중 용병이 없으니 방적할 모책이 없습니다. 신의 아득한 소견은 사직을 안보하고 백성을 잠시라도 편하게 할 도리 없사오니 욕되는 것을 참으시고 항복함이 상책일까 하나이다."

하였다. 사도 최윤경과 조장원 등이 일시에 아뢰기를

"승상 왕윤경의 말이 옳으니 엎드려 바라옵건대 황상은 급히 생각하옵소서."

말을 마치기도 전에 북군 곽안세가 출병하려 아뢰기를

"승상 말씀이 그릇 되었습니다. 국운이 불행하여 도적이 쳐들어와 시절을 요란케 하는데 나라를 위한 신하로서 어찌 마음을 그리 여기며 어찌 일인지하一人之下요 만인지상萬人之上[89]이라,

---

87) 존장尊長 : 친척 관계는 아니나 어른으로서 높이거나 존경하는 사람. 항우보다 뛰어나다는 뜻.

88) 조자룡 : 조운. 중국 후한 말 삼국시대 촉한의 무장으로 자字는 자룡이며 기주 상산군 진정현 사람.

국가 근심을 받들어 도적 잡을 것을 생각하여 보국保國할 도리를 찾지 않고 부모처자만 위하기를 생각하며 항복하기만 권하오니 진실로 대역무도大逆無道요 만고소인萬古小人이라. 어찌 말로써도 임금을 섬길 줄 모르고 마음조차 간사하니 충신을 모해하여 죽을 곳에 가게 하였오. 우선 승상의 목을 베어 깃대에 높이 달아 국법을 세우시고 민심을 안정하옵소서."

하며, 이어 여쭈기를

"신이 비록 재주 없사오나 일진 병력을 주시면 적장 쌍두장군의 머리를 베어 폐하의 근심을 덜겠습니다."

하거늘, 상이 말씀하시기를

"경의 말이 당연한지라. 짐이 친히 나아가 정벌하고자 하니 군병을 거느리고 친히 중군이 되어 군중을 살필 것이니 경은 사직을 안보하라."

하시고, 갑진 삼월 이십일 갑자에 천자 친히 출정할 때 상이 정좌하시고 제장들은 각각 분발하였는데 북군 대도독 곽안세로 대사마 대원수를 내리시고 중앙장 백운현으로 하여금 좌선봉을 시키시고 정평장군 신명대로 하여금 후군장을 내리시고 현서장군 정청달로 도총독을 시키시고 그 남은 여러 장수를 각각 분발하여 행군할 때 정병이 백만이고 용장 천여 명과 모사 백여 명으로 금고를 올리며 행군할 때 긴 창과 큰 칼은 일월을 가리고

---

89) 일인지하만인지상一人之下萬人之上 : 위로는 임금 한분이며 아래로는 만백성이 높게 보는 자리, 즉 재상 혹은 국무총리의 자리를 말함.

용을 그린 깃대와 봉황이 새겨진 깃발 등이 바람에 휘날리어 살기가 충천하더라. 행군한 지 십여 일만에 양자강 변에 이르러 적진과 대진하여 진을 치고는 격서를 전하였다.

좌선봉 백운현이 적에게 포고布告하며

"대적하라."

하고, 운현이 진문 밖에 나와 더 크게 외치기를

"무도한 오랑캐야, 들어라. 너희 등이 천은天恩을 모르고 중원 中元을 침범함에 천자 너의 죄목을 묻고자 하시어 여기에 이르 렀으니 너희 등이 죄를 알고 순종하면 다 살 수 있으나 그렇지 아니하면 씨도 없이 함몰할 것이니 바삐 나와 항복하라."

하니, 적진 부장 맹달이 말을 타고 나와 서로 맞아 싸워 십여 합에 이르러 백운현의 칼이 번득하며 맹달의 머리 베어 칼끝에 꿰어 들고 좌충우돌할 제, 적진 중에서 방포일성放砲一聲[90]하더 니 선봉장 백동학이 내달아 크게 호통하며 달려들었다. 운현이 황급하여 어찌할 줄을 모르고 귀가 멍멍하여 정신없이 서 있는 지라. 동학이 칼을 들어 운현의 머리 베고 바로 원진을 향하여 들어가니 그 날램이 제비 같더라.

순식간에 원진에 들어가 백만 대군을 함몰하고 선봉장 곽안 세와 약간 남은 군사를 사로잡아 결박하여 꿇리고 군사를 호령 하여 창검을 모아 우리를 만들어 천자를 가두고 추상같이 호령

---

90) 방포일성放砲一聲 : 신호 등을 위해 포를 한 번 쏘는 소리.

하기를

 "바삐 항복하라. 항복하면 살겠지만 그렇지 아니하면 죽이리라."

하니, 천자 그 거동을 보고 정신이 아득한지라 하늘을 우러러 통곡하여 말하기를

 "죽는 것은 서럽지 아니하나 수백 년 사직이 나에게 와서 망할 줄을 어찌 알았으리."

하며, 기가 막혀 호흡을 통제하지 못하시니 하늘도 어찌 무심한가.

 한편, 이때 용문산의 응천도사 해룡을 데리고 병법을 가르치더니 하루는 도사 해룡을 불러 말하기를

 "지금 서변이 강성하여 월지 남가달 등 5국이 합세하여 쌍두장군 백동학으로 선봉을 삼아 중원을 침범함에 천자 친히 정벌에 임하셨으나 중국은 백동학을 당할 자가 없어 대패하여 지금 사직이 아침저녁 한나절에 달려 있어 만분 위태하니 이때를 당하여 공을 이루도록 하라."

하시니, 해룡이 말하기를

 "아무리 그러하오나 몸이 만 리 밖에 있고 또한 용총龍驄91)이 없사오니 어찌 선봉을 바라겠습니까?"

―――――――――――――――――

91) 용총龍驄 : 명마名馬의 다른 이름.

도사가 웃으면서 말하기를

"적소검과 보신갑을 얻었으니 천리 적여마를 얻어야 그대 재주를 베풀 수 있을 것이로다. 수일 안으로 얻을 것이니 염려 말라."

하시고, 적진 파할 모책을 가르치며 말하기를

"지금 적장이 범상치 아니한 장수라. 각별 조심하며 진중의 천명도사 있어 범상치 아니한 자라 부디 조심하여 적을 가벼이 보지 말라. 술법이 능통하여 모를 것이 없는 이들이다."

행장을 차려 떠날 때 해룡이 도사에게 여쭈기를

"두문동에 계신 형을 어찌하오리까?"

도사 왈

"함께 가도록 하라."

하며, 바삐 감을 재촉하거늘 해룡이 또 여쭈기를

"선생도 함께 가시오면 좋을 듯합니다."

도사가 말하기를

"염려하지 말라. 어서 가라. 나를 만날 날이 있을 것이라. 가다가 한 노인을 만날 것이니 자연 용총을 얻으리라."

해룡이 말하기를

"노인이 말을 만일 주지 아니하면 어찌하오리까?"

도사가 말하기를

"그대는 남해용왕이 보낸 사람이니 어찌 의심하리오. 어서 가라."

하시며, 손을 이끌고 석문 밖에 나와 전송하시니 해룡이 하직하고 두문동으로 향할 때 한 곳에 다다르니 청산은 첩첩하고 강수江水는 잔잔한데 수양버들 천만 가닥으로 동네 입구에 가려 있고 이리 저리 뻗은 긴 소나무 대나무는 울울창창하다. 청학백학은 반기는 듯 노니는데 한 노인이 말을 이끌고 굽은 소나무 위의 학춤을 구경하거늘 해룡이 도사의 말을 명심하고 나아가 공손히 절하니 노인이 그대는

"어떠한 사람이건데 이곳에 와서 이다지도 나에게 공손히 절하는가?"

해룡이 다시 일어나 절하고 말하기를

"소자는 능주 땅에 살았더니 집안에 갑자기 화가 닥쳐 참담한 일이 있사와 이리저리 사방 유랑하다가 우연히 왔습니다."

그 노인이 말하기를

"그러면 곽승상의 아들이 아닌가?"

해룡이 말하기를

"과연 그러하옵니다."

노인이 말하기를

"어제 용국龍國92)에 들어갔더니 광덕왕廣德王93)이 이 말을 주며 말하기를 '내일 오시에 능주 곽해룡을 만날 것이니 전하라' 함에 달려왔노라."

---

92) 용국龍國 : 바다 속 나라, 즉 용왕이 사는 곳.
93) 광덕왕廣德王 : 용왕의 다른 이름.

하며, 말을 잇기를

"이 말 이름은 적여마라. 그대 재주 풍운을 임의로 부리는지 알지 못하거니와 그대 용맹이 넉넉하면 쉬 부리겠지만 그렇지 못하면 어려울 것이라. 그대 갈 길이 바쁘니 어서 가라."

재촉하거늘 해룡이 치하하며 말하기를

"노인의 은혜와 용왕의 은덕을 어찌 다 갚겠습니까?"

하고, 그 말을 살펴보니 키가 한 길이 넘고 눈의 정기가 원근에 쏘여 진짜 용총이라. 말머리에 달려들어 갈기를 어루만지니 말이 고개를 들고 보다가 굽을 치며 소리하며 응하는지라. 해룡이 그 말에 금안金鞍[94]을 지어 행장을 갖추고 올라앉으니 빠르기가 번개 같더라. 순식간에 두문동에 이르니 두 자사와 시랑이 반겨 묻기를

"그 도사를 따라가 술법을 배웠느냐?"

하거늘, 해룡이 말하기를

"술법은 배웠사오나 지금 난세가 되었사오니 한시가 바쁜지라 내 먼저 중원으로 갈 것이니 제형은 군사를 거느리고 뒤를 따라 오시오소서."

시랑이 말하기를

"그러할 것이니 행군 절차를 지휘하라"

하거늘, 해룡이 즉시 단에 올라 지세를 베풀고 군병을 헤아리니

---

94) 금안金鞍 : 금으로 된 말 안장.

좌청룡우백호左靑龍右白虎[95] 남주작북현무南朱雀北玄武[96]로 각각 방위를 정하고 북과 징으로 소리를 내며 횃불을 올리니 좌우 선봉이 일시에 행군할 때 시랑으로 중군대장을 삼아 군마를 거느려 따라오라 하고 해룡이 먼저 행하였다. 또한 중군에게 당부하여 말하기를

"부디 속히 오시옵소서."

하고, 말을 채 치며 황상이 구금되어 있는 곳을 찾아갈 때 서편적을 지나 천마성을 넘어 광음교를 지나 양자강을 바라보니 백사장에 적병이 가득하고 황성의 대진大陣은 흔적도 없거늘 해룡이 마음에 의심하여 주저하였더니 문득 한 군사가 창을 잡고 군복을 벗어 들고 오다가 해룡을 보고 기절하여 넘어지거늘 해룡이 그 군사를 붙들어 구하니 겨우 정신을 차리는지라. 해룡이 묻기를

"너는 어떠한 군사이며 성명은 무엇이며 어디로 가는가?"

그 군사 답하는데

"황성 총군서기하던 강알희라 하옵니다. 천자 친영親迎[97]하시어 북군대도독 곽안세로 선봉장을 삼아 적진과 싸워 하루

---

95) 좌청룡우백호左靑龍右白虎 : 풍수지리설에서 주산主山의 왼쪽에 있다는 뜻으로 청룡靑龍을, 주산의 오른쪽에 있다는 뜻으로 백호白虎를 이르는 말.
96) 남주작북현무南朱雀北玄武 : 남쪽은 불 혹은 강한 양기를 상징하며 붉은 봉황(주작)을 그리고 북쪽은 물 혹은 음기를 상징하며 거북과 뱀 또는 두 개의 머리를 가진 뱀으로 나타낸다.
97) 친영親迎 : 직접 나아가 맞이함.

만에 백만 군이 적장 동학의 손에 다 죽고 지금 황제와 수백 군병이 겨우 목숨을 보존하였습니다. 복명復命[98]하고 오다가 장군 만나 적장인가 질겁하여 넘어졌습니다."

하며, 통곡하거늘 해룡이 묻기를

"그러면 황상은 어디 계시는고?"

군사가 말하기를

"지금 적진 중에 싸여 계십니다."

하거늘, 해룡이 이 말을 듣고 놀라고 분하여 적진 중에 계시면 어디에 계시는지 물으니 그 군사가 대답하기를

"저 황기黃旗 아래로소이다."

해룡이 즉시 육경육갑六經六甲[99]을 외어 오방五方에 있는 신 령들과 세상일에 능통한 신들을 불러

"너희는 좌우로 옹위하여 이러이러하라."

하고, 또 태을경[100]을 외어 천지풍운을 일으켜 사면을 어둡게 하고 둔갑을 베풀어 다섯 해룡海龍을 만들어 각각 말을 타게 하고 의갑을 갖추어 적소검을 들게 하여 적진을 제치며 들어가

---

98) 복명復命 : 윗사람의 명령을 수행하고 나아가 보고함.
99) 육경육갑六經六甲 : 여섯 경과 육십갑자. 여섯 경은 흔히 중국 춘추 시대 의 여섯 가지 경서經書 역, 서, 시, 춘추, 예기, 악기를 말하나 여기서는 병술에 쓰이는 주문의 일종. 육갑은 흔히 육십갑자를 이르는데 천간天干 의 갑을병정무기경신임계甲乙丙丁戊己庚辛壬癸에 따른 지지地支의 변 화를 말함.
100) 태을경太乙經 : 천지 만물이 나고 이루어진 근원 또는 우주의 본체라 하여 음양가들이 병란·재화·생사 따위를 맡고 있다는 신령을 태을이라 고 한다. 태을경은 이런 이론을 근거로 하여 만들어진 이론서.

외치기를

"무도한 서변왕의 무리들을 씨도 남기지 아니 하리라."

하며, 크게 호령하기를

"우리 남경 황제를 어디에 모셨느냐?"

하며, 쳐들어가니 검은 구름과 모진 바람이 일어나며 천지 아득한 가운데 오방신장과 삼만 육천 왕이 각각 위엄을 베풀어 적진을 음살陰殺하며 다섯 해룡이 적소검을 들고 동서남북에 번개같이 들어가니 적진에서는 뜻밖에 신장을 만나 정신을 차리지 못하였다. 진중에 운무 자욱하며 적소검이 빛나는 곳마다 죽는 자 추풍낙엽秋風落葉 같았다. 순식간에 백만 군병을 다 치고 황상을 모시고 남쪽 관영官營으로 돌아오니 황제와 제장 군졸이 넋을 잃고 어찌할 줄을 모르더라. 해룡이 신장을 다 물리치고 땅에 엎드려 아뢰기를

"황상은 잠시 진정하시옵소서."

상이 겨우 정신을 차려 말하기를

"장군은 누구시건데 죽어가는 얼마 남지 않은 목숨들을 구하는 것인가?"

하며, 못내 칭찬하거늘 해룡이 땅에 엎드려 아뢰기를

"신은 좌승상 곽춘군의 아들 해룡입니다. 국가가 이같이 위태해져 패하 근심하시되 소인들이 있어 국가 근심을 돕지 못하였사오니 낯을 들어 무슨 말을 하겠습니까?"

상이 이 말을 듣고 크게 놀라 얼굴빛을 잃고

"네가 곽승상의 아들이라 하니 짐의 마음이 어찌 부끄럽지 아니하리오. 짐이 밝지 못하여 승상을 멀리 원지에 보내고 지금까지 유배를 풀지 못하였으니 무슨 면목으로 그대를 대하리오. 오늘날 적장의 칼에 죽게 되었던 목숨을 그대 충성으로 살았으니 그대 공을 의논하면 천하를 반분半分하고 짐의 몸을 깎아도 아깝지 아니한지라. 그대는 충성을 다하여 도적을 파破하고 사직을 안보安保한 후에 짐의 밝지 못한 허물을 깨달아 승상의 충성과 애매한 포원抱寃을 설원雪寃케 하였으니 경의 공을 포상하리라."

하시니, 해룡이 땅에 엎드려 아뢰기를

"성교聖教 이렇듯 간절하시니 황공하여 아뢸 말씀이 없나이다."

상이 더욱 칭찬하여 말하기를

"경 등이 실로 만고충신이로다. 위태한 사직을 안보하고 억조창생億兆蒼生을 건지니 충성이 어찌 놀랍지 아니하리오. 그러나 적장 백동학은 만고명장이니 부디 조심하라."

하니, 해룡이 아뢰기를

"소신이 비록 무지하오나 적장 백동학은 두렵지 아니 하오니 근심치 마옵소서."

하고, 물러나와 제장 군졸을 호령하여 말하기를

"너희 등이 황상을 모시고 진지를 지키면 내 비록 단신의 몸이라 하나 적장 동학의 백만 군졸을 함몰하고 서변왕을 사로잡아 분함을 풀리라."

하고, 시랑의 군사 오기를 기다렸다.

이때 서변왕이 천자와 원수를 군중軍中에 가두고 항복받고자 하였더니 뜻밖에 풍진이 일어나며 무수한 신장이 들어와 황제와 결박한 군사를 구하여 감을 보고 변왕이 크게 놀라 청연도사에게 묻기를 천명인지 신명인지 알지 못해 두려운지라

"선생은 아십니까?"

도사 말하기를

"요즘 천기를 보니 장성이 용문사에 비치더니 남방주신南方主神이 중앙의 미성尾星을 바로 대하여 절을 하고 있습니다. 이는 필시 저 장수가 이 중원中原을 위하여 하늘에서 내리신 것이라. 또 아까 진중에 풍운이 일어나 살기충천하니 그 장수의 조화가 무궁하거니와 가진 칼이 분명 적소검인가 싶으니 만일 적소검이 분명하면 보신갑과 적여마를 얻었음이라. 뉘 능히 당하리오. 왕은 급히 퇴병하옵소서. 만일 더 조이면 큰 우환을 면하지 못하리라."

하니, 변왕이 크게 놀라 말하기를

"선생은 적장의 적소검 보신갑 적여마를 그다지 염려하나이까?"

도사가 말하기를

"적소검은 옛날 초패왕도 당치 못한 한 고조 유방의 칼이요, 적여마는 남해 용총이라. 달리면 풍진이 일어나고 보신갑은 창검과 시석矢石이 닿으면 절로 재가 되어 날리니 이 세 가지는

천하에 드문 보배라 반드시 용문산 응천도사가 가르친 바라. 이 장수 그 도사한테 배웠으면 천상은 고사하고 인간에는 적수 없을 것이니 어찌 두렵지 아니하리오. 우리 용장 백동학은 서방 금성정기를 띠고 나고 적장은 남방 화성정기를 띠고 났으니 오행으로 일러도 화극금火克金이라 어찌 두렵지 아니하리오."

변왕이 말하기를

"응천도사는 선생과 비교한다면 그 조화가 어떠합니까?"

도사가 말하기를

"나는 흑운黑雲의 반월半月이요 응천도사는 추천秋天의 명월明月이라. 어찌 의론하리오."

변왕이 말하기를

"아까 진중에 번개 같은 장수 다섯 명인데 적은 어찌 적소검 보신갑이 그리 많습니까?"

도사가 말하기를

"그 장수가 부리는 조화라. 그러므로 풍운을 이루고 신장과 천왕뿐 아니라 또 사방의 위에 하고 해변 위에 살아나는 재주를 가졌을 것이요. 그 무궁한 조화를 뉘 능히 당하리오. 또 그 용검을 다루는 기술은 날이 저문다 하여도 환한 빛이 하늘에 오르며 그 칼은 축신을 싸 천만인을 행하는 법을 아니 그의 이러한 무용을 어찌 다 측량하리오."

변왕이 말하기를

"그러하면 선사는 우리 백장군에게는 그런 병법을 가르치지 아니 하였나이까?"

　도사가 말하기를,

　"하늘이 그렇게 하는 것이니 기묘한 별을 만들 때 반드시 때를 기다려 그 임자를 주는 고로, 강태공姜太公이 그 문서를 얻어 주周나라 왕실王室을 도와 천하를 도모했고 그 후에 황석공[101]이 그 법을 알아 유방을 가르쳐 한漢나라 왕실王室을 창읍剙邑하고 그 후 사백 년 후에 제갈량이 그 문서를 얻어 유황숙을 돕고 그 후로 전할 곳이 없더니 응천도사 그 법을 통달하여 당초에 그 문서를 구경하자 하였더니 전할 곳이 있다 하고 아니 주기로 대강 만든 것이려니 하였더니 어찌 그런 법을 말만 듣고 하오리까?"

　동학이 이 말을 듣고 대로大怒 왈

　"양진이 상합相合하여 싸울 때에 다만 용맹과 술법을 쓸 것이지 그런 문서를 쓰오리까? 선생은 두렵거든 돌아가옵소서. 소장이 한번 붙어 적장을 베고 황제를 사로잡아 항복받은 후에 선생께옵서 먼저 자랑삼아 하던 말을 다시는 못하게 할 것이오."

하고, 몸을 변화시켜 나는 말이 되어 내달아 가니 도사 말려 말하기를

　"잠깐 머물러 적장 거취를 보고 싸움이 옳다."

─────────────

101) 황석공黃石公 : 한나라 창건의 주역인 장량에게 '태공병법'이란 책을 건네 준 노인.

하는데, 동학이 듣지 아니하고 진문 밖에 나서며 외치기를

"남경의 어린아이야, 닫지 말고 너희 진중의 장수 있는 곳으로 나와 내 칼을 받으라. 오늘 너희를 함몰하리라."

하고, 질욕叱辱이 무수한지라.

이때 해룡이 황제를 모시고 적을 깨트릴 묘책을 의논하니 장졸이 다만 백여 기라. 상이 염려하여 말하기를

"적장 동학의 용맹은 저러한데 우리 진중에는 장졸이 적으니 이 일을 어찌할까?"

하시니, 해룡이 말하기를

"주상은 염려 마옵소서. 신이 한번 출전하면 승산이 있을 것입니다.

하고는, 남은 군사 삼백 기로 진을 치되 이십팔수二十八數[102]를 행하여 사방으로 세우고 동방東方에는 각항저방심미기角亢氐房心尾箕[103]를 응하여 청룡기를 세우고 진방辰方[104]에 진하련괘震下連卦[105]를 베풀고 서방西方의 규루위묘필자삼奎婁胃昴畢紫參[106]

---

102) 이십팔수二十八數 : 황도와 천구의 적도 주변에 있는 28개의 별자리.
103) 각항저방심미기角亢氐房心尾箕 : 동쪽에 있는 7개의 별 이름. 별자리 전체 모습을 용의 모습에 비유해 청룡이라 한다. 각은 용의 뿔. 항은 용의 목, 저는 가슴, 방은 배, 심은 엉덩이, 미는 꼬리 끝에 비유.
104) 진방辰方 : 동남쪽.
105) 진하련괘震下連卦 : 『주역』 8괘의 하나로 위는 틔우고 뒤를 막아 적의 세력을 꺾는다는 점괘.
106) 규루위묘필자삼奎婁胃昴畢紫參 : 서쪽의 별자리 이름으로 그 모습을 호랑이에 비유해 백호라고 여긴다.

하여 백호기白虎旗를 세우고 태방兌方107)에 태상절괘兌上絶卦108)
를 베풀고 남방南方에는 정귀류성장익진井鬼柳星張翼軫109)을 응
하여 주작기朱雀旗를 세우고 이방離方110)의 이허중離虛中111)괘
를 베풀고 북방北方에는 두우여허위실벽斗牛女虛危室壁112)을 응
하여 현무기玄武旗를 세우고 감방坎方113)의 감중연坎中連114)괘
를 베풀고 동남 각 북서의 남동 각 건곤乾坤 사이에 손괘巽卦115)
를 베풀어 갑병무경임甲丙戊庚壬의 기운을 사방에 돌리고 을정
기신계乙丁己辛癸116)로 오행진五行陣을 벌리고 천기 풍운조화를

---

107) 태방兌方 : 북동쪽.
108) 태상절괘兌上絶卦 : 『주역』 8괘의 하나로 세 개의 효 중 밑의 두 양효陽
   爻와는 달리 가장 위의 효가 음陰으로 이를 絶이라 표현. 태兌는 바르고
   정당한 것 또 기쁨을 의미한다.
109) 정귀류성장익진井鬼柳星張翼軫 : 남방의 별자리로 그 모습이 봉황 혹은
   공작에 비유하여 주작이라고 한다.
110) 이방離方 : 남방南方.
111) 이허중離虛中 : 『주역』 8괘 중 하나로 불 혹은 남쪽을 상징한다. 세 개의
   효 중 가운데 효가 음으로 이를 불에 비유하면 불은 가장자리의 온도는
   높고 중간 부분은 온도가 낮은 고로 중간을 허하다고 하여 허중虛中이
   라 함.
112) 두우여허위실벽斗牛女虛危室壁 : 북쪽의 별자리로 거북이에 비유하여
   현무라고 한다.
113) 감방坎方 : 북방.
114) 감중연坎中連 : 『주역』 8괘 중 하나로 물과 북쪽 등을 상징한다. 세 개의
   효爻 중 가운데는 음으로 이를 물에 비유하면 물살의 흐름이 가운데
   부분이 가장 그 세력이 강하다 하여 중연中連이라 함.
115) 손괘巽卦 : 『주역』 8괘 중 하나로 바람 혹은 나무 등의 사물을 상징하며
   겸손과 화해를 나타낸다.
116) 갑병무경임甲丙戊庚壬 · 을정기신계乙丁己辛癸 : 천지天地 기운 중 하
   늘의 기운.

감추고 음양 생사문生死門을 내어 동서두미東西頭眉[117]를 세우고 도로 육화팔문진六花八門陣[118]을 벌리고 육정육갑六丁六甲[119] 태을경太乙經[120]을 외어 진전에 둔갑 변신하는 법을 차렸다.

그리고 군졸에게 호령하여 말하기를

"내 진문을 열고 적장을 들인 후에 조화를 베풀 것이니 혹 진중에 괴이한 일이 있어도 요동치 말고 진지를 비우지 말라."

하며, 당부하고 진문을 크게 열고 쓱 나서 외쳐 말하기를

"무도한 서변장은 들어라 나는 중원 으뜸 장수 해룡이니 너희 등이 하늘의 뜻을 거슬러 시절을 불안케 하니 내 천명을 받아 전장에 나와 변진을 함몰하고자 하니 너희 중에 능히 대적할 자 있거든 빨리 나와 보라."

하는 소리 태산이 무너지고 강과 바다가 뒤 눕는 덧 하더라.

적장 동학이 그 소리를 듣고 소리치며 말을 달려오니 해룡이 적여마 위에 뚜렷이 앉았는데 오색이 영롱하고 천지조화를 흉중에 품은 듯하였다. 두우성斗牛星 정기 쏘인 가운데 비룡 말굽

---

117) 동서두미東西頭眉 : 동쪽으로 머리를 서쪽으로 꼬리를 둠. 진법의 하나.
118) 육화팔문진六花八門陣 : 팔괘八卦에서 유래한 팔문진으로 팔방에 군사를 배치하고 중앙의 진영과 연계하여 모두 아홉 개의 병거로 구성되는 진법으로 그 모양은 정사각형이다. 팔문진의 진법을 이용하여 육화진六花陣이라는 진법이 나옴.
119) 육정육갑六丁六甲 : 육정육갑은 둔갑신장. 십이신장이라고도 하며 변화 도술법이 자유자재 하다. 간지의 6정과 6갑으로 구성. 천둥과 바람을 부리고 귀신을 제압한다. 육정은 음신, 육갑은 양신이다.
120) 태을경太乙經 : 모든 악귀로 부터 일신을 보호해 준다는 경문.

이 분분하여 조화가 한 몸에 싸였으나 군졸이 불과 삼백 기가 못 되는지라. 동학이 나서며 외쳐 말하기를

"적장 해룡은 들으라. 나는 서변국 쌍두장군 백동학이라. 십 년을 공부하여 세상에 나오니 사람은 고사하고 귀신도 두렵지 아니하거늘 네 조그마한 아이 죽이기를 어찌 근심하리오."

하며, 달려들거늘 해룡이 대답하지 아니하고 말을 몰아 접전할 때 해룡이 짐짓 눈을 반만 감고, 진방은 동남쪽이라 창 든 손을 들어 날렸다. 동학이 승세하여 소리를 크게 지르며 달려들어 해룡의 칼을 치니 동학이 치던 창이 오히려 부러져 재가 되어 날아가는지라 동학이 크게 놀라 본진으로 물러가더라.

해룡이 따르지 아니하고 크게 외쳐 말하기를

"적장 동학은 어린아이로다. 어찌 답하는 소리도 없이 달아나느냐? 내 너를 쫓아가 머리를 벨 것으로되 아직 용서하나니 네 돌아가면 왕더러 바삐 나와 항복하라 하라. 내 성품은 남과 달라 살해를 좋아 아니하니 부디 목숨을 아껴 빨리 항복하라. 만일 더디면 서변 오랑캐를 씨도 없게 하리라. 내 말 후회 없게 하고 하늘의 뜻을 수용하라."

하고, 본진에 돌아오니 제장 군졸이 다 치하하더라.

천자가 칭찬하며 말하기를

"장군의 신기함은 진실로 천신天神이로다. 적장 동학이 물러가니 이제는 염려 없도다."

하였다.

이때, 두 자사와 시랑이 군병을 거느리고 오거늘 천자 크게 기뻐하시어 시랑과 두 자사를 불러 말하기를

"짐이 밝지 못하여 경 등의 충성 모르고 괄시하였으니 어찌 부끄럽지 아니하리오."

하니, 시랑 등이 함께 아뢰기를

"그는 다 간신의 참소이오니 어찌 패하의 허물이리까? 신등은 이제야 와서 황상의 근심을 빨리 덜지 못했으니 불충하온 죄를 어찌 면하오리까?"

하고, 물러나와 해룡을 보고 반긴 후에 전세戰勢를 묻거늘 해룡이 대답하여 말하기를

"동학은 어린 아이라. 내일은 적진을 파할 것이니 제형은 진지를 비우지 말라."

하고, 황상 앞으로 가서 엎드려 아뢰기를

"소장이 도적을 잡고 싶되 백면서생이라 문무제장文武諸將이 명을 아니 들을까 하나이다."

상이 그제야 깨달으시고 말하기를

"짐이 잠깐 전후 국법을 몰랐도다."

하시고, 군사를 신칙申飭121)하시어 침단礱壇122)을 모으고 여러 장수들을 세워 황상이 친히 단 아래 서서 곽해룡으로 대원수를 봉하시고 인끈123)을 주시니 원수가 황상이 앉은 자리에서 내려

---

121) 신칙申飭 : 단단히 일러 조심하게 함.
122) 침단礱壇 : 단을 높이 쌓음.

와 엎드려 절하고 물러나오니 기쁜 소리 진동하더라.

　이때 동학이 본진으로 돌아와 분을 이기지 못하여 말하기를

　"누가 적장 해룡을 잡아오리오. 오늘날 저를 보니 용맹과 검술은 모두 미성한 아이라. 내 칼이 상하여 베지 못하였거니와 내일은 결단코 베리라."

하고, 분연하거늘 도사가 변왕에게 말하기를

　"적장 해룡은 진실로 범상한 장수가 아니로다. 그 진법을 보니 오행으로 팔문육화진을 벌이고 용진하는 법이 신통한지라. 어찌 하늘이 내신 장수 아니리오. 우리 장수 동학은 종시 남을 업신여기오니 어찌 후환이 없으리까? 나는 대왕을 도와 성사할까 하였더니 천운이 불행할 뿐, 일찍 두루 살피지 못하여 다만 한탄이거니와 대왕은 급히 퇴병하옵소서."

하고, 공중으로 구름을 타고 올라가며 말하기를

　"내 출세할 때 곽해룡을 살피지 못했으니 그 정성이 용문산에 비치기로 북방을 염려하고 남방은 의심치 아니하였더니 어찌 곽해룡이 남방에 날 줄 알았으리요. 대왕은 요량대로 하옵소서. 경각에 대환이 미칠 것이니 각별 조심하옵소서. 서변장군에게 일렀으되 한갓 용맹만 믿고 깨닫지 못하니 실로 답답하도다."

하며, 대해大海로 내려가더라. 동학이 크게 노하여 변왕에게 여쭈기를

---

123) 인끈 : 병권兵權을 가진 무관이 발병부發兵符 주머니를 매어 차던, 길고 넓적한 끈.

"내일은 결단코 중원을 쳐 함몰하고 평정한 후에 도사를 찾아 설분雪憤하고자 하나이다."

하고, 날 새기를 기다리더니 이튿날 평명의 대원수 해룡이 방포 일성放砲一聲에 진문을 크게 열고 소리치며

"적장 동학은 어제 미결한 승부를 결단하자."

하니, 동학이 응수하여 소리치며 말을 몰아 와서 싸우기를 서로 마주 십여 합에 원수 짐짓 피하는 듯하며 본진으로 돌아오니 동학이 이긴 양 여겨 원수를 쫓아 진문陣門에 다다라 가서 동학에게 오히려 잡히는가 하였더니 원수는 간 데 없고 사면으로 풍운이 일어나며 뇌성벽력이 진동하는 중에 눈을 뜨지 못하며 귀졸이 만신을 침노하여 정신을 산란하게 하며 신장이 사면으로 에워싸고 우레 소리 비 오는 듯한데 "적장 동학은 항복하라."

하는 소리 정신이 아득해져 정신을 겨우 진정하여 한쪽으로 헤치고 달아나고자 할 즈음에 또 한 장수 백금 투구를 쓰고 비운갑을 입고 백마를 타고 길을 막으며 말하기를

"동학은 달아나지 말고 항복하라."

하거늘, 동학이 분노하여 어쩔 줄 몰라 할 수 없어 죽기로써 싸워도 당하지 못하여 도로 달아나니 또 한 장수 청룡마를 타고 청룡도를 들고 길을 막거늘 겨우 몸을 벗어나 한곳에 다다르고 또 한 장수 오호마를 타고 자줏빛 구름색의 갑옷을 입고 끝이 네모로 각진 창을 들고 길을 막으며 바삐 항복하라 하니 동학이 달아날 길이 없어 죽기로써 싸웠다. 또 한 장수 적여마를 타고

홍운갑을 입고 방천검을 들고 큰소리로 꾸짖으며 말하기를

"적장 동학은 들으라. 네 어디로 가랴? 승전勝戰의 입지는 없을 것이니 빨리 항복하라."

동학이 황당하고 창망하여 하늘을 보며 탄식하여 말하기를

"동서남북이 다 막혔으니 어디로 가리요."

하며, 주저하고 있는데 또 중앙 깃발 아래 한 장수 나서며 꾸짖어 말하기를

"동학은 달아나지 말라. 중국 대원수 곽해룡이 왔노라. 네 아직도 항복 아니 하였느냐?"

하며, 달려들거늘 동학이 어쩔 수 없어 죽을힘을 다해 싸우더니 한 번 크게 칼이 서로 부딪히지도 않았는데 원수의 칼이 번듯하여 동학의 말을 찔러 넘어뜨렸다. 동학의 말이 거꾸러지자 동학의 몸이 공중으로 솟아 달아나 육정六丁이 화化하여 육화진六花陣124)이 되어 에워싸고 길을 막아 호통하니 동학이 죽기로써 육화진을 벗어나 본진으로 달아났다. 원수 또한 둔갑을 베풀어 오방신장五方神將125)과 삼만육천왕三萬六天王126)을 거느리고 적진으로 쫓아 신풍취우神風驟雨127)를 부리니 적진 장졸이 황황

---

124) 육화진六花陣 : 육정六丁은 둔갑 신장 혹은 그 기운이다. 육화진은 육정의 기세를 이용하여 팔진법에서 앞뒤를 막아 다시 여섯 개의 방위로 나눠 적이 빠져나가지 못하게 하는 진법.

125) 오방신장五方神將 : 사방과 중앙에 있는 귀신들.

126) 삼만육천왕三萬六天王 : 우주 천지에 두루 한 귀신. 또는 그 귀신들을 거느리는 왕.

127) 신풍취우神風驟雨 : 바람과 비를 몰아 조화를 부림.

분주하여 급히 진을 옮기고 서로 돌아보며 이르되

"항오行伍128)를 어찌 찾아 분발하오리까?"

변왕이 동학을 돌아보며 말하기를

"이 일을 장차 어찌하리오. 사면이 만경창파요 또한 조각배도 없으니 어찌 살기를 도모하리오. 그 도사 말을 들었으면 이러한 변을 아니 볼 것을 진작 퇴병 못한 탓이다. 장군은 어찌하려 하는가?"

동학이 여쭈되,

"때가 궁하니 신이 어찌 구하오리까? 이렇듯 변화무궁한 줄은 몰랐습니다."

하며, 탄식하고 있었더니 갑자기 무수한 장졸이 호룡虎龍도 타고 흑범도 타고 흑거북도 타고 일시에 진중에 들어와 소리치며 횡행할 때 원수가 적소검을 비껴들고 사면으로 가만히 검을 휘두르니 군졸의 머리 추풍의 낙엽 같더라. 동학이 나서서 싸우고자 하나 사면팔방으로 번개 같은 장수 모두 해룡이라. 문득 벽력같은 소리 진동하며 일원대장이 칼을 높이 들고 호령하며 꾸짖어 말하기를

"무도한 백동학아, 이래도 항복 아니 하겠는가?"

하며, 신장을 호령하여 백동학을 결박하려 성화같이 재촉하니 동학이 창황 중에 살펴보니 원수 곽해룡이라. 황급하여 어떻게

---

128) 항오行伍 : 군대를 편성한 항렬.

할 줄을 몰라 썩은 나뭇가지처럼 서 있으니 무수한 장졸이 일시에 달려들어 결박하니 제 비록 용맹 있으나 곽원수는 고산의 신령이라 호풍환우呼風喚雨[129]하는 법에 어찌 당하랴. 속절없이 결박하여 엎드리게 하고 변왕을 잡아내어 긴 끈으로 목을 걸어 수레 위에 싣고 본진으로 들어보내고 그 남은 제장은 결박하고 군사는 앞세우고 승전고를 울리며 본진으로 돌아왔다.

이때 상께서 원문 밖에 나와 원수를 맞아 장대에 앉히고 잔을 잡아 위로하며 말하기를

"원수의 용맹은 천하 으뜸이요 변진 중 백만 대병과 범 같은 장수 동학을 사로잡았으니 난중에 났다는 제갈무후 칠종칠금七縱七擒[130]하던 공보다 십 배나 더하도다."

하시며, 못내 칭찬 하더라.

이날 원수 문무文武 제장諸將을 좌우로 세우고 숙정패[131]를 내어 굿고 황제를 장대에 모시고 우사[132]를 호령하여 변왕을 잡아내어 무릎 아래 꿇리고 크게 호령하여 말하기를

"변왕은 들으라. 하늘이 사람을 내실 때 오륜을 정하시어 군신지분君臣之分과 존비귀천尊卑貴賤을 다 각각 정하여 제왕과

---

129) 호풍환우呼風喚雨 : 요술로 바람과 비를 불러일으킴.
130) 칠종칠금七縱七擒 : 제갈무후는 제갈량의 다른 이름. 제갈량이 남만을 정벌할 때 맹획을 일곱 번 잡아 일곱 번 모두 놓아 주었다는 고사.
131) 숙정패肅靜牌 : 군령軍令으로 사형을 집행할 때 떠들지 못하게 하기 위하여 세우던 나무패.
132) 우사 : 임금을 곁에서 보좌하는 신하.

공후公侯와 국가 대계를 마련하고 인의예지仁義禮智를 분간하여 임자가 있고 분수가 분명한지라. 천자는 명을 하달하여 받고 공후와 백성은 명을 천자께 받는 고로 사해四海 안이 모두 왕의 땅이요 그 땅의 백성들을 거느린다. 이런 고로 천하 각국이 황제께 충성하는 법이거늘, 너희 등은 그런 법을 모르고 천의를 거슬러 역적이 되었으니 어찌 살기를 바라리오. 역천자逆天者는 마땅히 벨 것이나 십분 용서하고 살려 보내니 돌아가 덕을 쌓고 어진 정사로 백성을 다스리고 충성으로 황제를 섬겨 일년일차一年一次[133]로 조회하여 옛 법을 밝히면 자연 수복이 장구할 것이니 부디 남의 국경을 탐하지 말라. 선심으로 백성 다스리기를 각별이 하여라."

하고, 대강 수습한 후에 물리치고 백동학을 끌어내어 국문鞫問하여 말하기를

"장수 되는 법이 위로 하늘의 법을 통달하고 아래로 지리에 밝고 가운데 인간을 구제하여 풍운조화를 맡아 세상을 살피어 흥망을 알아 이해를 안 연후에야 반드시 장수라 하거늘 어찌 조그마한 재주와 용맹만 믿고 장수라 칭하리오. 나라를 위하여 공을 세우고자 할진대 착한 사람을 도움이 옳은지라. 너는 잔학한 임금을 섬겨 망발하여 성공하지 못하고 도로 네 목숨을 저버리니 자신에 대한 책망도 제대로 못하여 네 주인도 욕을 보이게

---

133) 일년일차一年一次 : 매년 한 차례씩.

하니 탄식을 그치지 못하겠다. 방금 천하를 가질 듯이 하던 기상에 너를 데려가 신기한 술법을 가르쳐서 선봉을 삼고자 하였더니 죽기를 자원自願하니 진실로 애달프도다. 무사를 호령하여 진문 밖에 내여 회시回示134)하라."

하고, 그 남은 장수를 방출하고 또 군사를 놓아 보내니 모두 원수의 덕을 백배 치하하더라.

이때 변왕이 예단을 바치고 백배 사죄하거늘 상이 말씀하시기를

"십분 용서하여 보내니 이후에는 그런 뜻을 두지 말라."

하며, 원수의 말과 같이 하라하시니 변왕이 황은을 축사하고 본국으로 돌아가더라. 원수 그날부터 큰 연회를 베풀고 제장 군졸을 상사賞賜135)할 때 출전한 제장을 헤아리니 죽은 자 백만이요, 남은 제장 삼백여 명이라.

상이 용안에 눈물을 흘리시며 환궁하실 때 원수 엎드려 아뢰기를

"이제 적을 파하였으니 패하는 근심하지 마옵소서. 신은 지금 물러가 아비 적소에 다녀올 것이오니 엎드려 바라옵건대 황상은 공문을 내어 주옵소서."

하며, 눈물을 흘리거늘 상이 말씀하시기를

"환궁한 후에 즉일卽日 명관命官136)을 보내어 모셔오게 할 것

---

134) 회시回示 : 회답하여 보이거나 지시함.
135) 상사賞賜 : 위에 있는 사람이 아래 사람들의 공을 치하하며 상을 내림.

이니 원수는 염려 말고 황성으로 함께 가자."

하니, 원수 다시 여쭈기를

"소장이 어찌 명관 보내기를 기다리겠습니까? 소장이 먼저
가 데려오리다."

하며, 엎드려 일어나지 못하거늘 상이 말리지 못하여 공문과
해배解配[137]하는 조서를 주시며 말하기를

"경이 구태여 그리하려 하니 말리지 못하거니와 부디 빨리
돌아와 짐의 답답한 마음을 덜게 하라."

하시며,

"원수 어찌 혼자 가리오."

하시고,

"수십 초장超將[138]을 거느리고 가라."

하시니, 원수가

"소신은 혼자 가도 염려 없사옵니다. 근심 마옵고 안정하옵소
서."

하고, 물러나와 시랑과 제장들에게 이별하고 모친께 편지만
부치고 이 날 설산도로 행할 때 황제 원수를 전송하였다.

　이윽고 환궁하시어 시랑 곽용충으로 선봉을 삼고 두 자사로
후군을 거느려 황제는 친히 중군의장으로 들어올 때, 황성 육진

---

136) 명관明官 : 황제의 명을 받아 시행하는 관리.
137) 해배解配 : 귀양을 풀어 줌.
138) 초장超將 : 뛰어난 장수.

군과 장안 백성이 밖에 나와 단사호장簞食壺漿[139]으로 황상을 맞아 못내 반기더라. 천자 봉무대를 넘어 광음교를 지나 봉황대에 올라 여러 신하의 조회를 받고 환궁하신 후에 제장을 다 입시하여 하교하기를

"경 등은 이번 전쟁의 내력을 들으라. 당초 짐이 친정親政[140]하였다가 적장 동학의 손에 백만 대군을 다 죽이고 짐이 사로잡혀 거의 죽게 되었더니 승상 곽춘군의 아들 해룡의 구함을 입어 명을 보존하고 패망敗亡 군졸 백여 명을 거느리고 서변 팔십만 대군과 범 같은 장수 백동학을 금고일성金鼓一聲[141]에 사로잡아 천하 강산을 건지고 사직을 안보하였으니 그 공을 의논하건대 천하를 반분하여도 아깝지 아니하다."

하시고, 즉시 적몰籍沒[142]한 것을 환송하시어

"곽승상이 돌아오면 왕을 봉할 것이오. 원수는 승상으로 봉할 것이다. 우선 그 부인 임씨로 정열왕후를 봉하고 시비 여덟 명을 주어 위하게 하고 별궁을 정하여 거처하게 하라. 승상으로 위왕을 봉하고 원수로 충열공 좌승상을 봉하고 직첩을 예조 남관에게 명송命送[143]하게 하라."

---

139) 단사호장簞食壺漿 : 한 끼 먹을 수 있는 작은 도시락 혹은 주먹밥과 간장 한 종발. 백성이 군대를 반겨 맞이한다는 뜻.
140) 친정親政 : 임금이 직접 전쟁에 나감.
141) 금고일성金鼓一聲 : 북과 징을 두드리며 목소리 높여 내 지름.
142) 적몰籍沒 : 중죄인의 재산을 몰수 함.
143) 명송命送 : 명을 전달함.

하시고, 시랑 곽용충은 이부상서를 봉하시고 두 자사로 북군 대도독을 봉하시고 그 나머지 장군은 차례로 공을 돋우시고 전장에 죽은 장졸은 증직을 내려 그 혼백을 위로하시고 또한 무사를 호령하여 우승상 왕윤경과 사도 최윤경과 황문시랑 조장원 등을 결박하니 상이 하교하여 말하기를

"너희 등은 국록을 먹는 신하로 국가 환란을 일분도 근심하지 아니하고 너희 목숨만 생각하여 항복하라 권하니 그 죄 마땅히 삼족을 멸할 것이고 충효경천忠孝敬天하고 청렴 강직한 곽춘군을 모함하여 나라 변방에 안치하게 하여 기군망상한 죄를 의론하건대 어찌 일시라도 살려두리오. 짐이 이번 출전에 욕본 것도 너희 등이 아첨한 죄라 어찌 통분치 아니하리오. 지금 곧 죽일 것이로되 승상과 위왕 부자 돌아오거든 처참處斬[144]하리라." 하였다.

이때 부인 임씨 궁비 정속하였다가 뜻밖에 정숙왕비를 봉하시고 또 직첩을 내리거늘 부인이 황공하여 북향사배한 후에 황은을 축사하고 황태후 전에 들어가 전후내력을 아뢰니 태후 말씀하시기를

"왕비의 아들 해룡이 금번 황상의 환난을 구하여 승전한 공으로 전죄를 사하시고 승상은 위왕을 봉하시고 해룡은 승상으로 봉하시고 부인은 왕비를 봉하사 우선 별궁으로 거처하게 하리

---

144) 처참處斬 : 참형에 처하다.

라."

왕비 이 말씀 들으시고 한편 놀라고 한편 기뻐하시던 차에 원수의 서간이 왔는지라 급히 떼어 보니 하였으되

'불효자 해룡은 문안 아뢰나이다. 소자는 슬하를 떠나 부친 적소로 가는 길에 도사를 만나 묻자온대 도사 답하기를 황상의 공문 없으면 설산도를 못 간다 하옵기로 회정回程[145]코자 하온 즉, 도사 가로되 그대 가화공참家禍共慘[146]하여 모친이 궁비宮 婢가 되었으니 함부로 몸을 움직이는 것은 경솔하다 하고 가지 못하게 하옵기에 그 말씀을 듣고 천지 아득하여 일월이 빛이 없어 사세事勢 아득하여 하는 수 없이 도사를 따라 산중에 들어가 병서와 용법지술을 배웠더니 마침 국가의 위태로움을 요량하여 칼을 잡고 전장에 나와 도적을 쳐 물리치고 황상의 급하심을 구하였습니다. 엎드려 바라옵건대 모친은 진정하옵 소서. 빨리 돌아와 슬하에 대령하여 원수를 갚고 간신을 물리 칠 것이니 과도히 슬퍼 마옵소서.'

하였더라. 왕비 보기를 다함에 한편 기쁘고 한편 슬퍼 이날부터 원수와 승상 오기를 날로 기다리더라.

한편, 이때 상이 환궁하신 후에 태후께 뵈옵고 공주의 정혼을 근심하시어 간택하옵기를 여쭈니 태후가 말씀하시기를

---

145) 회정回程 : 오던 길을 돌아감.
146) 가화공참家禍共慘 : 가정에 재앙과 참변을 함께 겪음.

"이번 환란에 승전한 해룡은 위왕의 아들이요 또한 충신이라. 공주의 배필로 정하여 이세 삼세를 키우면 만세까지 어찌 즐겁지 아니하리오."

하며, 혼인을 정하시니 왕비 더욱 즐거워하시며 말하기를

"내 당초에 정혼하실 때 실지 차연의 후은厚恩을 입어 일신이 편안히 있었음을 생각하니 간절한지라. 바라나니 공주는 내 낯을 보아 차연을 각별히 사랑하여 그대와 같이 거처하기를 원하나니 공주는 황후 전에 사연을 여쭈어 내 소원을 풀기 바라노라."

하시는데, 공주 즉시 그 말씀을 황후 전에 여쭈오니 황후 들으시고 칭찬하여 말씀하시기를

"왕비는 진실로 여중군자女中君子[147]라. 그 몸이 영귀榮貴하여도 석사昔謝[148]를 잊지 아니하시니 마음이 가장 아름답도다."

하시고, 차연을 명하여 정안궁에 보내어 왕비를 모시라 하시니 차연이 또한 소원하던 중 기뻐하더라.

또 한편, 이때 원수 설산도로 행할 때 여러 날 만에 용문산에 이르러 산천이 방불하고 풍경도 의구하더라. 석문에 다다르니 동자 나와 절하거늘 선생 전에 들어가 극진히 배례하니 도사가

---

147) 여중군자女中君子 : 여자로서 남자 못지않은 도량과 학식과 학덕을 겸비함.
148) 석사昔謝 : 옛 은혜를 잊지 않고 보답함.

말하기를

"그대는 천신이로다."

하시고, 칭찬하여 말씀하시기를

"그대 천자를 도와 공을 이루었으니 가르친 것이 허사 아니로다. 그러나 지금 진변과 토변에 반란이 있어 중원을 침범하고자 하니 그대의 큰 근심이로다. 진변 선봉장 묵특은 술법을 사명산 철관도사에게 배웠으니 그대와 비하면 또한 용맹이 옛날 초패왕楚覇王[149]이라. 그대보다 백 배나 더하니 어찌 근심하지 아니하리오. 각별 조심하여 부디 경적輕賊[150]지 말라."

하시며, 한 봉서封書를 주며 말하기를

"적장과 싸우다가 당치 못하거든 떼어 보고 천기를 누설하지 말라. 참으로 망극하다. 내가 남은 수명이 다하였으니 신이 금일 이별하면 다시 상봉이 망연한지라. 그대는 부디 나의 가르친 바를 저버리지 말라."

하고, 인하여 백학을 타고 공중으로 올라가니 소행所行이 망망沈沈한지라. 원수 한 말도 묻지 못하고 봉서만 깊이 간직하여 설산도로 행하여 갈 때 심사深思를 접지 못하더라. 조화를 부려 풍운을 쫓아 순식간에 설산도로 득달하여 가던 도중 별장을 불러 황제 공문을 부치고 말하기를

"승상이 어디 계시냐?"

---

149) 초패왕楚覇王 : 초나라 항우.
150) 경적輕賊 : 적을 가벼이 여김.

별장이 대답하기를

"오늘 부로 소인의 관중에 거처하시다가 모월 모일에 진변 장졸이 작란作亂하여 도포에 싸서 승상을 데리고 갔사옵니다. 그 연유를 주달하였으나 확실치 아니하고 원수 오심에 말씀을 드리옵니다."

하며, 못내 황공무지하거늘 원수 이 말을 들음에 정신이 아득하여 실성통곡 왈

"하늘이 해룡을 미워하시어 부자 상봉 못하게 하심이로다."

하며, 방성통곡하니 도중都中의 백성이 누가 아니 울리오. 원수 진정하고 별장에게 묻기를

"진변이 여기서 얼마나 되는가?"

별장이 아뢰기를

"수로로 가면 서북대해를 건너고 육로로 가면 팔만 육 천리로소이다."

원수 울울鬱鬱151)한 분을 이기지 못하여 별장에게

"이 연유를 황제께 아뢰라."

하고, 진변으로 행하였다.

한편, 이때 진변이 토변과 합세하여 철관도사와 선봉장 묵특으로 중원을 치고자 하다가 서변왕이 설산도에 안치한 곽승상

---

151) 울울鬱鬱 : 답답하고 분한 마음.

의 아들 해룡 손에 패하였다는 말을 듣고 서변은 열국 중에 으뜸 강국이요. 선봉장 백동학은 만고 명장이로되 불과 하루 만에 사로잡혔으니 그 장수 재주와 용맹이 실로 범상치 아니한 지라 그 장수 두고는 어려울지라. 이제 장졸을 설산도로 보내어 곽승상을 잡아다가 달래어 좋은 벼슬을 주면 제 자식을 부를 것이니 아비를 생각할 것이요, 또한 중원을 얻은 후에 천하를 반분하자하면 들을 것이요, 그 장수와 동심합력同心合力하면 통일천하할 것이니, 말 잘하고 지혜 있는 사람을 보내려 하였다.

이때 승상이 부인과 해룡을 생각하며 눈물로써 지냈더니 천만의외에 진변 장졸이 와 급히 아뢰거늘 승상이 어쩔 수 없이 서변국에 이르니 토왕이 당하에 내려 말하기를

"지금 운수 다하여 사람이 다 배반하였으되 우리는 중원을 꾀하려 하니 하늘이 천하명장 묵특을 가르친 철관도사를 얻어 지혜와 용맹이 원수 중에 으뜸이라. 이런 고로 승상을 청하여 신이 함께 하고자 하나이다. 지금 서변을 파破함에 천자 크게 믿으시고 만사를 다 임의로 하라 하시니 나랏일을 알아 대사를 도모하려 하니 승상은 급히 편지를 보내어 아들을 불러와 내응이 되면 성사될 것이요, 만일 성사되면 천하를 반분할 것이오니, 승상은 깊이 생각하여 허락하오시면 복록이 가득할 것이요, 만일 그렇지 아니하면 죽음을 면하지 못할 것이니 사양 말고 허락하옵소서."

하거늘, 승상이 이 말을 들으시고 해룡 있는 줄 아시고 한편

놀라고 한편 기뻐하며 정신을 진정하지 못하다가 이윽고 말씀을 내어

"두 왕은 들으라. 하늘이 만백성을 낸 것은 정해진 법이라. 그런 고로 존비귀천尊卑貴賤이 있어 황상이 천자의 자리를 누리심에 중원을 차지하시어 남만南蠻 북적北狄과 동이東夷 서융西戎152)을 처결하며 생사지법을 임의로 하시는 고로 하늘의 뜻에 순종하는 자는 일어날 것이요 하늘의 뜻을 거스르는 자는 망하나니, 그대 등은 한갓 강한 힘만 믿고 천하를 거슬러 망발하다가 천벌을 당할 것이오. 또 나를 대하여 이런 말을 하니 나 또한 힘이 강할 때 같으면 두 왕의 머리를 베어 천하에 보이고자 하노니 그대들은 생심生心인들 대역무도한 마음을 먹지 말라."

하며, 호령하더라. 두 왕이 그 말을 들으니 의사 당당하여 추호도 굽힐 뜻이 없고 승상의 충절은 일월 같은지라. 마음이 부끄러우나 강포强暴가 많은 사람이라. 분기를 이기지 못하여 죽이고자 할 때 철관도사 그 거동을 보고 만류하여 말하기를

"죽이지 말고 가두어 두고 출전할 때 다시 달램이 옳다."

하고, 무사를 호령하여 지함地陷153)에 가두고 출전 명령을 놓고 도사 변왕에게 왈

"곽승상은 본시 마음과 기상이 일월 같으니 그 아들 해룡은 분명 하늘이 낳은 사람이라. 이십 년 전에 남해 용왕이 상제에게

---

152) 남만南蠻북적北狄동이東夷서융西戎 : 동서남북의 오랑캐들을 말함.
153) 지함地陷 : 땅을 파서 죄인이 달아나지 못할 정도로 만든 구덩이.

득죄하고 인간에 전한 인물이라 필경 해룡인가 싶으니 실로 그러할진대 분명 신통한 도사를 만나 무쌍한 변화를 배웠을 것이니 어찌 두렵지 아니하오리까? 대왕은 승상을 만나보사 간절히 청하여 보소서."

하니, 왕이 옳다 여겨 즉시 승상을 청하여 말하기를

"고집을 꺾고 제대로 하여 성사하오면 승상 귀양을 오게 된 한과 참소를 당한 분함도 덜 것이요, 또한 높은 벼슬을 뜻대로 다 할 것인데, 잠깐 허락하오면 피차 좋을 것이니 심량深量154)하라."

하거늘, 승상이 이 말을 듣고

"대역무도한 적 변왕은 들으라. 내 말을 처음에 일렀거니와 종시 듣지 아니하고 역천지심으로 나를 여러 번 달랜들 본래 황성의 신하로서 신운身運이 불행하여 이 지경이 되었으나 어찌 그 같은 너의 무리와 반심을 두어 천지 죄인이 되리오. 그런 누추한 말을 내 귀에 들이지 말라. 바삐 나를 죽여 욕을 면하게 하라."

하며, 크게 호령하니 두 왕과 모든 장졸이 그 말을 들음에 울적한 심사를 참지 못하여 무사를 호령하며

"승상을 잡아내어 원문 밖에 효시梟示155)하라."

하며, 호령이 추상같았다. 무사 등이 일시에 달려들어 승상을

---

154) 심량深量 : 깊이 생각함.
155) 효시梟示 : 죄인의 목을 베어 높은 곳에 매달아 여러 사람에게 보임.

결박하여 수레 위에 싣고 명패命牌156)를 내어 끌고 홍사紅絲로 목을 걸어 원문 밖으로 나올 때 제장 군졸이 좌우에 늘어서서 숙정패肅靜牌157)를 내어 꽂고 창검을 세웠으니 그 위엄이 추상 같더라. 사람과 초목금수라도 승상의 죄 없음을 생각하고 눈물을 흘리니 어찌 슬프지 아니하리오. 승상이 하늘을 보며 탄식하며 말하기를

"내 죽는 것은 서럽지 아니하나 마음 깊이 그리던 부인과 자식 해룡과 함께 살아 보지 못하고 이 같은 오랑캐 손에 죽으니 혼백인들 어찌 통분하지 아니하리오. 일월성신日月星辰과 후토지신后土地神은 감히 통열痛烈하옵시고 자식 해룡으로 이곳에 와 제 아비 죽는 것이나 알게 하옵소서."
하고, 기절하니 하늘도 어찌 무심한 듯하였다.

한편, 원수 설산도를 떠나 진변을 향하여 번개같이 달려오더니 마침 우담 절도령에 들어가 말하니 절도사 대경하여 그간의 연유를 천자께 일일이 아뢰고 원수를 대하여 연일 승전한 공을 치사하며 각별 거행하여 각각의 시정을 정하고 원수를 모시거늘 원수 몸이 곤하여 침석에 잠깐 졸았더니 비몽 간에 백발노승이 청려장青藜杖을 짚고 들어와 침상에 배례하며 왈

---

156) 명패命牌 : 사형수를 형장으로 끌고 갈 때에 목에 걸던 패.
157) 숙정패肅靜牌 : 조선시대 사형을 집행할 때 떠들지 못하게 하기 위하여 세우던 나무패.

"원수는 무슨 잠을 이다지 자시는가? 방금 승상이 안녕치 못하오니 급히 가 구하옵소서. 대공을 이루시되 남을 가벼이 생각지 마옵소서."

하니, 원수가 크게 놀라 말하기를

"노승은 누구시기에 부친이 무슨 연고로 안녕치 못하다 하십니까?"

노승이 대답하여 말하기를

"소승은 남해 죽림사 관음절에 있사옵니다. 내일 오시에 변국 원문 밖에서 승상이 죽어 무주고혼無主孤魂158)이 될 것이니 급히 가 구하소서. 내일 오시에 득달하지 못하면 부자 상봉이 어려울 것이라."

하고, 인하여 간 곳 없거늘 원수 놀라 깨어보니 꿈이었다. 즉시 절도사를 청하여 몽사夢事를 설화하고 변국의 남은 길을 물으니 절도사 왈

"삼만 팔 천리로소이다.

하거늘, 원수 마음이 급하여 말을 채치며 축지縮地159)를 하니 빠르기가 화살 같은 지라. 벌써 동방서 해가 돋고 있었다. 울적한 심사에 분기충천하여 변국에 다다르니 벌써 오시가 되었는지라 원문에 다다라 높이 바라보니 어떠한 노인을 홍사로 목을 매어 수레 위에 싣고 나오는데 명패를 꽂았으니 중국 곽춘군이

---

158) 무주고혼無主孤魂 : 자손이나 돌 볼 사람이 없어 외로이 떠도는 영혼.
159) 축지縮地 : 도술로 지맥을 축소해서 거리를 단축함.

라 하였거늘 원수 그제야 부친인 줄을 알고 한편 통곡하며 한편 분기등등하여 둔갑을 베풀어 몸을 다섯 내어 각각 의갑을 갖추고 육경육갑을 외어 비바람을 날리며 오방신장으로 변국 장졸과 성중을 에워싸고 또한

"삼만 육천 왕을 불러 좌우로 엄살掩殺160)하라."

하고, 원수 적여마를 타고 적소검을 들고 달려들어 크게 꾸짖어 말하기를

"역적 무도한 진변왕은 내 부친을 해치지 말라."

하며 들어가 좌충우돌하니 변진 장졸이 해치지 못하더라. 원수 적소검을 날려 좌우 무사를 한 번에 베고 부친의 족쇄를 다 풀어 놓고 부친을 녹임산에 모시니 승상이 혼비백산하여 정신을 진정하지 못하여 어쩔 줄을 모르거늘 원수 땅에 엎드려 통곡하여 말하기를

"엎드려 바라옵건대 부친은 진정하옵소서. 불효자 해룡이 왔나이다."

하고 위로하거늘 승상이 혼미 중에 해룡이란 말을 듣고 보다가 해룡의 손을 잡고 말하기를

"네가 해룡이라 하니 참말로 해룡이냐? 반갑기 한량없다. 꿈인지 생시인지 알지 못하노라."

하시며, 눈물을 적시거늘 원수 다시 여쭈되

---

160) 엄살掩殺 : 갑자기 기습하여 죽임.

"부친은 진정하옵소서. 불효자 해룡이 여기 왔나이다."

하며, 통곡하거늘 다시 해룡의 손을 잡고

"네 어찌 이다지 장성하여 이곳에 와 죽어가는 애비를 살려내니 하늘이 도우신 바라. 그간 네 모친도 평안하냐?"

히시며, 전후 말을 듣고자 하였다.

원수 여쭈되 부친 정배하신 후에 소자 모친을 하직하고 적소로 찾아가다가 두문동에 가 두 자사와 시랑을 만나 선생이 지시하여 술법을 배운 일과 서변을 파하고 공문을 받아 설산도로 가다가 도사를 만난 그 사연과 꿈에 현몽하신 말씀이며 또한 그 모친 궁비 정숙하였던 전후 말을 낱낱이 여쭈니 승상이 말하기를

"내 말년에 너를 얻어 이다지 장성하여 국가 사직을 안보하며 너의 아비 죄를 씻고 오늘날 급한 환을 면하니 어찌 명천이 감동하지 아니하였겠나."

하며, 귀한 마음을 금치 못해 등을 어루만지며 말하기를

"지금 진변 강성하여 토변과 합세하여 철관도사를 얻어 모사를 삼고 또한 묵특을 얻어 선봉을 삼아 중원을 통일하고자 하여 나를 잡아다가 유인하여 너와 동심同心하고자 하거늘 내 듣지 아니 하고 불청不聽한 죄로 이 지경이 되었거니와 묵특은 만고 명장이라. 쌍두장군 백동학보다 더한 바니 부디 경거망동 말라."

하시거늘, 원수 여쭈되

"부친은 염려 마옵시고 안심하옵소서. 소자 비록 적수단신赤手單身161)이나 그리 두렵지 아니 하나이다."

하며, 칼을 들고 일어서며 크게 꾸짖어 말하기를

"진변 토변 왕은 급히 목을 내어 내 적소검을 받으라. 오늘은 진변 오랑캐를 함몰하고 부친의 분을 풀리라."

하며, 달려드니 변왕과 도사 뜻밖에 신병을 만나 크게 놀라 백마를 잡아 피를 내어 사방으로 뿌리며 풍백을 불러 음악淫惡한 기운을 다 쓸어버리고

"옥춘경玉春經162)을 불러 싸우라."

하고, 제장 군졸을 모아 팔문금사진八門金蛇陣 163)을 치고 좌우로 생사문生死門을 내어 진전에 숙정패肅靜牌를 내어 꽂고 군령을 내리거늘 원수 적진을 살펴보니 구름이 철통같고 또한 풍운을 거두시며 신병이 접촉하지 못하니 원수 마음이 다소 놀라 말하기를

"내 술법 당하는 자 세상에 없더니 오늘날 진변이 내 술법을 항거하여 신병을 호령하며 팔괘를 펼치니 진실로 응천도사의 말이 옳도다. 그러나 재주를 시험하여 보리라."

하고, 바람과 비를 불러 산이 변하여 바다가 되고 몸을 솟구쳐 올라 공중에 앉으며

---

161) 적수단신赤手單身 : 아무 장비도 가지지 않은 홑몸.
162) 옥춘경玉春經 : 신장을 불러들이는 주문.
163) 팔문금사진八門金蛇陣 : 팔문을 이용한 진법.

외치기를

"네 조그만 재주와 용맹을 믿고 어찌 나를 당하리오!"

하며, 적소검을 휘두르니 칼끝에 화광火光이 충천하며 뇌성벽력
이 진동하며 풍진이 일어나니 철관도사 크게 놀라 즉시 태을경
을 외어 풍운을 물리치고 이르기를

"서둘러 좌우에 복병을 재촉하여 원수를 에워싸고 선봉장
묵특으로 싸우라."

하니, 묵특이 출마하여 외치기를

"적장 해룡은 헛된 장담과 조그만 재주를 자랑 말고 바삐
나와 항복하라. 너는 우리 진중에 갇혔으니 어찌 벗어나리오."

하며, 달려들거늘 원수 적장을 바라보니 신장이 구척이고 몸은
단산丹山의 맹호猛虎 같고 얼굴은 먹장 같고 눈은 방울 같고
소리는 웅장하여 산악이 무너지는 덧 하니 인중호걸이요 만고
영웅이라 날램이 비호같더라. 원수 마음으로

'철관도사의 신기함과 적장의 거동이 저렇듯 험악하니 마음
대로 잡지 못할 것이니 검술로써 잡으리라'

하고 진지를 살핀 후에 적소검을 날려 묵특을 맞아 싸울 때
두 장수 검술이 짐짓 적수라. 삼백여 합에 승부를 결단하지
못하더니 사면으로 쏘아 대는 화살이 비 오듯하니 원수 형세
가장 위태한지라. 방위를 정지하고 진언眞言[164]을 외어 몸을

---

164) 진언眞言 : 중국어로 번역하지 않은 불경의 원어(산스크리트 어). 도술을
   부리기 위해 외거나 읊는 주문과 같은 뜻으로 쓰인다.

삼백 명의 해룡을 만들어 가만히 몸을 숨기는 법을 외워 흔적을 감추어 수귀垂鬼165)를 적진 중에 던지니 완연한 해룡이라. 적장이 그 수귀와 다툴 때, 원수는 진문 밖으로 나와 녹임산에 올라가 부친을 뵈니 승상이 기뻐 묻기를

"적장과 대전對戰하니 어떠하던가?"

원수 여쭈되

"소자 일전에 횡행하였으되 당할 자 없더니 오늘날 철관도사의 재주와 적장 묵특의 검술이 어찌나 비상한지 산 채로 잡지는 못할 것 같아 황상의 구원병을 기다려 싸우고자 하나이다."

하고, 못내 염려하더라.

적장 묵특이 원수와 싸우다가 머리를 베어 들고 말 위에서 춤추며 본진으로 돌아오니 철관도사 크게 놀라

"장군의 머리를 베었으나 적장의 머리가 아니라 적장의 수귀首鬼166)라 자세히 보소서."

하거늘, 그제야 자세히 살펴보니 과연 수귀거늘 일진 장중帳中의 무리들이 크게 놀라더라. 도사가 말하기를

"진중 해룡은 범상한 장수가 아니로다. 싸워서는 잡지 못할 것이니 묘기로써 잡으리라."

하고, 군에 명하여 구덩이 수백 함정을 파고 사방에 창검을 세우고 그 위에 흙을 덮어 흔적을 감추고 좌우의 위엄을 베푼

---

165) 수귀垂鬼 : 자신의 몸과 똑같은 형상으로 된 움직이는 인형.
166) 수귀首鬼 : 머리 모양을 한 허수아비.

뒤 선봉을 불러

"내일 적장과 싸우다가 거짓 패하여 본진으로 돌아오면 적장이 쫓아올 것이니 진중에 들어오거든 구덩이에 몰아넣으면 어찌 할 수 없어 잡힐 것이니 부디 명심하라. 만일 누설하면 처참하리라."

하며, 당부하고 이튿날 묵특이 진문 밖에 내달아 외치기를

"적장 해룡은 어제 해결하지 못한 자웅雌雄을 결단하자."

하며, 말하기를

"너를 여태까지 살려 둔 것은 네 아비와 함께 묶어 큰 붕새를 잡으려 했던 것이로다."

하며, 살기가 가득하거늘 원수 대노大怒하여 정창挺槍[167) 출마하여 전선戰線에 나서니 승상이 당부하며 말하기를

"적을 가벼이 보지 말라 고독단신孤獨單身[168)에 오랑캐 무리들이 이리와 승냥이 같아 요지부동이니 내 마음에 염려무궁하다."

하니, 원수 여쭈기를

"부친은 염려 마옵소서. 오늘은 결단코 적장을 베어 오리다."

하고, 진문陣門을 크게 열고 호령하며 내달아 묵특과 십여 합을 겨루니 적장이 거짓 패하여 본진으로 달아나거늘 원수 쫓아 적진에 다다르니 장졸이 기를 두르고 길을 인도하거늘 원수

---

167) 정창挺槍 : 칼이나 창을 뽑아 듦.
168) 고독단신孤獨單身 : 도와주는 사람이 없는 외로운 몸.

의심하여 진문에 들지 아니하고 심중에 헤아리기를

'나를 유인함이로다. 적들이 거짓 패하여 도망하는 뜻은 나를 잡으려고 하는 것이라 분명히 저의 진중에 구덩이를 파고 창검을 묻어 나를 죽이고자 하나니 어찌 저의 꾀에 속으리오.' 하며 본진으로 돌아왔다.

철관도사 적장을 유인하여 잡으려 하였더니 적장이 진문에 들지 아니하고 도로 돌아가니 크게 놀라 말하기를

"적장 해룡은 만고영웅이라. 요령과 지략을 겸비하여 전술을 모르는 것이 없으니 간대도 잡지 못하리라."

하고, 군에 명하여

"녹임산 서편에 땔나무柴草를 쌓아 두고 숨었다가 장대에서 방포放砲하거든 불을 일시에 놓아라."

하고, 또 호령 장명통을 불러

"군을 거느리고 북편 어귀에 매복하였다가 불빛이 일어나거든 일시에 고함을 지르고 불을 쏘아라."

하고, 또 적대장 묵돌을 불러 왈

"너는 군사 오천을 거느리고 동편에 매복하였다가 불이 일어나거든 일시에 함성하고 화세火勢를 도우라."

하고, 묵특을 불러

"그대는 오만의 군을 거느리고 녹임산 남편으로 삼십 리를 가면 가난동이라 하는 골이 있을 것이니 우암절도령으로 가는 길이오. 산악이 험하고 흡사 하늘에 닿은 듯한 곳으로 좌우에

매복하여라. 적장이 불을 피하여 그리로 도망칠 것이니 일시에 내달아 치면 해룡이 비록 승천일지昇天一支[169]하는 재주 있어 달려온다 해도 어디로 가리오. 결단코 잡으리라."

하거늘, 묵특이 묻기를

"적장이 먼저 알고 피하였으면 어찌 하오리까?"

도사가 말하기를,

"적장이 우리를 당하지 못할 줄을 알고 구원병을 기다리며 그리로 가서 머물 것이니 염려 말고 어서 가라."

하니, 묵특이 다시 묻기를

"적장이 조화무궁하니 어찌 불을 두려워합니까?"

하니,

"그는 염려 말고 어서 가라. 제 비록 천신天神[170]이라도 당하지 못하리라."

하고, 초경初更[171]에 군에 하달하고 이경二更에 군사를 발행하여 도사 호령하여

"영을 어기는 자 있으면 처참處斬하리라."

하고, 군마를 재촉하여 각각 분별하더라.

---

169) 승천일지昇天一支 : 하늘에 오르는 뛰어난 재주.

170) 천신天神 : 하늘이 내린 신.

171) 초경初更 : 저녁 7시에서 저녁 9시까지를 말함. 이경二更, 삼경三更, 사경四更, 오경五更으로 저녁 7시부터 이튿날 새벽 5시 까지 모두 2시간 간격으로 다섯 시간대로 나눔.

이때 원수 녹임산에 있어 천병天兵을 기다리다가 문득 생각하니 선생 봉서가 있는지라 급히 떼어 보니 하였으되

'어찌 슬프지 아니하리오. 철관도사 신통함과 적장 묵특이 기이한 재주 많으니 부디 적장이 유인하여도 거기에 들지 말라. 불측한 환란을 당할 것이니 각별히 조심하며, 또한 녹임산에 오래 있지 말라. 오래 있으면 적장의 화를 면치 못할 것이니 급히 운암 절도령으로 올라앉아 그대 부친을 안정케 하고 그대는 남해 죽림사 관음절을 찾아가 칠일 불공하며 경문을 하달하면 생불을 보고 도를 닦은 후에 또 무수산 용왕 찾아가 용제를 착실히 지낸 후에 천병을 기다려 성공하라. 만일 근력만 믿고 내 말을 허술히 생각하다가는 대환을 당할 것이니 후회 말고 부디 노인의 정성을 저버리지 말면 착실히 성공할 것이니 조심하라.'

하고, 당부하였거늘 원수 보기를 다하여 선생의 명감에 탄복하고 부친을 모시고 이날 밤 초경에 우암절도령으로 갔다. 이날 밤 삼경에 진변 장졸이 녹임산 사면으로 불을 놓으니 만학천봉이 다 화염 중에 녹는 듯하더라. 진변 장졸이 기뻐 말하기를
"이제는 해룡 너의 영혼도 남지 못하리라."
하며, 승전고를 울리고 본진으로 돌아와서 선생께 치하致賀 분분하더라. 도사 천기를 살펴보니 장성이 우암절도령에 비치거늘 도사 변왕에게 말하기를

"간밤에 녹임산에서 적장을 잡는가 싶었더니, 장성이 절도령에 비친 것 보니 필연코 해룡이 화재를 피하였는가 싶다. 이 사람은 진실로 재주가 제갈량 같은지라 분명 구원병을 기다리는지라. 오래지 않아 환란을 당할 것이니 일반 군들과 제장들은 궁시검극弓矢劍戟을 준비하되 군중에 오색이 날아들고 운무도 피어오르거든 일시에 내달아 쳐라."

하고, 전쟁터로 출발하니 염려 무궁하더라.

각설 이때에 천자 원수를 설산도에 보내고 날로 소식을 기다렸더니 문득 설산도 별장이 장계狀啓[172]를 올리거늘 급히 열어보니

'모월 모월 모야에 진변 장졸들이 달려들어 승상 곽춘군을 잡아갔사오며 원수 또 진변으로 가셨나이다.'

하였거늘, 상이 놀라 여러 신하들을 돌아보고 의논하시는데, 또 운암절도사에게서 주문奏文[173]이 왔거늘 급히 열어보니

'진국이 반하여 중원을 침범하고자 하여 승상을 잡아가옵고 감금하였사오니 사세가 급하여 연유를 알리옵니다.'

---

172) 장계狀啓 : 벼슬아치가 임금의 명을 받들고 지방에 나가 민정을 살핀 결과를 글로 써서 올린 보고서.
173) 주문奏文 : 올리는 글.

라 하였다. 상이 남필覽筆174)에 크게 놀라 즉시 이부시랑 곽운용으로 도독을 삼으시고 정병 팔십만을 주며

"바삐 가 구하라."

하시되, 상이 고두수명叩頭受命175)하고 군사를 거느려 주야로 울도령으로 갔다.

이때 정숙왕비 이 소식을 듣고 방성통곡하며

"명천明天이 무심하여 십년 고생한 일이 오히려 가엾게 되었다."

하며,

"무슨 일로 서변 오랑캐 손에 잡혀갔는가, 생전에 상봉할까 바랐더니 이제 어느 시절에 승상의 얼굴을 보며 자식의 낯을 보리오."

하시며, 기절하시니 궁비들이 붙들어 겨우 정신을 진정시키더라. 그날부터 하늘에 축수하며 못내 슬퍼하시더라.

한편, 이때 원수 승상을 모시고 절도령에 와 별장을 불러

"군사를 영집領集하라."

하고, 부친에게 가 하직하고 남해 죽림으로 향할 때 둔갑을 베풀어 풍운에 싸여 순식간에 다다르니 만경창파 간에 물결은 창창蒼蒼하여 하늘에 닿았고 아름다운 공작새 쌍쌍이 날아들며

---

174) 남필覽筆 : 보기를 마치다.
175) 고두수명叩頭受命 : 고심하며 하늘의 명을 기다림.

기화요초琪花瑤草[176] 만발하고 은은한 경쇠 소리 정정히 들리거늘 석양에 바쁜 손客이 경쇠 소리 반갑도다. 단교短橋를 얼른 건너 조각배에 올라 앉아 동북을 가린 후에 선당禪堂에 들어가니 노승이 마중 나와 영접迎接하며 반겨 말하기를

"귀객이 오시되 제가 기력이 부족하여 사문 밖에 나가 맞지 못함이 죄송 만만이로소이다."

하며, 차를 권하였다. 노승이 말하기를

"상공이 오신 것은 산수를 구경하고자 하는 것입니까? 불전에 발원하고자 하는 것입니까?"

원수가 대답하기를

"정성으로 발원하여 경문을 구경하고자 과연 왔습니다."

하니, 노승이 말하기를

"그러 하오면 급히 재계하여 불전에 발원하여 소원 성취하시옵소서."

하니, 원수 즉시 목욕재계沐浴齋戒하고 전조단발剪爪斷髮[177]하고 법당에 들어가니 황금 연탑蓮榻[178]에 삼조금불三祖金佛[179]이 단정히 앉아 반기는 듯하더라. 원수 칠일 동안 불공을 드릴 때

---

176) 기화요초琪花瑤草 : 아름다운 꽃과 풀.

177) 전조단발剪爪斷髮 : 손발톱을 깨끗하게 하고 머리를 단정히 함.

178) 연탑蓮榻 : 연꽃 모양의 의자. 부처는 연화대에 앉으므로 연탑이라 한다.

179) 삼조금불三祖金佛 : 삼조는 대법당에 안치 되어 있는 세 부처, 즉 석가모니불, 아미타불, 약사여래불, 또는 석가모니불, 관세음보살, 아미타불을 이르기도 한다.

불심이 강하여 노승이 말하기를

"상공의 정성으로 경문을 발동하였사오니 천하사를 어찌 근심하오리까? 오백나한五百羅漢[180]과 십천왕十天王[181]을 볼 것이요, 밝은 식견識見이 만 리를 헤아려 천지 중생들의 세상의 원함을 임의로 할 것이니, 이 법은 옛날 삼장법사 석가여래의 명을 받아 옥황상제도 당하지 못한 석후石猴 원숭이[182]의 공이며 팔만대장八萬大藏[183]으로 어찌 조그만 변진과 토변왕을 잡기를 염려하리오."

하고, 손을 이끌고 대암에 올라 천문을 가르쳐 말하기를

"저 별은 이러하고 이 별은 저러하니 두 나라가 그대에게 망할지라. 근심 말고 급히 가라."

하거늘, 원수 묻기를,

"노승은 어찌 자세히 아시나이까?"

노승이 대답하기를

---

180) 오백나한 : 석가여래께서 열반에 드신 후 미륵불이 중생을 구제하기 위해 오실 때까지 이 세상의 불법을 수호하도록 수기 받은 분들을 가리키며, 5백 명의 아라한阿羅漢과를 증득한 존자, 즉 성인의 무리로서 여러 가지 설이 있다.

181) 십천왕十天王 : 고대 인도에서 유래한 세계의 통치자를 지칭하는 개념이다. 그 중 전륜성왕轉輪聖王이란 가장 이상적인 통치자로서, 어느 특정한 국가가 아니라 보편적 국가의 제왕을 뜻한다.

182) 석후石猴 원숭이 : 돌원숭이. 돌에서 태어난 원숭이. 『서유기』의 손오공을 말한다.

183) 팔만대장八萬大藏 : 석가의 설법을 기록한 경장經藏, 교단의 계율 및 그 해설을 쓴 율장律藏, 경의 주석 문헌註釋文獻인 논장論藏등을 모두 망라해 놓은 것으로 팔만 개 이상의 경판으로 되어 있음.

"원수를 나를 모르는가? 원수元首 곽씨 문중에 점지하기도 소생이 함이오. 절도령에 현몽顯夢하기도 소승이라. 이제 육십 년 후에 다시 상봉할 것이니 이별이 슬프나 급히 떠나가옵소서."

하고, 공중에 올라 어느 새 간 곳이 없거늘 원수 그제야 살아 있는 부처인 줄을 짐작하고 공중을 향하여 사례하고 즉시 운수산 용을 찾아 가 용제를 차려 지내니 수세 광활하여 오색 운무 자욱하며 한 노인이 원수를 보고 치사하여 말하기를

"내 이곳에 거처한 지 수천 년이 되었으되 나를 위로하는 사람을 보지 못하였더니 그대 와서 술과 안주를 장만하여 후대하니 마땅히 그 공을 잊지 아니하리라. 무슨 소원이 있는가?"

원수가 배례拜禮하며 말하기를

"다른 소원이 아니라 방금 토변을 치고자 하오나 힘이 부족하여 정성으로 발원하오니 소원성취하게 하옵소서."

노인이 대답하기를

"병들고 무지하나 그대 정성 생각하여 한번 힘써 도울 것이니 근심 말고 급히 돌아가라."

말을 마침에 수중水中으로 들어가는지라 해룡이 도사를 향하여 백배치사하고 구름을 타고 절도령으로 돌아와 친부親父 전前에 수다한 말씀을 아뢰고 떠날 때 수문장이 알리기를

"황성 구원병이 왔사옵니다."

원수 즉시 진문을 열고 영접하니 상서 들어와 승상 앞에 고하

기를

"누추한 변방에 기체氣體 안녕하오시며 다시 상봉하게 되니 천지가 신명하사 귀신이 도우신 바라. 반가운 마음을 어찌 다 측량하오리까?"

승상이 숙연히 대답하며 말하기를

"그대의 말을 들으니 내 마음도 마찬가지로다."

상서 다시 아뢰기를

"십 년 만에 다시 만나니 어찌 기쁘지 아니하오리까?"

하고, 또 원수를 보고 진변에 들어가 승상 모셔 온 말씀을 못내 치하하시며 적진 형세를 묻거늘 원수가 말하기를

"진 토변 양국의 대병이 백만이요. 또 묵특은 천하명장이로되 내 또한 초기 같지 않도다."

하고, 즉시 행군을 재촉하여 변진으로 행할 때 상서로 선봉을 삼고 절도사로 후군을 정하고 원수 친히 중군이 되어 부친 전에 하직하고 행군하여 진변에 다다라서 녹임산 아래에 진을 치고 산 정상에 올라 살펴보니 초목이 다 탔는지라. 마음속으로 생각하되

'적장이 나를 잡으려고 불을 질렀도다.'

하고 선봉을 불러 말하기를

"방포일성하고 적진에 격서를 보내라. 오늘은 결단코 잡으리라."

하고, 재촉하니 선봉이 명을 듣고 방포일성하고 격서를 전하여

말하기를

'서변 토변 왕은 빨리 나와 칼을 받으라.'

하고, 전하니 이때 철관도사 원수의 진을 보고 크게 놀라 말하기를

"적장 해룡은 비상한 장수로다. 그 진중에 오방나한五方羅漢[184]과 사천왕四天王이 옹위하였으니 분명히 성불聖佛이로다."
하며, 의심하더라.

이때 해룡이 말에 올라 크게 외치기를

"만적蠻敵[185] 토변 왕과 무도한 철관도사와 어린아이 묵특은 들어라."
하고, 내달으니 적진에서 또 웅성거리며 선봉장 묵특이 내닫고자 하거늘 도사 말려 말하기를

"장군은 잠깐 진정하라. 남방으로 검은 구름이 덮여 반드시 그것이 신병神兵인가 싶으니 각별 조심하라."

말이 끝나지 못하여 뇌성벽력이 천지진동하며 큰 비가 내려 이윽고 변진 사방으로 만경창파 되어 통제하지를 못하니 풍운

---

184) 오방나한五方羅漢과 사천왕四天王 : 오방나한은 오백나한五百羅漢상을 말하는 덧 하다. 나한은 부처님께 제자가 되겠다고 맹세한 오백 명의 도둑. 사천왕은 동쪽을 지키는 지국천왕持國天王, 서쪽을 지키는 광목천왕廣目天王, 남방을 지키는 증장천왕增長天王, 북쪽을 지키는 다문천왕多聞天王이다.
185) 만적蠻敵 : 오랑캐.

이 대작大作하여 눈을 뜨지 못하였다.

철관도사 변왕에게 말하기를

"사면이 바다가 되었으니 급히 배를 준비하여야 살리라."

하니, 변왕이 말하기를

"이것이 적장 해룡의 도술로 일어난 것인가? 이는 참으로 용왕이 하신 것이니 방비하기에 어렵습니다."

하며, 배를 준비하더라.

이즈음, 원수 청룡을 타고 호통하며 오방나한을 거느리고 변진 성문을 깨트리고 물을 성문에 대니 물이 성 가운데 가득한 지라. 오방나한이 다 각각 어룡을 타고 사면으로 작란作亂하며 사방의 성城을 평지같이 만드니 적진 장졸이 물에 빠져 죽는 자 태반이라. 철관도사 크게 놀라 진언을 외어 풍운을 불러 사면을 어둡게 하고 신장을 부려 급함을 피하려 하나 원수는 생불을 쓰고 오방나한을 사면으로 충돌하게 하니 약한 신장으로 어찌 당하리오. 원수 또한 십천왕十天王을 분부하여 황건역사黃巾力士[186]를 불러 진변 토변 양국 왕을 사로잡으며

"철관도사와 묵특을 결박하라."

하며, 성화같이 재촉하니 황건 력사力士 그 명을 듣고 철퇴를 들어 번개같이 나와 좌우로 출동하며 결박하니 도사와 묵특이 다만 목을 웅크리고 변왕은 혼비백산하여 죽은 사람 같더라.

---

186) 황건역사黃巾力士 : 저승이나 신선계에 있으면서 신선과 상제 등의 명을 수행하는 힘센 남자 형상의 귀신. 누런 두건을 두른다.

황건 력사 달려들어 철사로 목을 얽어매어 앞세우고 본진으로 돌아오니 제장 군졸이 춤추며 기뻐하더라. 원수 장대에 좌정하고 모든 장수와 병사들이 좌우에 세우고 위엄을 베푼 후에 무사를 호령하여 두 왕을 들라 하여 군문에 효시梟示하시고 또 묵특을 내어 꾸짖어 말하기는

"너는 재주를 다하여 성군을 도와 이름을 세상에 전함이 옳거늘 역적 변왕과 모반하여 황상께 근심을 끼치고 백성의 마음을 요란케 하니 이는 다 너의 죄라."

하며, 원문 밖에 내어 처참한 후에 또 도사를 잡아내어 꿇리고 꾸짖어 말하기를

"너는 술법을 배워 어진 마음으로 세상을 도움이 옳거늘 천시天時를 거역하며 내 부친을 해하고자 하였으니 생각건대 어찌 즐겨 살기를 바라리오."

하며, 무사를 호령하여

"바삐 잡아내어 죽이라."

하니, 문득 공중에서 외쳐 말하기를

"원수는 나의 벗을 해치지 말라. 나는 용문산 노인이라."

하거늘, 원수 그 말을 들음에 한편 놀라고 한편 기뻐하며 장대에 내려 공중을 향하여 사배한 후에 도사를 놓아 보내며 말하기를

"그대를 죽일 것이로되 용문산 노인의 부탁이 있어 용서하여 보내거니와 이후에는 천시를 살펴 성군을 도우라."

하고, 보내니 도사 백배치사하고 공중을 향하여 가더라.

원수 즉시 진토양국을 멸하고 진변으로 들어가 백성을 안정하고 성첩城捷[187])을 수습하여 상시로 진변을 지키게 하고 절도사로 토변을 지키게 하고 이날 발행하여 운암 절도령으로 향하였다.

한편, 이때 황제 군중 소식을 몰라 주야로 근심하시더니 문득 원수 승전한 첩서를 올리거늘 반겨 열어 보시니 하였으되

'좌도독 겸 대원수 곽해룡은 삼가 백배百拜 돈수頓首하옵고 황상 탑하榻下[188])에 인사드리옵니다. 설산도로 가서 아비 소식을 듣고 진변으로 가 사세事勢 여차여차 하옵기로 토변을 치고 연유緣由를 앙달仰達[189])하였더니 천은이 망극하게도 구원병을 보내시기로 굳건한 성과 강한 군사를 가진 진토변 양국을 함몰하였습니다. 또 총독 곽운용과 절도사 사신의 도움으로 진토변 양국을 지키게 하고 소신은 모월 모일에 발행發行하였나이다.'

하였거늘, 상이 읽기를 마치고 크게 칭찬하며 말하기를
"원수는 국가에 주석柱石[190]) 같은 신하라. 그 공을 생각건대

---

187) 성첩城捷 : 승리하여 얻은 성.
188) 탑하榻下 : 임금이 앉은 자리.
189) 앙달仰達 : 우러러는 마음으로 전달함.
190) 주석柱石 : 기둥과 주춧돌.

진실로 잊기 어렵도다. 진토변을 근심하였더니 원수 한번 감에 이토록 큰 공을 세우니 대원수와 승상 봉한 직첩을 하사함이 옳다."
하였다.

이때 정숙왕비 주야로 승상과 해룡을 생각하던 차에, 문득 원수의 편지를 올리거늘 떼어보니 하였으되

'불효자 해룡은 글을 써 모친 전에 올리나이다. 소자 부친 적소謫所를 가온즉 변진에 잡혀 있기로 소자 변진에 가 부친을 절도령에 모시고 구원병을 만나 적진을 함몰하고 떠나오니 근심치 마옵소서.'

하였거늘, 왕비 크게 기뻐하며 빨리 돌아오기를 기다리시더라.

한편, 원수 운암에 득달하여 승상을 보고 승전한 말씀을 낱낱이 전하고 기뻐하시더니 마침 예관이 내려와 직첩을 올리거늘 승상과 원수 사은하고 받아 보니 교서에 하였으되

'당당한 충의를 모르고 원도遠道에 안치하였으니 어찌 창피하지 아니하리오. 원수 한번 걸음에 양적兩敵을 쇠멸하였으니 은혜 난망이라. 공을 생각건대 천하를 반분半分하여도 오히려 부족한지라 수이 돌아와 상봉한다면 상쾌爽快하리라.'

위왕과 승상을 봉한 직첩이거늘 보기를 다함에 천은을 축사하고 즉일 발행하여 올라올 때 지나는 곳마다 칭찬 아니 하는 이 없더라. 여러 날 만에 황성에 가까이 옴에 황제 모든 신하를 거느리고 마중 나와 승상 손을 잡고 말씀하시기를

"짐이 밝지 못하여 간신의 참소에 속아 원찬遠竄[191]하였으니 어찌 무안하지 아니하리오."

하시며,

"원수 거룩한 충성을 기린각麒麟閣[192]에 올리리라."

하시고, 맞아 들어올 때 만조 제신諸臣과 출전한 제장諸將을 좌우에 옹위하여 올 때 기치창검旗幟槍劍은 일월日月을 가리고 지르는 함성은 천지를 진동하여 환궁하시니 그 장함이 일대 장관이더라. 환궁하여 전좌하시고 제장 군졸을 일일이 포상褒賞하시고 하교하사

"왕윤경과 사마 최경윤과 황문시랑 조장원 등은 곽승상의 아들 원수 해룡에게 하여금 술죄述罪[193]토록 하리라."

하시니, 승상이 이 자들을 불러 고성대질高聲大叱[194]하여 말하기를

---

191) 원찬遠竄 : 멀리 안배하여 숨김.
192) 기린각麒麟閣 : 중국 전한前漢의 무제武帝 때 누각을 세워 이를 '기린각麒麟閣'이라고 하고, 공신 11인의 상을 건 이래, 남아男兒는 국가에 공훈을 세워 자기의 화상이 기린각에 걸리는 것을 이상으로 여기게 되었다고 함.
193) 술죄述罪 : 자기의 죄를 낱낱이 고함.
194) 고성대질高聲大叱 : 목소리를 높여 크게 꾸짖음.

"만고 소인 변절자들은 들으라. 젊어서 배우는 것은 장성한 후에 입신양명하여 임금을 보필하고 아래로는 백성을 구휼함에 있거늘, 정녕 한 사람이라도 천거하여 성군을 돕게 함이 마땅한 일이거늘 너희는 착한 사람을 미워하여 소인을 사귀어 성군을 해치며 민심을 요란하게 하니 만고에 간사한 놈이로다. 또 내 부친은 백옥무죄하시거늘 무슨 혐의 있어 모함하여 원도에 안치하였으니 이실직고以實直告하라."

하고, 추상같이 호령하니 왕윤경 등이 혼비백산하는지라. 낱낱이 죄를 술述하게 하고 무사를 호령하여 원문 밖에 처형하고 그 삼족三族을 멸하더라. 얼마 후 승상을 모시고 동산 별궁으로 들어가니 정숙왕비 외당에 나와 위왕을 붙들고 통곡하며 말을 못하는지라. 승상이 울면서 위로하기를

"모친은 진정하옵소서. 오늘날 서로 만나니 하늘이 도운 것입니다."

하며, 그간의 일을 자초지종 말씀드리니 왕과 비 승상의 이야기에 한편 기쁘고 한편 눈물을 지으며 날이 새는 줄도 몰랐다.

황상이 공주로서 승상 곽해룡에게 하가下嫁[195]하니 그 은혜 부응함이 비길 데 없더라. 승상이 공주와 더불어 화락하며 위왕 양위께 지극한 효로 봉양하니 흥진비래興盡悲來는 고금상사古今

---

195) 하가下嫁 : 공주나 옹주가 귀족 집안으로 시집을 감.

常事라. 이윽고 위왕이 우연 득병하여 세상을 이별하니 왕비 또한 이어 승하昇遐[196]하였다. 승상이 몇 달 사이에 하늘이 무너지는 덧 한 그 고통을 어디다 비하랴. 예를 다하여 선릉先陵에 안장하고 삼년상을 치른 후 천자를 알현했는데 상이 못내 슬퍼하시고 또한 하교하여 말하기를

"승상 해룡으로 위왕을 봉하고 공주를 왕비로 봉하나니 경은 이를 받들라."

하셨는데, 승상이 재삼 사양하다가 조서를 받들어 본국으로 향할 때 더 없이 거룩하였다.

왕이 즉위한 후, 시화연풍時和年豊[197]하고 국태민안國泰民安하여 강구연월康衢煙月[198]의 격양가擊壤哥[199]를 부르더라.[200]

끝.

---

196) 승하昇遐 : 임금이 세상을 떠남. 여기서는 왕후의 죽음을 승하라고 표현함.
197) 시화연풍時和年豊 : 백성들이 화락하고 해마다 풍년으로 살기에 좋음.
198) 강구연월康衢煙月 : 번화한 큰 거리에 저녁밥 짓는 연기가 달빛을 향한다는 뜻으로, 태평한 시대의 평화스러운 풍경을 이르는 말.
199) 격양가擊壤哥 : 풍년이 들어 농부가 태평한 세월을 즐기는 노래. 또는 중국 요순시대 백성들이 땅을 두드리며 태평 성대함을 나타낸 노래.
200) 이 구절(황상이~부르더라)은 원문이 낙장落張 되어 다른 이본을 참조하였음.

Ⅲ. 〈곽히룡뎐〉 원문

P.1

옛날 원나라 시절의 능쥬 쌍의 월이지픈 흔 지승이 잇시디 셩은
곽이요 명은 츙군이라 쇼년 둥과ᄒᆞ여 벼살이 우승승의 이러
명망이 됴야에 진동ᄒᆞ고 쳥염강즉ᄒᆞ여 됴졍의 ᄒᆞ직ᄒᆞ고 고향의
도라와 월ᄒᆞ의 밧갈기와 조셕의 고기낙기 ᄒᆞ여 흔 셰월을 보닌
시 살임쳐ᄉᆞ라 ᄒᆞ더라 쏘한 가셰요부ᄒᆞ□ □□□남도록 실ᄒᆞ의
일졈혈육이 업셔 미양 부인으로 □□□ 문둣 시비 들러와 엿ᄌᆞ
오디 문밧계 □□□ ᄒᆞ거날 승승 □□□

P.2

당승의 올라와 예할 시 승승이 허□□□극진이 답예ᄒᆞ고 디ᄉᆞ을
살펴본이 풍도 슈려ᄒᆞ고 □□흔 거동이 범셩과 다른지라 승승
이 문왈 디ᄉᆞ 누지의 요임□시이 무슴 혀믈을 이르고져 ᄒᆞ시난
잇가 농승이 디왈 소승은 남히 쥭임ᄉᆞ 관음ᄉᆞ의 잇삽던이 슈간
암ᄌᆞ 퇴락ᄒᆞ여 불원쳘이 ᄒᆞ고 승승딕의 와ᄉᆞ온이 바릭옵건디
시쥬ᄒᆞ옵소셔 ᄒᆞ고 두 변 졀ᄒᆞ고 권션을 올이거날 승승이 닉렴
의 싱각ᄒᆞ되 닉 지믈이 만ᄒᆞ나 젼할 고시 업시이 차라리 불젼의
시쥬ᄒᆞ여 훗긔리나 닥그리라 ᄒᆞ시고 헌연이 허락ᄒᆞ며 황금 일
만냥을 쥬시며 왈 이거시 비록 져그나 디ᄉᆞ 멀이 오신 졍

P.3

을 표ᄒ온이 부듸 약소타 말고 봇틔여 씨옵고 불젼의 발원ᄒ여 병신ᄌ식이라도 졈지ᄒ야 훗길이나 닥기ᄒ옵소셔 ᄒ며 눈믈을 흘이거날 노승이 휴연듸왈 지셩이 감쳔이라 ᄒ온이 시존임게 발원ᄒ여 보소이다 ᄒ고 셤ᄒ의 나려 읍ᄒ고 문밧긔 나셔 문듯 간 듸 업거날 승승이 그지야 도승인 쥴을 알고 공즁을 향ᄒ여 빅빅 소려ᄒ고 늬당의 들어가 부인긔 노승ᄒ던 말을 셜화ᄒ고 못늬 길긔던이 그날 밤 꿈의 ᄒ날로셔 오싴이 영농ᄒ여 홍의동ᄌ 나려와 졀ᄒ고 엿자오듸 소ᄌ난 남히용ᄌ옵던이 부왕을 보시고 쳔궁의 올라가 북방 금셩하 ㅁㅁ틱ㅁ ㅁㅁㅁ

P.4

부을 닷토다가 승졔긔 노ᄒ소 틱빅셩은 셔방의 젹거ᄒ시고 소ᄌ는 즁원의 늬치시믹 갈바을 아지 못ᄒ와 쥬져하옵던이 남히 쥭임소 관음을 만나 이리 지시ᄒ시믹 왓소온이 어엽게 늬기소셔 일장일히ᄒ여 씌다르이 남가일몽이라 몽소을 셜화ᄒ고 왈 쥭임소 노승이 귀ᄌ을 졈지ᄒ시도다 ᄒ고 금침의 나야가 이히 락이ᄌ락ᄒ고 졍셩이 쇄락ᄒ던이 과연 그달붑팀 응틱ᄒ여 십식 이 ᄎ믹 일일른 집안의 오운이 여농ᄒ며 소셩벽역이 진동ᄒ던이 이 이윽고 부인이 일긔 옥동ᄌ을 탄싱ᄒ이 활달한 긔남ᄌ라 승승이 듸ᄒ사 시비을 불러 향뮬노 아긔을 씨여 누이고 그 아히 승을 살펴본이 뉘이멸이요 곰의 등이며 이리의 허리라 소뤼

P.5

웅중ᄒ여 두 손은 무렴패지닉이고 그 형용이 ᄭ움의 보던 홍의종
ᄌ와 갓더라 일홈은 희룡이라 ᄒ고 ᄌ은 운이라 ᄒ다 졈졈 ᄌ라
나믹 총명이 과인ᄒ여 시셔빅가을 무불통지ᄒ고 졔왕역딕와
흥망셩쇠을 모를거시 업더라 승승이 더옥 ᄉ량ᄒᄉ 일시도 쩌
나지 못ᄒ긔 ᄒ며 부인으로 더부려 길기왈 희룡은 비금 즁 봉황
이요 쥬슈 즁 긔린갓고 인즁호결리라 일후의 죠션을 빗닐거시
이 엇지 아람답지 안이 ᄒ리요 잇쩍 원계 즉위 二十三연이라
변국이 강셩ᄒ여 변방을 침노ᄒ믹 불평ᄒ여 국가다ᄉᄒ되 죠졍
의 총명지신이 업기로 황졔 곽충군의 청염장즉ᄒ물 통촉ᄒᄉ
남관을 보닉

P.6

여 픽초ᄒ라 ᄒ신되 예조남관이 승승 복직 유지을 가지고 불일
나려와 승승이 의관을 졍지ᄒ고 유지을 밧들어 북힝ᄉ빅ᄒᆫ 후
의 남관을 딕졉하고 닉당의 드러가 부인다려 왈 닉 본되 비살의
쓰지 엽셔 죠졍을 ᄒ직ᄒ고 고힝의 도라왓던이 쳔만의 워의
황망이 이려탓 간졀할분 국ᄉ 가장 만삽긔로 황명을 뫼와 가온
이 부인은 희룡을 다리고 보존ᄒ옵쇼셔 ᄒ고 희룡을 불너 손을
즙고 가로되 너난 부되 너의 모친을 뫼시고 극히 호셩ᄒ며 공부
나 착실이 ᄒ라 ᄒ고 이별할 식 모ᄌ 익연이 퍼긔더라 승승이
명관을 다리고 황셩의 올라가 황졔긔 슉빅ᄒ오되 승이 희고
왈 지금 국ᄉ 가즁 분쥬ᄒ미로 경을 픽초ᄒ여

P.7

신이 경이 이음양슌ᄒ시ᄒ고 셰화셰풍ᄒ여 국틱민안할 근본을
닥가 짐의 울도지졍을 덜긔ᄒ라 ᄒ신 딕 승수이 복지쥬왈 셩교
일럿타ᄒ시이 소신이 엇지 익군히 도틱ᄒ난 법과 우국원년풍ᄒ
난 법을 모르잇가만난 옛 말슴의 일너시되 일월이 비록 말거나
복분지즁의 날빗치 빗기 어렵다 ᄒ온이 우ᄒ로 요순갓탄 셩군
이 긔시오나 아릭로 고요갓탄 신ᄒ 업ᄉ온이 엇지 히피초목ᄒ
오며 의급만방ᄒ오릿가 셩덕을 초야 빅셩이 입긔ᄒ오릿가 신의
아득ᄒ 소견의난 소인이 만조ᄒ고 졔몸 살긔만 싱각ᄒ와 위국
안민ᄒ난 직 엽습고 쏘 군읍 목지관이 비살ᄒ긔만 위ᄒ여 쥰민
고틱ᄒ와 살 싱각만 일슴오이 ᄌ연 빅셩들리 피산분쥬ᄒ야

P.8

도로의 창황ᄒ며 셔로 모이여 난을 지여 시졀을 요량키 ᄒ온이
치일이 상소ᄒ고 난일이 승다ᄒ온이 황승은 어진 신ᄒ을 갈히
여 각도 각읍의 안찰ᄒ옵쇼셔 졍ᄌ는 응츤ᄒ고 쥰민ᄌ난 즁죄
ᄒ와 승별을 발키고 쏘흔 조졍츙신을 살피ᄉ 소인을 멸리니시
ᄒ고 양신을 나초와 우ᄒ로 황승을 돕긔ᄒ옵고 아릭로 싱민을
보존키 ᄒ옵고 입긔강풍족ᄒ온 연후의야 쳔ᄒ틱평ᄒ오리다 승
이 드르시고 칭찬 왈 국지안위와 조졍츌쳑을 경의 임으로 ᄒ라
다시 젼교왈 난ᄌ는 단불용딕ᄒ고 즉시 쳐춤ᄒ라리 ᄒ실 ᄉ
잇ᄶ 승승이 시딕의 나와 빅관을 ᄒ릭밧고 왈 조졍의 소인이
용권ᄒ긔로 착흔 ᄉ름은 도젹 ᄉ름되고 졔승의 나지 안이ᄒ고

현양벽적지수 엽셔시이 뉘로

더부려 국수을 의론ᄒ리요 군등은 갈츙수군ᄒ고 진심보명할
모칙을 싱각ᄒ라 만일 닉 목젼의 긔궁망슝ᄒ난 일이 잇거나
폭졍확민ᄒ난즈와 스룸을 히ᄒ난 직 잇시면 일변 즁죄ᄒ리라
ᄒ고 각도각읍의 슌문안찰ᄒ여 츠곡을 훗트 빅셩을 진휼ᄒ신이
불과 슴싴 진닉의 교화 일국의 동ᄒ진더라 이르고로 승승 명망
이 쳔ᄒ의 진동ᄒ더라 쳔즈 스량ᄒ스 소원딕로 조쳐ᄒ시이 승
승의 위염이 츄슝각태 뉘 얀이 두려ᄒ리요 잇씩 우승슝 완윤경
과 스도 최명윤과 시량 조슝원 등은 만고 소인이라 승승 복직젼
의난 져의 임의로 조졍을 쳔단ᄒ다가 지금 승수을 두려ᄒ야
져의 임으로 뜻졀 엇지 못ᄒ여 미양 승승을 원망ᄒ며 모히코져
ᄒ

되 황졔 특별이 스량ᄒ시고 만조빅관이 그 령을 쪼치이 틈을
엇지 못ᄒ여 양양더라 츠셜 잇씩의 국틱민안ᄒ고 셰화셰풀ᄒ더
이 황졔 긔운이 불평ᄒ스 일싴이 남도록 조금도 츠호엽고 졈졈
침즁ᄒ시거날 숭이 이지못할 쥴을 알고 승승과 틱즈을 불너
안치고 가라스딕 승승 곽츙군은 션황의 곽광갓튼 신ᄒ라 딕소
국졍을 승승과 의논ᄒ여 부딕 날과 갓치 딕졉ᄒ라 ᄒ시고 쏘
승승을 도와 보와 왈 젼두국스난 경의긔 밋고 도라간이 부딕

어린 임군을 모시고 스직을 안보ᄒ라 ᄒ시며 용누을 흘이시거
날 승샹이 체읍쥬왈 소시이 진심갈역ᄒ와 이보국졍ᄒ련이와
쳔춍이 가리와 소인이 만조ᄒ온이 글노 염여로소이다 다시 틱
즈을 경긔ᄒ시고 인ᄒ여 붕ᄒ

시이 사월초파일이라 틱즈 익통ᄒ지라 승샹이 익통ᄒ며 늬위
궁노비 다 호쳔망극ᄒ며 즁안만민이며 조야 빅셩이 다 망극
익통ᄒ이 챵쳔욕읍ᄒ고 일월이 무광ᄒ더라 초죵졀ᄎ을 극진이
차리 구월구일의 션슨의 등묘ᄒ고 틱즈 즉위ᄒ시이 시연 이십
습셰라 완완ᄒ 긔샹이며 늠늠한 풍도 죠히 션졔을 쏜바드시나
다만 여긔미셩ᄒ긔로 국스을 두로 살피지 못ᄒ시미 승샹이 미
일 염여ᄒ더라 잇씩 왕윤셩 등이 셔로 의논왈 잇씩을 당ᄒ여
승샹을 모히ᄒ미 올타ᄒ고 승샹의 발연을 보와 쳥쥬야쥬긔쥬
습읍즈사으긔 가난 편지 습즁을 만드라시되 모칙ᄒ난 스연을
봉ᄒ여 최경윤을 쥬어 가만이 승샹부의 드러가 셔안의 간슈ᄒ
고 잇시면 조히의

드려가 발가가ᄒ면 셩스되리라 약속을 졍ᄒ고 경윤이 먼져 드
려간이 잇씩 승샹이 국스의 근심 만ᄒ여 침셕의 비계드이 경윤
이 드려와 문안ᄒ고 국스을 의논ᄒ난 치 ᄒ며 셔안을 조즈 만치
되 승샹은 본딕 도량이 군즈라 의심이 업난고로 문답ᄒ고 잇던

이 이윽고 왕윤과 조즈원등이 드려와 전휴 치국안민할 경영을
뭇거날 승승이 딕답ᄒ던이 이윽고 조중원등이 승승의 셔안 쏙
의셔 무어셜 보다가 딕경왈 이거시 엇더흔 셔간인지 긔쥬야쥬
쳥쥬랴 ᄒ엿ᄉ온이 족질의 셔찰이 왓난잇가 줌간 귀경ᄒ사이다
ᄒ고 손으로 닉여 압픠 놋커날 승승이 놀닉여 왈 그 보셔난
엇더흔 봉셔인지 나난 아지 못ᄒ노라 ᄒ신딕 왕윤등이 왈 승승
이 모로시난 셔간이 엇지 엿ᄉ오리가 쯱여본

P.13

이 ᄒ여시되 지금 쳔즈 어리고 닉 쏘흔 정권셰을 잡아 임으로
쳐단ᄒ난이 너이등이 모월모일의 긔병ᄒ여 일여일여 ᄒ라 닉
쏘흔 엿차엿차 ᄒ여거날 그 글을 보민 승승이 딕경ᄒ여 안마음
의 혜오딕 필연 이놈들리 동심함역ᄒ여 나를 히코져 ᄒ미라
엿지 통분치 안이ᄒ리요 그러나 션제 긔실 쩍 갓트면 발명이나
ᄒ련이와 션졔 안이 긔싱이 이 일을 엇지할고 정신을 지졍치
못할 츳의 왕윤셩 등이 고셩딕질 왈 승승은 장녹이 일품이요
뷰긔읏씀이어날 무으시 부족으로 모칙의 쯧졀 두어 쏘흔 션졔
가 임종시의 유언이 직별키날 즁딕신이 되고 춤아 엇지 일언
일을 쯧ᄒ난요 ᄒ며 나가거날 승승이 아모리 분ᄒ나 신원할
고시 업셔 한탄할 다름일너라 윤셩등 三人이 급피 드러와 승소

P.14

을 지여 탑젼의 올이거날 승이 보시이 그 셔의 ᄒ엿시되 윤셩과

ᄉ마 최경윤과 황문시랑 조장원 등은 근빅비우피 하옵난이다 좌승ᄉ 곽츙군은 우흐로 쳔종을 입삽고 아릭로 병권을 즙아 궁심지지조ᄒ와 이목지소초을 져의 임으로 ᄒ온이 ᄯᅳ지 교만ᄒ여 마음이 틱만ᄒ와 픽하의 어리시믈 엽슌이긔여 역모의 ᄯᅳᆺ졀을 두원 져의 족질 등 쳥쥬 긔쥬 양주 슘ᄌᄉ로 더부려 모의ᄒ옵다가 ᄉ젹이 탈노ᄒ와 신등이 아옵고 승달ᄒ온이 복원 황승은 급피 국문ᄒ옵소셔 ᄒ여거날 황졔 견필의 딕경ᄒᄉ 급피 승승을 픽초ᄒ신이 승승이 복지ᄒ겨날 황지 젼교 왈 경이 진실노 쳥긔양 슘ᄌᄉ로 더부려 못칙ᄒ미 잇난이 종실 즉고ᄒ라 승승이 복지쥬왈 쳔일

리 조림ᄒ와 인간의 발가숫온이 엇지 계목지션신으로 찬역의 ᄯᅳᆺ졀을 두언 군은을 져바리오며 ᄯᅩᄒ 션졔의 유연이 긔시온이 엇지 딕역부도의 범ᄒ와 지ᄒ의 가온들 ᄒ 면목으로 션황졔를 보오릿가 소시의 션졔가 국은을 입ᄉ와 딕딕로 만종녹을 누리여 소신까지 밋쳐ᄉ옵이 엇지 황은을 져바리옵고 져지간의 요남ᄒ을잇가 조신의 시긔로 모ᄒ의 아랠 말ᄉᆷ업난이다 머리을 두다리 필을 흘여 쌍의 젹시거날 황졔 유예미결ᄒ시던이 운셩 등이 다시 쥬왈 지 엇지 창엿지신으로 무신 발명ᄒ오씨ᄀ 승이 본셔을 보시고 질노ᄒᄉ 왈 곽츙군을 쥭일 거시로딕 션졔 극히 ᄉ랑ᄒ시고 유언이 간졀ᄒ시긔로 쥭긔든 안이ᄒ고 삭탈관직ᄒ라 ᄒ시거날 승승이 한 말도 못ᄒ고 이더이

P.16

명관이 지쵹ᄒ거날 일변 본가의 두어 자 편지ᄒ고 셜슨도로
발힝ᄒ니 황셩의셔 셜산도가 슘만팔쳘이라 셜슨도난 츈ᄒ츄동
ᄉ시져의 눈만 오난고로 셜슨도라 슝슝이 여러 날만의 빈소의
득달ᄒ여 ᄉ면을 둘러보이 동은 월지국이요 남은 남월국이요
북은 가달국이요 셔은 셔변국이라 ᄆᆡ일 온운이 자옥ᄒ고 슝셜
이 비비ᄒ지라 고향을 바리본이 마엄이 아득ᄒ여 쳔ᄌᆞ을 싱각
ᄒ이 모창히지일속이라 이 일을 엇지ᄒ리요 그 그 졍상이 가련
ᄎ목ᄒ더라 각셜 잇ᄯᅵ 임부인이 희용을 다리고 쥬야로 황셩소
식을 기다리던이 문듯 ᄉᆞᄌᆞ 더러와 슝슝의 편지을 올이거날
반긔 급피 ᄯᅴ여본이 슬퓨다 빅슈풍진의 비살을 마다ᄒ고 고향
의 돌라왓던이 션졔 춍이ᄒ시믈 입ᄉᆞ와 군은을 갑고

P.17

져 ᄒ다가 소인의 참소을 만내 수말이 셜슨도로 죵신원찬ᄒ오
이싱의 다시 보긔 어려울지라 엇지 실퓨지 안이 ᄒ리오 부인은
부ᄃᆡ 희룡을 잘 길너 후ᄉ을 일와 션영힝화을 밧들면 구쳔타일
의 그 은희을 만분지일리나 갑오리다 말슴이 무병ᄒ나 황명이
급박ᄒ기로 ᄃᆡ강 긔록ᄒ난이다 부인이 보긔을 다ᄒᄆᆡ ᄃᆡ경ᄒ여
호흡통치 못ᄒ다가 이윽고 졍신을 진졍ᄒ여 통곡왈 슝슝은 말
슈이 원노의 젹거ᄒ시믜 혈혈단의 빅슈의 뉘을 바리고 살이요
ᄒ시며 방셩통곡ᄒ시이 잇ᄯᅥ 희룡은 나이 십오셰라 희룡이 그
모친을 위로왈 어만임은 과도이 실허 마옵소셔 ᄉᆞ룸의 슈히는

지쳔ᄒ온ᄃᆡ 간ᄃᆡ로 죽ᄉ오릿가 부친이 남의 모함의 잡피여 국
벽의 원찬ᄒ엿ᄉ온이 소ᄌ도 암의 ᄌ식

ᄃᆡ야 부친의 원슈을 갑지 못ᄒ오릿가 ᄯᅩᄒᆫ 부친이 수말이 원졍
의 평안이 득달ᄒ여난지 아지 못ᄒ온이 ᄌ식 도리의 엇지 어연
이 안ᄌ 마음을 셕이릿가 복망 모친은 비복을 다리고 편안이
보조ᄒ옵소셔 소ᄌ난 슘연위한ᄒ고 부친 젹소의 가 보온 연후
의 원찬흔 연고나 알고 도라오리다ᄒ며 눈물을 흘이거날 부인
이 탄식왈 네 어린 아히가 어ᄃᆡ로 차ᄌ 갈이요 ᄯᅩᄒᆫ 너을 ᄂᆡ여
보ᄂᆡ고 일시덜 ᄂᆡ 마엄을 노흐리요 ᄒ면 나도 흔가지로 가리라
ᄒ시거날 희용이 다시 엿ᄌ오ᄃᆡ 지금 시졀이 분분ᄒ여 쳐쳐의
젹흔이 일어나 걸 가지 못ᄒ옵난ᄃᆡ 누ᄃᆡ 가산과 션영 산소을
뉘긔 막기고 가시려 ᄒ시난잇가 ᄉ셰 난치ᄒ오이 복망 모친은
안심ᄒ옵소셔 소ᄌ 아모ᄶ로 ᄒ여도 슈이 단이오리다 힝중을
ᄎ려 노ᄌ 일 명을 다리고 모친계 ᄒ직ᄒ고

노복등을 다 불너 왈 너히난 부인을 모시고 착시이 잇시면 불구
의 단여올 겨신이 부ᄃᆡ 착시이 잇거라ᄒ고 흐즉ᄒ이 비복이등
울며 왈 공ᄌ 슈말이 원젼의 평안이 환찬하시여 슈이 오시믈
바ᄅᆡ난이다 희룡이 비회을 머금고 ᄯᅥ날 ᄉᆡ 부인이 희룡의 손을
잡고 통곡 왈 너을 다리고 셰월을 보ᄂᆡ더이 지가면 나는 뉘을

의지ᄒᆞ여 사리요 싱각건듸 너만 보닉긔 망연ᄒᆞ이 한가지로 감
이 엇더한요 희용이 울며 왈 소자도 모친을 외로이 두고 갈
마암이 엽사오나 힝소 뷰난할 분 안이오라 션듸봉계ᄉᆞ을 절ᄉᆞ
할 터이온이 복망 진졍ᄒᆞ옵소셔 모친이 부친의 조안을 싱젼의
보옵긔 어려올 듯이 ᄒᆞ온이 글로 답답ᄒᆞ와이다 부인이 탄식
왈 셰승이 분분ᄒᆞ듸 너만 보닉고 엇지 ᄉᆞ리요 두로 싱각ᄒᆞ여도
실푸

긔 칭양업다 ᄒᆞ시거날 희용이 엿ᄌᆞ오듸 그난 염여마옵소셔 아
모쪼록 ᄒᆞ와도 모친 싱젼의 부친을 마닉긔 ᄒᆞ오리다 ᄒᆞ고 써날
시 모ᄌᆞ 통곡ᄒᆞ여 ᄉᆞ름은 고ᄉᆞᄒᆞ고 금슈라도 실혀ᄒᆞ더라 희용
이 써난지 습식만의 ᄒᆞᆫ 고듸 다다련이 운쥬지경이라 산쳔은
험악ᄒᆞ고 길은 소습흔듸 져뮤도록 힝ᄒᆞ되 인가을 보지 못할너
라 맛참 셔편을 바릭본이 슈슘호 인가 보이거날 ᄎᆞ자 들러가
쥬인을 청흔이 빅발노인이 쳥여장을 집고 나와 연졉히며 문왈
공ᄌᆞ난 어듸잇씨며 무슴 연고로 이고듸 왓난요 희용이 듸왈
나난 셜산도을 차자 가난이다 흔이 노인이 놀닉여 왈 셜슌도을
차자간다ᄒᆞ이 무슴 일이 잇난잇가 희용이 탄식왈 노친이 그곳
듸 젹거ᄒᆞ여긔로 차자가난이다 노인이 문왈

그르ᄒᆞ오면 공ᄌᆞ난 영쥬 싸의 ᄉᆞ난 곽승숭의 아달인잇가 희용

이 왈 과연 거러ᄒ건이와 노인은 엇지 알으시난잇가 노인이
이려나 절ᄒ고 엿ᄌ오디 소인은 쳥쥬ᄌᄉ 곽시락의 노ᄌ옵더이
시량이 역모의 집피여 삭탈관즉ᄒ고 소인을 다리고 이곳디 잇
습고 ᄯ 기쥬ᄌᄉ 셕이 이곳디 긔시오믜 이 뒤의 두문동이라
ᄒ난 곳지 잇시믜 지국히 광할ᄒ여 비록 쳔만 명이라ᄯ 용납할
곳지라 닉인거인 다 모이여 자층군ᄉ라 ᄒ고 잇삽긔난 셕을
긔달이 원슈을 갑고져 ᄒ와 소인을 다이고 이곳디셔 왕닉인을
탐지ᄒ옵더니 오날날 공ᄌ을 만닉도소이라 ᄒ며 모닉 반긔ᄒ거
날 희용이 이 말을 들르믜 일히일비ᄒ여 드 노인을 짜라 두문동
을 들려갈 시 노인이 머져 드러가 공ᄌ오신 여유을 고달ᄒ디
시랑과 두 ᄌᄉ 디경ᄒ여

P.22

급피 나와 희용의 손을 잡고 반긔 왈 너 엇지 이곳절 차ᄌ 완난
요 ᄒ겨날 희용이 절ᄒ고 왈 소자난 부친 적소로 가난 길의
쳔우신조ᄒ의 조형을 만나ᄉ오이 반가온 마음을 엇지 칭양ᄒ올
잇가 히여 종형은 부친이 국변의 원츤ᄒ시믈 아르시난잇가 ᄒ
이 두 ᄌᄉ와 시량이 왈 우승ᄒ 왕윤셩등이 모함이라 당슉의
위조편지을 만들러 당슉 가만이 셔안쏙의 여혀다가 이러이러
ᄒ여 우리 슴인과 당슉을 ᄌ바 이 지경이 되엿시이 이 엿지
통분치 안이ᄒ리요 셜치ᄒ고져 ᄒ여 이고쎠 모이여 용금ᄒ긔와
결진ᄒ난 법을 익키다가 셕을 만닉 인군을 도와 빈난 일홈을
어든 후의 아믜ᄒ 뉘명을 씻고 원슈을 갑고져 ᄒ난이 너도 이고

딕 잇셔 우리와 갓치 지조을 비우미 엇더흔고 희용이 왈 종형의
말슴이 종지와 갓스온이 어진 션

싱도 엽삽고 용총과 보금과 의갑이 업스온이 장부 용밍을 엇지
다시 올잇가 시랑이 왈 요역만 잇시면 용총보금이 즈연잇난이
라 희용의 손의 잡고 후원을으로 드러가 층암절벽을 가러쳐
왈 져 져 바회 일홈은 두문암이랴 스 우의 적소금과 보금이
잇시되 옛날 초한 시졀의 한틔조 씨든 보금이라 지금 쳔여연을
지닉시되 빗치 변치 안이ᄒᆞ야 셔긔 두우셩의 빈치 밤마당 셔긔
영농한지라 일어함으로 항츠의 엇더흔 도스 와 일으기을 아모
쌔라도 져 암숭의 쐬여 오른난 지 잇시면 져 칼 임직되런이와
그려치 안이ᄒᆞ면 무가닉하랴 ᄒᆞ고 쏘 이르되 즁셩이 두우암의
빈치난지 오린지라 그 스룹이 올거시이 만일 오거든 보금을
지시ᄒᆞ고 말유ᄒᆞ여 두라ᄒᆞ던이 싱각근딕 너을 두고 일어미라
너 용역이 잇건던 쮜여 올나보라 희용이 이말을 듯고 숭

쾌ᄒᆞ여 그 암수을 치아다본이 놉기난 만증이 남고 즁간의 두
층이 잇시되 나난 졔비라도 발을 붓치지 못할너라 희용이 힘을
다ᄒᆞ여 소의을 크게 ᄒᆞ며 졔 일층의 올나 두 분 수쇼 졔 이
층의 오르고 셰 변 소스 숭숭봉의 올나 보이 보금 ᄒᆞ나 노엿시되
즁은 숨쳑이요 금즈로 씌여시되 적쇼금이라 은은흔 졍긔 두우

셩의 쏘이여더라 마암의 되락ᄒ여 그 칼을 줍고 바우 ᄉ이의
본이 한 셕함이 노엿시되 오운이 영농ᄒ고 오ᄉᆡᆨ셔기 츙쳔ᄒ여
겨날 글노 ᄉᆡᆨ여시되 되국 곽희용은 친즉기틱이라 ᄒ엿더라 심
신이 쇄락ᄒ야 함을 열고 보이 갑쥬 흔뵬이 드러시되 광채 찰난
흔지라 투고의 황용을 기려 오운을 부리난 듯 ᄒ고 그 용 긔승이
황홀난측ᄒ더라 그 갑쥬난 금은치단으로 쒸미여 찰난한 겨동을
엇지 다 칭양ᄒ리요 히

용이 갑쥬을 어든이 용이 여의쥬을 어듬갓더라 ᄯ호 칠셩을
향ᄒ여 직ᄇᆡ 후의 나려와 시량을 보슴고 치ᄒ 왈 조형의 지시로
보하을 어든이 엇지 길급지 안이 ᄒ올잇가 시량과 현졔의 용밍
은 옛날 밍분으학이라도 당치못할지라 일은고로 ᄒ날의셔 보ᄇᆡ
을 보ᄂᆡ여 그 임ᄌᆞ을 쥬시난이 엇지 ᄂᆡ 긔 치ᄒ ᄒ라리요 그러나
손오병셔와 육도슘약과 천문도슈의며 조화지슐리며 사신역귀
지볍을 통달한 연후의 반다시 즁슈가 되난이 이고되셔 도ᄉᆞ와
시랑을 보와지라 ᄒ난이다 시랑이 급피 나가며 ᄌᆞ당승의 죄졍
ᄒ고 도ᄉᆞ왈 악가 되암의 올나 망기ᄒ온즉 즁셩이 두우암의
빗치기로 아지 목ᄒ거라 엇더ᄒ ᄉᆞ름이 두우암의 올나던가 밧
비 아기ᄒ옵오셔 시랑이 되왈 과연 복의 이우 일홈은 희용이라
연 십오셰

P.26

로되 약간 용밍이 잇난고로 악기 두우암의 올나가 단여와난이
다 ᄒ고 희용을 쳥ᄒ여 도ᄉ을 보오라 흐듸 희요요이 일어나
졀흔이 도사 희용의 숭을 이윽키 보다가 희용의 손을 줍고 층찬
왈 쥰ᄒ다 그듸 풍골이여 진실노 영웅쥰걸의 기숭이라 나난
본듸 승명이 업난 ᄉ름이라 다만 별호잇셔 응천도ᄉ라 ᄒ건이
와 그듸을 치ᄉ할 말이 잇셔 ᄉ희로 ᄎᄌ 단이던이 오날 이리
만닐 쥴 엇지 알아시리랴요 그르나 나을 ᄯᅡ라감이 엇더흔요
희용이 다시 졀ᄒ고 듸왈 션싱기옵셔 소ᄌ을 사랑ᄒᄉ 미홀ᄒ
시물 암ᄉ온이 엇지 슈화인즁들 피ᄒ오잇가 소ᄌ 이리 오기난
부친 젹소로 ᄎᄌ가옵다가 이리 엇지ᄒ오이 사셰난쳐ᄒ도소이
다 도ᄉ 듸왈 호셩이 지극ᄒ나 셜ᄉ도을 엇지 가리요 다셧 나라
공문이 잇셔야 오관을 통달할거신이 줍긴난 습건니와 셜ᄉ도

P.27

을 ᄎ자 가기난 어러울지라 잡말말고 ᄯᅡ라가면 ᄌ연 부ᄌ 숭봉
할 날이 잇난이라 희용이 이말 듯고 졍신이 아듕ᄒ야 셜ᄉ도을
바리보고 듸셩통곡ᄒ여 왈 쳔지간의 부ᄌ지졍이 즁ᄒ거날 날갓
탄 불호ᄌ식 ∞ ᅥ듸 잇시리요 ᄒ셰월의 부친 얼골 다시 보고
부친젹소의 못가오면 환고ᄒ와 모친젼의 연우을 앙달ᄒ고 션싱
을 ᄯᅡ라가미 윽들가ᄒ나이다 도ᄉ왈 그 모부인 존쳐도 혼혼망
망ᄒᄉ 차소위 진퇴유곡이라 ᄒ거날 희용이 듸경 문왈 소ᄌ
본가의 ᄯᅩ 무슴 일이 잇난잇가 발기 갈으쳐 아득흔 마음을 풀기

ᄒ옵소셔 ᄒ고 이통ᄒ거날 도사 왈 그ᄃᆡ 써난 후의 왕윤셩등이
ᄯᅩ 황졔기 고달ᄒ여 집을 젹몰ᄒ고 ᄃᆡ부인을 궁비졍속ᄒ고 ᄯᅩ
ᄒᆫ 그ᄃᆡ을 ᄎᆞ지라ᄒ고 각읍의 힝관ᄒ여 희용을 잡아올이라 ᄒ
여시이 그ᄃᆡ ᄂᆡ 말을 엇지 듯지 안이 ᄒ난요 희용이 이 말을

P.28

듯고 ᄃᆡ경실식ᄒ여 졍신을 슈십지 못ᄒ고 기졀ᄒ엿다가 긔우
진졍ᄒ여 왈 소ᄌᆞ 이지 칼을 잡고 바로 황셩의 올나가 왕윤셩
등을 함몰ᄒ고 부모의 원슈을 갑고 도라오미 엇더ᄒ오이가 도
ᄉᆞ 왈 분함을 싱각거ᄃᆡ 마은ᄃᆡ로 할 터이나 ᄒ나리 거ᄃᆡ을 즁원
의 ᄂᆡ실 ᄃᆡ의 ᄃᆡ국을 위ᄒ여 ᄂᆡ미라 쳔기을 누셜치 말고 ᄯᅢ을
기달여 셩공ᄒ고 보슈ᄒ미 올키날 부질업시 모을 바리여 부모
계 불호ᄒᆫ 환을 지치고 원슈도 갑지 못ᄒ연 그 안이 원통하랴
나를을 ᄯᆞ라온 역후의 츌셰ᄒ여 임의로 ᄃᆡ로ᄒ라 ᄒ고 가기을
쳥ᄒ이 희용이 왈 이곳 졔형을 엇지 ᄒ오릿가 도ᄉᆞ 왈 그난
다 이곳ᄃᆡ 두고 츌졔할 졔 피차 통합하련이와 부ᄃᆡ 용병지슐이
나 측실리 ᄒ옵소셔 두 ᄌᆞᄉᆞ 희용의 손을 잡고 당

P.29

부ᄒ여 왈 공부 착시라ᄒ여 부모원슈을 갑고 우리회포을 덜기
ᄒ라 ᄒ고 ᄯᅩ 도ᄉᆞ긔 당부ᄒ되 도ᄉᆞ 시랑다리 왈 불구의 승봉할
거신이 셥셥이 싱각마옵소셔 용병지슐이나 측실이 공부하오면
ᄌᆞ연 ᄯᅵᆯ날이며 며지 안이 ᄒ엿난이라 피ᄎᆞ 훌훌이 이별ᄒ고

희용을 다리고 셔딕로 향할 시 희용이 문왈 어난 고지로 힝ᄒ난
잇가 도ᄉ 딕왈 용문순으로 가노라 한 곳딕 다다르이 일모도궁
ᄒ여 한봉을 득잘ᄒ이 놉기난 슈만중이요 그 우의 오운이 어리
여 산셰슈려ᄒ고 경기 거록ᄒ거날 희용이 문왈 이 순 일홈은
무어시라 ᄒ난잇가 도ᄉ 왈 용문ᄉ이라 ᄒ난이라 희용이 왈
두문동은 예셔 얼마나 되난잇가 동ᄉ 딕왈 ᄉ만팔쳘이라 닉
종적을 풍운의 븟친고로 너도 함긔 왓난이라 희용이 왈 션싱은
진짓 신션이라 ᄒ고 ᄉ승으로 올나가며 좌우을 살피본이 창송
녹

듁은 울울ᄒ딕 기화요쵸 젼후의 찰난ᄒ다 층암졀벽은 ᄉ면으로
병풍되고 청기녹슈난 구비구비 폭포되야 골골이 흘너난딕 동구
안의 풍경되야 기화요초 츔을 춘이 별건곤이 이안이야 ᄒ련이
셕문의 다다르이 청의동ᄌ 나와 졀ᄒ고 연졉ᄒ거날 드리가이
층층하 화긔 국화난 만발ᄒ고 난봉 공즉이며 쳥학 빅학이 쌍쌍
이 노난딕 슈간모옥이 구름 쏙의 은은이 보이거날 희용이 엿ᄌ
오딕 진실노 션경이라 족히 유함젹ᄒ도소이라 도ᄉ 왈 이곳은
옛날 구연지슈ᄒ올 씌의 ᄒ우씨 노르시고 가신 후의 ᄉ름 종적
이 업셔던이 닉가 이졔 이곳딕 와셔 터을 닥가 집을 지여노라
ᄒ고 동ᄌ을 불너 차을 권ᄒ거날 바다 멱으이 빅 부르고 졍신이
쇄락ᄒ더라 도ᄉ 셔안의 비긔 안ᄌ 등총을 박키고셔 틱을경을
닉여 쥬며 왈 옛날 가틱공이 습십육진을 벼리시이 이 진은 일이

치고 동병

은 일이 ㅎ고 ㅎ병은 져리 ㅎ난이라 쏘 육도습약을 ㄴ여 쥬며
왈 이날 황셩공의 비괴로다 그 후의 장양이 이 볍을 빅와 한튀조
을 도와 초픽왕을 파ㅎ던 볍이어날 축실이 공부 통달ㅎ라 희용
은 본듸 초명지인이라 무불통달ㅎ이 도ᄉ 더욱 ᄉ랑ㅎ야 쳔문
도와 육경육갑을 가르쳐 왈 엿날 졔갈션ᄉᆼ의 비결이라 이 볍으
로 남병ᄉᆫ의 동남풍을 비려 조밍덕의 빅만군ᄉ 파ㅎ더 볍이로
다 쳔지간 층양못할 병볍인이 힘쎠 공부ㅎ라 ㅎ이 희용이 달통
ㅎ이 도ᄉ 더옥 긔이 네계 둔갑ᄌᆼ신볍과 쳔문지리와 풍운조화
와 결진 용병지슐을 가라친 후의 희용을 다리고 휴원의 듸암의
올나가 용금지슐을 가라친이 칼이 변ㅎ여 ᄉ름의 육신을 감초
오고 공즁의 번긔되여 츙쳔ㅎ이 이 변화난 옛날 농셔ᄌᆼ군이
젼진이 일금이 능당빅만ᄉ하던 볍이라 후시의 젼할 곳지 업시
습국

시졀의 관운ᄌᆼ와 조ᄌᆞ롱이 다만 습슌구식이라던이 이졔 희용이
三十六긔을 빅와신이 쳔ᄉᆼ은 고ᄉㅎ고 시ᄉᆼ의난 젹슈 업실이
라 ㅎ고 살기 가득ㅎ이 지금 셔방오국이 즁원을 침볌코져 ㅎ난
가 쏘 흔 장셩이 빈치여시이 이 쟝슈난 범ᄉᆼ치 안이할지라 십오
연 젼의 듸국 금셩이 셔방의 써러지믹 분명 영웅이 나리로다

ᄒᆞ여던이 과연 낫도다 희용이 왈 그러ᄒᆞ오면 션싱은 엇지 그
ᄉᆞ름을 찻지 안이 ᄒᆞ신잇가 도ᄉᆞ 왈 나난 본ᄃᆡ 즁원 ᄉᆞ름이요
그ᄃᆡ난 ᄯᅩ흔 즁원을 위ᄒᆞ여 난 빈라 이런무로 그ᄃᆡ을 차ᄌᆞ 가라
친 빈라 그ᄃᆡ난 남방쥬작 ᄎᆞ지흔 장성으로 즁앙직미셩을 응ᄒᆞ
여 오힝으로 의논컨ᄃᆡ 목극통ᄒᆞ고 토극슈ᄒᆞ고 슈극화ᄒᆞ고 화극
금이이 엇지 셔방을 근심ᄒᆞ리요 날마당 슐법을 갈아친이 신기
흔 모슐이 ᄉᆞ름은 컨이와 귀신도 칭양치 모할너라 각셜 잇ᄯᅦ
부인 임씨 희용을 셜슨도의 보

ᄂᆡ고 ᄯᅳᆺ밧기 황셩금부도ᄉᆞ 나러와 가ᄉᆞ을 적몰ᄒᆞ고 부인을 올
나가자 ᄒᆞ거날 부인이 앙쳔통곡 왈 승승과 희용을 보지 못ᄒᆞ고
이 지경을 당흔다 ᄒᆞ며 직결코져 ᄒᆞ던이 시비등이 위로 왈 셰상
ᄉᆞ을 칭양치 못할 것시라 부인은 참관 진졍ᄒᆞ옵소셔 승승과
공ᄌᆞ 소식을 들언 후의 ᄯᅳᆺᄃᆡ로 ᄒᆞ옵소셔 죽기로셔 말유ᄒᆞ거날
부인이 참아 쥬지 못ᄒᆞ고 황셩의 을나가 궁비졍속ᄒᆞ이 울울흔
분기와 창창흔 비회을 금치 못ᄒᆞ여 눈물노 시월을 본ᄂᆡ든이
슈다흔 궁여들이 셔로 위로 왈 승승이 이미흔 일노 원찬ᄒᆞ기도
원통커든 ᄯᅩ 부인까지 이 지경을 당ᄒᆞᄃᆡ 가등하다 ᄒᆞ며 극진이
경ᄃᆡᄒᆞ더라 그 즁의 흔 궁여 잇시되 일홈은 ᄎᆞ연이라 션황졔
씌의 예부ᄉᆞ셔 반츈의 여식이라 가달의 난의 방츈으로 ᄂᆡ웅ᄒᆞ
엿다 ᄒᆞ고 사약ᄒᆞ여 쥬기고 그 가ᄉᆞ을 적몰ᄒᆞ엿신이 잇ᄯᅦ ᄎᆞ연
의 나이셰의

P.34

궁즁의 들어와 지금 이십오셰라 자틱 만고경국지싱이라 이러ᄒ
무로 황지 극히 사랑ᄒᄉ 일시도 써나지 못ᄒ기ᄒ고 친근이
부리시미 차연이 그겨동을 보고 잔인이 이기 황후긔 엿자오딕
싱로 졍속ᄒᆫ 궁비난 곽승승의 부인이라 나도만할 쓴덜어 틱후
궁비의 보닉 젹싱공쥬을 모시기 ᄒ옵고 다른 궁여와 갓치 쳔딕
마옵소서 간청ᄒᆫ이 후랑ᄒᄉ 틱후궁의 보닉신이 부인이 공쥬로
더부러 고금역딕ᄉ을 율문답ᄒ며 셰월을 보닉이 도시 차연의
덕이라 일신은 편ᄒ나 승승과 희용을 안이 싱각할 날이 업더라
각셜 황제 즉위 오연이라 국운이 뷸힝ᄒ여 셔변이 반ᄒ여 쌍두
즁군 빅동학으로 션봉을 습고 가달 오국을 합시ᄒ여 즁원을
쳐 반분ᄒ라 ᄒ고 빅말을 자바 피을 닉여 밍셔ᄒ고 옥문관으로
기병할 싁 용즁이 쳔여 원이요 군ᄉ 빅만이라 쏘

P.35

ᄒᆫ 쳥명도ᄉ을 어더 진셰을 도어미 쏘ᄒᆫ 빅동학은 머리가 두리
요 눙이 너이요 이미가 힌 구리쇠로 싱기고 신즁은 구쳑이요
몸은 당산밍호 각고 용장ᄒ난 볍은 한신 핑월 갓탄지라 이러ᄒ
으로 변왕의 비지되여 몸의 용신갑을 입고 머리의 쌍봉투고을
씨고 손의 방쳔금을 들고 딕완말을 타고 일신이 웅장ᄒ여 풍칙
더옥 넘넘ᄒ고 한변 호통의 용문슨이 문어지고 셔웅도 七十여
리을 반합의 함몰ᄒ고 아쥬지경을 지닉여 오관을 칠나할 싁
그 날닌 거동은 누라셔 당ᄒ오리 지닉난 곳만당 항복ᄒ더라

각셜 잇찌 황졔 만조지신을 모와 국스을 의논ㅎ시더이 문 듯
션젼관이 장계ㅎ여거날 급피 기탁ㅎ신이 그 즁문의 ㅎ여시되
셔변 촉마 가달남원오국이 합시ㅎ여 쌍두즁군 빅동학으로 셔봉
을 삼마 오군문 별즁을 벼혜고 셔촉등

七十여 셩을 항복밧고 젼관을 너머 양쥬지경의 범ㅎ여신이 복
원 황승은 급피 군병을 조발ㅎ와 방젹ㅎ옵소셔 ㅎ여거날 황졔
남필의 ㅁ코ㅎ수 문무지신을 모와 방젹할 모척을 뭋어시고 갈
라스듸 셔변니 강셩ㅎ고 초마 가달이 동심합역ㅎ여시이 그셰
젹지 안이한지라 뉘라셔 그 젹셰을 당ㅎ리요 좌승숭 신경이
츌반 쥬왈 신이 비록 직조 업사오나 한변 북쳐 도젹을 황봉바다
피ㅎ의 근심을 더리라 ㅎ거날 승이 딕히 ㅎ사 왈 경의 용역을
짐이 아난 비라 급피 나가 셔관을 구ㅎ라 ㅎ시고 용즁 빅여
원과 졍병 八十 만을 쥬시고 시경히로 딕원슈을 봉ㅎ수 즁군원
필도부원슈 봉ㅎ시고 평딕즁군최경히로 션봉을 삼으시고 반스
군 이경달로 쥬군을 스마 팔월초십일의 힝군할 식 승이 친이
승임원의 젼좌하시고 잔을 드라 츌젼지장을 젼송

ㅎ시면 왈 부듸 승젼ㅎ고 도라오기을 발닉노라 지즁이 복지
사은ㅎ고 뭋너 나와 북을 두이며 힝군할 식 기치금극을 일월을
히용ㅎ고 고각 함셩은 쳔지진동ㅎ더라 힝군흔 지 십여일 만늬

문관의 일런이 그관 별즁이 나와 언접ᄒ거날 원슈 즁군의 졀영
ᄒ여 젹진을 디ᄒ여 진치라 ᄒ고 젹진 형셰을 살피보고 진을
각각 분발ᄒ여 즁군 셜용만츙을 불너 왈 그디난 일만군을 거나
리고 우편으로 진을 치 젹진을 응ᄒ여라 ᄒ고 즁군 최돌관을
불너 그디난 일쳔군으ᄅ 거나리고 좌편 금곡의 미복ᄒ여다가
즁디의 방포 소리 나거던 낙안잔을 졉은ᄒ여 젹병 좌우의 미복
ᄒ여닷가 젹즈이 진즁의 들거던 평수진을 졉응ᄒ야 함기치라
만일 영을 어기난 지 잇시면 참ᄒ리라 일어키 분발ᄒ고 잇튼날

P.38

평명의 방포 일셩의 함셩ᄒ고 션봉장 최경히 진젼의 나셔며
위여 왈 디역부도 셔변와 남원왕은 드르라 너히등이 한갓 강포
만 밋고 티평셩디을 요랑키ᄒ미 황졔 날로 ᄒ여금 너의 죄을
다사리되 만일 거역ᄒ면 한칼로 벼히고 슌죵ᄒ거던 용셔ᄒ라
만일 그려치 안이ᄒ면 셔변 남원 오랑키을 씨도 남기지 안이할
거신이 밧비 항복ᄒ라 네 능히 날을 당ᄒ리요 만일 날을 당할
지 잇거던 디젹ᄒ라 흔이 젹진 즁의셔 한 즁슈 디달나 위여
왈 즁국 죠고만한 아히 드르라 우리 명을 하날계 바다 쌍두장군
을 으더 즁원을 통합ᄒ고져 ᄒ난이 뉘라셔 셰력을 당ᄒ리요
언파의 졉젼할 시 양장이 싸와 십여 합의 최경히 칼을 들어
변즁을 치고 디질 왈 어린아히 엇지 어룬을 당ᄒ리요 ᄒ며 머리
을 벼히 창긋티 쒸여 들고 젼징을 디히여 비안ᄒ야 칼츔츈이
변진 즁으로

146 곽해룡젼

셔도 한 장슈 ᄂᆞ다라 외여 왈 너난 우리 말직 장슈을 죽이고
그딋 승셰ᄒᆞ낫다 ᄒᆞ며 달여 들여 싸와 불결승부넌이 젹진 즁으
로셔 ᄯᅩ 흔 장슈 ᄂᆡ닷거날 원슈 장ᄂᆡ의 셔기을 두루며 북을
울인이 죄우복병이 일시의 이르나 짓친이 젼진의 딩달이 쳘기
용병을 거나리고셔 졉젼ᄒᆞ이 양진 즁졸이 눈을 ᄯᅳ지 못ᄒᆞ더라
잇ᄯᅦ 원슈 후군장 김일관을 불너 졍병 일쳔을 쥬워 ᄊᆞ호라 ᄒᆞ이
일관이 진시로부터 유시까지 ᄊᆞ호딕 불결승부너라 젹진으로셔
방포 일셩의 진문 압픠 딕장기을 놉피 셔우고 션봉장 빅동학이
쳘마ᅌᅥ의 방쳔금을 놉피 들고 나셔 케기 외여 왈 쥐갓탄 아히야
나난 셔변 어쳔딕왕의 션봉즁 빅동학이라 명을 ᄒᆞ날의 바다
즁국을 쳐 함몰ᄒᆞ고져 왓신이 너난 엇더흔 놈이관딕 약간 용믹
을 밋고 감히 쳔의을 거역ᄒᆞ난다 ᄒᆞ고 나션이 소릭 웅장ᄒᆞ여
산쳔

문으지난 듯ᄒᆞ 히가 뒤눕난 듯 위풍이 넘넘ᄒᆞ여 바릭보믹 눈이
어두온지라 감히 싸올 마음이 업난지라 원슈 신최경히 쳥용금
을 놉피 즐고 눈을 부럽ᄯᅳ고 닉달라 졉젼ᄒᆞ이 양호가 밥을 닷톰
갓더라 셔로 십여 합의 이르러 동학의 칼이 변듯ᄒᆞ며 원슈의
말을 질너 업질리고 외여 왈 어린 아히가 엇지 어룬을 당할소야
ᄒᆞ고 며리을 벼히 기딕의 달고 죄츙우돌흔이 원슈 장죠이 원슈
죽음을 보고 일시의 다 도망ᄒᆞ거날 젹진 더옥 승승ᄒᆞ여 원진의

횡힝ㅎ며 진즁을 다앗고 승젼고을 불이고 바로 황셩으로 힝할
시 기치층금은 날빗쳘 가리옵고 고각함셩은 쳔지진동ㅎ더라
각셜 잇써 쳔즈 날노 승젼 쳡셔을 기달이시던이 도망혼 군수
급피 올나와 황졔계 옛즈오되 모월모일의 원슈 오졍관의 유진
ㅎ고 변진과 쓰와 젹즁 빅동학을 마즈 일일지닉의 원슈 八十萬
군병을 함몰ㅎ고 원슈 신경히을 벼히쓰온이 젹장 동학은 쌍

P.41
두목이요 용역은 셔초왕 항우의 존장이요 금슐은 승순 조즈롱
도 당치 못할너이라 황졔 쳥피의 되경ㅎ여 조신을 도라보며
왈 이 일을 즁츠 엿지ㅎ리요 ㅎ신 듸 왕윤셩이 엿즈오되 소신이
듯쓰온이 젹셰 위틱ㅎ오고 쏘흔 군즁 용병지즁이 업수오이 방
젹할 못쵝이 업난이다 신의 아득한 소견의난 수즉을 안보ㅎ고
빅셩을 잠시라도 편키할 도리옵고 욕 되난겨셜 차무시면 항복
ㅎ미 승쵝일가 ㅎ난이다 마스도 최윤경과 조장원 등이 일시의
합쥬 왈 승승 왕윤경의 말이 올수온이 복원 항승은 급피 싱각ㅎ
옵소셔 말이 맛지 못ㅎ여 북군 곽안셰 츌반쥬왈 승수이 말슴이
그르도소이라 국운이 불힝ㅎ여 도젹이 쳐의을 몰고 셰졀을
요랑키 ㅎ온이 위국지딕신으로 엇지 마음 졀여 ㅎ오며 쏘흔
이일지ㅎ요 만민지승이라 국가 근심을 밧드려도 젹자불경영을
싱각ㅎ와 보국

P.42

할 도리어날 이지위부모보쳐즈 흐기만 싱각흐옵고 황복흐기만
권흐온이 진실노 딕역뷰도요 만고소인이라 엇지 말노쎠 인군을
셤길 줄 모르고 간스흔 마음으로 츙신을 모히흐여 죽을 고딕
만여키 흐이 위션 승승의 모을 벼히여 깃딕의 놉피다라 국법을
시우고 근심을 안졍흐옵소셔 히며 엿자외딕 신이 비록 직조
업스오나 일진병을 빌이시오면 젹장 쌍두장군의 머리을 벼히여
피흐의 근실르 더올리다 흐거날 슝이 가라스딕 경의 말이 당연
흔지라 짐이 친졍코져 흐이 군병을 거나라고 친이 즁군이 되여
군즁을 술필거시이 경운 스직을 안보흐라 흐시고 甲辰 三月
二十一日 甲子의 天子 親졍 出師할 시 상이 젼좌흐시고 졔장을
각각 분발흐스 북군딕도독 곽안세로 大司馬 大元帥乙 흐시고
즁랑장 빅운현으로 좌션봉을 흐시고 졍평장군 신명딕로 후군

P.43

장을 흐시고 현셔장군 증쳥달노 도총독을 흐시고 그나문 졔장
은 각각 분발흐여 힝군할 시 졍병이 빅만이요 용장 쳔여 원과
모스 빅여 원으로 취릭금고을 울리며 힝군할 시 장창딕금은
일월을 가리오고 용졍봉기난 바람의 헌날이여 살기츙쳔흐더라
힝군흔 지 십여 일만의 양즈강변의 다달나 젹진과 딕진흐여
진을 치고 격셔을 젼흐고 좌션봉 빅운헌으로 딕젹흐라 흐시다
운현이 쳥영흐고 졍창츌마흐여 진문박기 나셔 크기 위여 왈
무도흔 오랑키야 들르라 너히등이 쳔위을 모르고 즁원을 침범

ᄒᆞ미 쳔자 너의 죄목을 뭇고져 ᄒᆞ사 이의 일러러신이 너히등이
죄을 알고 슌종ᄒᆞ면 다힝ᄒᆞ런이와 그러치 안이ᄒᆞ면 씨도 업시
합몰할 거신이 밥비 나와 항복ᄒᆞ라 젼진부장 밍달이 응셩츌마
ᄒᆞ여 셔로 마자 싸와 십여 합의 이러러 빅운

P.44

현의 칼이 변듯 히며 밍달의 머리 벼히 칼긋틔 쮜여들고 좌츙우
돌ᄒᆞ이 젹진 즁의셔 방포일셩ᄒᆞ고 션봉장 빅동학이 ᄂᆡ달나 크
기 호통ᄒᆞ며 달여드니 운현이 황급ᄒᆞ여 아모리 할 쥴을 몰로고
귀가 몃몃ᄒᆞ야 졍신엽시 셔난지라 동학이 칼을 들으 운현의
머리을 벼히 들고 바로 원진을 항ᄒᆞ여 드리간인 그 날ᄂᆡ미 나난
지비갓더라 슌식간의 원진의 드리가 빅만듸군을 함몰ᄒᆞ고 션봉
장 곽안셰와 약간 나문 군ᄉᆞ을 ᄉᆞ로 ᄌᆞ바 졀박ᄒᆞ여 장하의 ᄭᅮᆯ이
고 군ᄉᆞ을 호령ᄒᆞ여 창금을 모와 우리을 망그라 쳔ᄌᆞ을 가두고
츟갓치 호령ᄒᆞ며 바비 항복ᄒᆞ라 항복ᄒᆞ면 ᄉᆞ런이와 그러치
안이ᄒᆞ면 쥐길리라 흔이 쳔ᄌᆞ 그 거동을 보고 졍신이 아득흔지
라 ᄒᆞ날을 우러러 통곡 왈 죽기난 셜지 안이ᄒᆞ나 누빅 연 ᄉᆞ속이
ᄂᆡ기와셔 망할 쥴을 엇지 하라시리요 기막

P.45

막키여 호흡을 통치 못ᄒᆞ신이 하날이 엇지 무심ᄒᆞ리요 각셜
잇ᄯᅥ 용문ᄉᆞ의 응쳔도ᄉᆞ 히용을 다리고 슐법을 가리치던이 일
일은 도ᄉᆞ 히용을 불너 왈 지금 셔변이 강셩ᄒᆞ여 월지남가달

등 오국이 합세호여 쑹두장군 빅동학으로 선봉을 숨마 즁원을
침범호미 쳔주 친정히시나 즁국은 빅동학 당할 지 업셔 딕픽하
여 지금 스직이 조모의 잇셔 만분위틱훈이 잇씌을 당호여 공을
일우라 호신이 희용이 왈 아모리 그러호오나 몸이 말이 밧개
잇삽고 쏘훈 용총이 업스오이 엇지 셔봉을 바릭잇가 도스 왈
젹소금과 보신갑을 어더신이 쳘이 젹여말을 어더야 그딕 직조
을 비풀지라 슈일 지닉의 어딜거신이 염여말나 호시고 젹진파
할 모칙을 가라치며 가로딕 지금 젹장이 범승치 안이한 장슈라
각별 조심호며 진즁의 쳔명도스 잇셔 범승치 안이훈

P.46

지라 부딕 조심호여 남을 경젹지 말나 슐법이 능통호여 모를
거시 업더라 힝장을 차러 써날 식 희용이 도스계 엿자오되 두문
동의 계신 지형을 엇지 호오릿가 도스 왈 함가지로셔 호라 밧비
감을 직촉호거날 희용이 쏘 엿자오딕 션싱도 한가지로 가시오
면 조혈가 호난이다 도스 왈 염여말나 어셔라가 나난 말닐이
잇실거시라 가다가 훈 노인을 말닐 거신이 자연 용총을 어딜지
라 희용이 왈 노인이 말을 만일 쥬지 안이호면 엇지호오릿가
도스 왈 그딕을 위호여 남히 용왕이 보닉시이 엇지 의심호리요
어셔 가라 호시며 손을 잇글고 셕문 밧개 나와 젼송호신딕 희용
이 호즉호고 두문동으로 힝할 식 한 곳딕 다다른이 쳥순은 쳡쳡
호고 강슈난 잔잔혼딕 슈양 쳔만스난 동구의 갈여잇고 십이즁
지의 쳥송녹쥭은 울울춍춍호고 쳥학빅학은 반기난 듯 논이난딕

한 노인이 말을 잇글고 반

P.47

송 우의 학츔을 귀경ᄒ거낭 희용이 도ᄉ의 말슴을 명심ᄒ고
나아가 공슌이 졀ᄒᄃᆡ 노인이 문왈 그ᄃᆡ난 언더흔 ᄉ룸이관ᄃᆡ
이곳ᄃᆡ 와셔 져ᄃᆡ지경 ᄃᆡ하난잇가 희용이 다시 일으나 졀ᄒ고
ᄃᆡ왈 소자난 능쥬 싸의 ᄉ옵던이 가화공츔ᄒ와 우리 ᄉ방ᄒ옵
다가 우연이 왓난이다 그 노인이 왈 그러ᄒ며 곽승ᄉ의 아ᄌ
안이온가 희용이 다시 ᄌᆡᄇᆡ왈 과연 그러ᄒ옵건이와 노인은 엇
지 ᄌᆞ싱이 아라시난잇가 노인이 왈 ᄂᆡ 이졔 용궁의 더러 갓던이
광덕왕이 말을 쥬며 왈 ᄂᆡ일 오시의 능쥬 곽희용을 만닐 거신이
젼ᄒ라 ᄒ믜 달여 왓노라 ᄒ며 말을 젼ᄒ며 왈 이 말 일홈은
젹여말이라 그ᄃᆡ ᄌᆡ조 풍운을 임으로 뷰리난지 아지 못ᄒ건이
와 그ᄃᆡ 용밍이 넉넉ᄒ며 후여 부리런이와 그러치 못ᄒ면 어리
울지라 그ᄃᆡ 갈 길이 밧분이 어셔 가라 ᄌᆡ촉ᄒ거날 희용이 치ᄒ
왈 노인의 은히와 용□□□을 엇지 다 갑ᄉ오잇가 ᄒ고 그 말을
살피본

P.48

이 키가 한 질이 남고 몸이 쑵고 눈 졍기 원근의 쏘이여 진짓
용총이라 말며리의 달여들어 갈기을 어류만치며 졍시ᄒ이 말이
고기을 들고 이역키 보다가 굽을 치며 소릭ᄒ며 웅ᄒ난지라
희용이 그 말의 금안 지여 힝장을 갓초고 올나 안자 치을 히롱ᄒ

이 쌔르기 번기갓더라 슌식간의 두문동의 이런이 두 즈ᄉ와 시랑이 반기문 왈 그 도ᄉ을 ᄯᅡ라가 슐법을 비와난야 ᄒ거날 히용이 왈 슐법은 비와ᄉ오나 지금 난셰가 되엿ᄉ오이 일시가 밧분지라 늬 면져 즁원으로 갈거신이 졔형은 군ᄉ을 거날이고 뒤을 ᄶᅩ차 옵소셔 시랑이 왈 그러할진딘 힝군 졀차을 지위ᄒᆞ라 ᄒ거날 히용이 즉시 단의 올나 지셰을 비풀고 군병을 히아린이 불기회ㅁㅁㅁㅁㅁ 좌쳥용 우빅호 남쥬작 북현무을 각각 방위을 졍ᄒ고 금고일셩의 힝군북을 우린이 좌우션봉이 일시의 힝군할 시

P.49

시랑으로 쥬군딕장을 삼마 군마을 거날여 ᄶᅩ초라 ᄒ고 히용 이 면져 발힝ᄒ거날 ᄯᅩ한 즁군다러 당부 왈 부듸 봇키 오옵소셔 말을 직쳐 황셩금한고졀 차즈갈 시 셔편젹을 지늬 쳔마셩을 너며 광음교을 지늬 양즈강을 바리본이 빅이ᄉ장의 젹병이 가 득ᄒ고 황셩딘진은 흔젹도 업거날 히용이 마음의 의심ᄒ여 쪄 하던이 문 듯 ᄒᆞᆫ 군ᄉ 창을 집고 군복을 벼져 들고 오다가 히용 을 보고 기졀ᄒ여 엽더지거날 히용이 그 군ᄉ을 붓들어 구한이 기우 졍신을 차리난지라 히용이 문왈 너난 엇던ᄒᆞᆫ 군ᄉ며 셩명 은 무어시며 어듸로 가난다 그 군ᄉ 답왈 황셩총군 셔긔ᄒᆞ던 강알히옵던이 쳔자 친졍ᄒᆞᄉ 북군딕도독 곽안셰로 션봉을 삼마 젹진과 쏴 일일지늬의 빅만군이 젹장 동학의 손의 다 죽습고 지금 황졔와 슈빅 군병이 계우 목슘을 보죤ᄒᆞ여난이다 복명하

옵고 을다가 중군을

만나 적장인가 질겁ᄒ여 엽더젼난이라 ᄒ며 통곡ᄒ거날 희용이
문왈 그러ᄒ면 황ᄉ은 어듸 계시난요 군ᄉ 엇즈오듸 지금 적진
즁의 ᄊ이여 계시난이다 ᄒ거날 희용이 이 말을 듯고 일경일문
ᄒ여 문왈 적진 즁의 계시면 어듸 계시난야 군ᄉ 듸왈 져 황기
아리로소이라 희용이 즉시 육경육갑을 와외 오방신장과 슴만육
쳔왕을 불너 왈 너히난 좌우로 응위ᄒ여 이러이러ᄒ라ᄒ고 쏘
틱을경을 위와 쳔지풍운을 일와 ᄉ면을 어덥기 ᄒ고 둔갑을
비풀어 다섯 희용을 늬여 각각 말을 틱이고 의갑을 갓초와 적소
금을 들이어 적진을 짓쳐 들어가며 외여 왈 무도ᄒ 셔변왕을
씨도 남기지 안이 ᄒ리라 ᄒ고 크게 호령 왈 우리 남경황졔을
어듸 모시난요 ᄒ며 지쳐 드러간이 거문 굴음과 모진 발람이
일으나며 쳔지 아득ᄒ 가온듸 오방신장과 슴만육쳔왈이 각각
위

염을 비푸러 적진을 음슬하며 다섯 희용이 젹소금을 들고 동셔
남북의 벽기갓치 드러가이 적진이 쯧밧기 신장을 만늬 졍신을
차리지 못ᄒ고 진즁의 운무 자옥ᄒ며 적소금이 빗나난 곳마당
쥬음이 츄풍낙엽갓더라 슌식간의 빅만군병을 다치고 황ᄉ을
모시고 남관영으로 도라온이 황졔와 졔장군졸이 넉시을 일코

아모란 쥴을 모로더라 희용이 신장을 다 물이치고 복지 쥬왈 복결 황숭은 잠관 진졍ᄒ옵소셔 목지 통곡ᄒᆫ이 숭이 기우 졍신을 치러 갈라ᄉᄃᆡ 장군은 뉘시관ᄃᆡ 쥬어가난 잔명을 구하난요ᄒ며 못ᄂᆡ 칭친ᄒ거날 희용이 복지 쥬왈 신은 좌승숭 곽츈군의 아달 희용이로소이다 국가 이갓치 위틱ᄒ와 피ᄒ 금심ᄒ시되 소인이 멀이 잇셔 국가 금심을 돕지 못ᄒ여ᄉ오이 죄ᄌ무셕이요며 낫쳘드러 문슴 말슴ᄒ오릿가 통곡ᄒᆡ이 숭이 이 말을 듯고 ᄃᆡ경실식 왈 네가 곽

P.52

승숭의 아달이라 ᄒ이 짐의 마음이 엇디 붓거럽지 아이 ᄒ리요 짐이 발지 못ᄒ여 승숭을 원찬ᄒ여 지금갓지 희비못ᄒ여 무슴 면목으로 그ᄃᆡ을 ᄃᆡᄒ리요 오날날 젹장의 칼의 죽기 되어던 목슘을 그ᄃᆡ 츙셩으로 ᄉ라시이 그ᄃᆡ 공을 의논큰ᄃᆡ 쳔ᄒ을 반분ᄒ고 짐으 몸을 모모이 싹가도 악갑지 안이 ᄒ지라 그ᄃᆡ난 츙셩을 다ᄒ야 젹을 파ᄒ고 ᄉ즉을 안조ᄒ 후의 짐이 발지 못ᄒ 허물을 씻다라 승숭의 츙셩과 익미ᄒ 포원을 셜원ᄒ야 경의 공을 포ᄒ리라 ᄒ신ᄃᆡ 희용이 복지 쥬왈 셩교 이러텃 간졀ᄒ신이 황공ᄒ와 알욀 말슴 업난이다 흔ᄃᆡ 숭이 더옥 츙찬 왈 경등이 실노 만고츙신이로다 위틱ᄒ ᄉ즉을 안보ᄒ고 억조츙싱을 건지이 츙셩이 엇지 놀납지 안이 ᄒ리요 그러나 젹장 빅동학은 만고 병장인인 부ᄃᆡ 조심ᄒ라 흔ᄃᆡ 희용이 쥬왈 소신이 비록연 무지하오나 젹장 빅동학

P.53

은 두렵지 안이 ᄒ오이 근심치 마옵소서 ᄒ고 믈너 너놔 지장군
졸을 호령 왈 너이등이 황승을 모시고 신지을 지키면 뇌 비록
젹슈단신이나 젹장 동학의 빅만군졸을 합몰ᄒ고 변왕을 ᄉ로잡
바 분ᄒ믈 플리라 ᄒ고 시랑의 군ᄉ오기을 기다리더이 잇ᄯᅥ
셔변이 쳔ᄌ와 원슈을 군쥬의 가두고 황복밧고져 ᄒ여든이 ᄯᅳᆺ
밧기 풍진이 일러나며 뮤쉬한 신장이 드려와 장졸을 다 쥭이고
황제와 졀박ᄒᆫ 군ᄉ을 구ᄒ여 감믈 보고 변왕이 뒤경ᄒ여 쳥연
도ᄉ 싸러 문왈 항뇌의 쳔기의 보온이 장셩이 용문산의 빗치던
이 남방쥬신이 즁앙졍미셩을 음ᄒ엿던이 필련 져 장슈 즁원을
위ᄒ여 ᄒ나리 뇌신 빅로라 또 악기 진즁의 풍운이 일어나 살기
츙쳔ᄒᆫ이 그 장슈의 조화무궁컨이와 가진 칼이 분명 젹소금인
가 시푼이 만일 젹소금

P.54

이 분명ᄒ면 보신갑과 젹여망ᄅ 으더실이라 뉘 능히 당ᄒ리요
왕은 급피 퇴병ᄒ옵소셔 만일 더딀진뒤 뒤환을 면치 못ᄒ리라
ᄒ뒤 변왕이 뒤경 왈 션싱은 젹장의 젹소금 보신갑 젹여말을
그뒤지 염여ᄒ난잇가 도ᄉ 왈 젹소금 옛날 초픠왕도 당치 못ᄒ
흔틱조 유방의 칼이요 젹여마난 남희용총이라 발굽의 풍진이
이러나고 보신갑을 창금과 시셕이 뒤이면 졀노 직가 되어 날인
인 이 시 가지난 쳔ᄒ의 드믄 보빅라 반다시 용문산 응쳔도ᄉ의
가라친 빅라 이 장슈 그 도ᄉ흔틱 빅와 시면 쳔승은 고ᄉᄒ고

인간의난 젹슈 업실거시이 엇지 두렵지 안이 ᄒ리요 우리 용장
빅동학은 셔방 금셩졍기을 쒸여나고 젹장은 남방 화셩졍기을
쒸여낫신이 오힝으로 일너도 화극금이라 엇지 두렵지 안이 ᄒ
리요 변왕이 왈 응쳔도ᄉ난 션싱과 조화 엇더 ᄒ온잇가 도ᄉ
왈 나난 흑운의 반달이요 응쳔도ᄉ은 츄쳔의 명월이라 엇지
이논ᄒ리요

P.55

변왕 왈 악기 진즁의 변기갓탄 장슈 다셧시온이 엇지 젹소금
보신갑이 그리 만ᄒ난잇가 도ᄉ 왈 그 장슈 불이난 조화라 그러
무로 풍운을 일우고 신장과 쳔왕일 쑨 안이라 ᄯᅩ 슨변위히ᄒ고
히변위산ᄒ난 지조을 가즈실거시오 그 무궁ᄒ 조화을 뉘 능히
당ᄒ리요 ᄯᅩ 슴십육도을 부릴거신이 그 용금지슐은 날이 져문
다 ᄒ여도 화광이 등쳔ᄒ여 그 칼이 츅신을 싸 쳔만이을 힝ᄒ난
법을 알거신이 그가 이ᄒ뮬 엇지다 층양ᄒ리요 변왕 왈 그러ᄒ
면 션싱은 우리 빅장군을 가라치지 안이 ᄒ난잇가 도ᄉ 왈 ᄒ나
리 그러한 바와 기묘한 법을 늬실 졔 반다시 씪을 기다려 그
임자을 쥬난고로 강틱공이 그 문셔을 어더 쥬실을 도와 쳔ᄒ을
도모ᄒ고 그 후--이 황셕공이 그 겹을 알라 즁즈방을 갈러쳐
한실을 창읍ᄒ고 그후 ᄉ벽 연후의 졔갈양이 그 문셔을 어더
유황슉을 돕옵고 그후로 젼할 고지 엽던이 응쳔도ᄉ 그

P.56

볍을 통달ᄒ여 당초의 그 문셔을 귀경ᄒ즉 ᄒ엿던이 젼할 고지
잇다 ᄒ고 안이 쥬기로 되강 만 드르건이와 엇지 거런 볍을
말만 듯고 ᄒ오릿가 동학이 이 말을 듯고 되고 왈 양진이 승합ᄒ
여 싸홀 씌의 다만 용밍과 슐볍을 씰거시지 그런 문셔을 씨오릿
ᄀ 션싱은 두렵거던 도라 가옵소셔 소장이 ᄒ변 부쳐 젹장을
벼히고 황졔을 ᄉ로 잡바 항복바든 후의 션싱기옵셔 면져 자랑
ᄒ던 말을 업기ᄒ오리다 ᄒ고 변신승마ᄒ여 늿닷거날 도ᄉ 말
여 왈 줌간 머물너 젹장거취을 보고 싸오미 올타 흔되 동학이
듯지 안이 ᄒ고 진문 밧기 나셔며 외여 왈 남경 어린 아히야
닷지 말고 너히 진즁의 장슈 잇난 되로 일의시 나와 늬칼을
바드라 오날날 너의을 함몰ᄒ리라 ᄒ고 질욕이 무슈흔지라 잇
씌 히용이 황졔을 모시고 파젹할 모칙을 의논ᄒ던이 장졸이
다만 빅여 기라 승이 염여ᄒ여 왈 젹장 동학의 용밍은 졀러흔되
우리 진즁

P.57

의난 즁졸이 젹언이 이 일을 엇지 할이요 ᄒ신되 히용 쥬왈
승은 염여마옵소셔 신이 한변 츌젼ᄒ면 셩ᄉᄒ런이와 남은 군
ᄉ 三百 기로 진을 치되 십팔슈을 힝ᄒ야 ᄉ방으로 셔우고 동방
의난 각향져방심미기을 응ᄒ여 쳥용기을 시우고 진방의 진ᄒ런
괘을 비풀고 셔방의 졍귀셩장익진을 응ᄒ여 빅호기을 시우고
틱방의 틱승졀괘을 비풀고 남방의난 귀루위모필최슴을 응ᄒ여

쥬작기을 시우고 이방의 이혀즁괘을 비풀고 북방의난 두우여혀
의실벽을 응ㅎ여 현무기을 시우고 감방의난감즁연괘을 비풀고
동남각북셔각남동각건곤간손의 팔괘을 비풀러 갑을무경신ㅅ
방졍회임기슐무기로 오힝진을 벼리고 쳔지풍운 조화을 감츄고
음양생ㅅ문을 늬여 동셔 두이을 셔우고 도로육화팔문진을 벼리
고 육경육갑 틱을경을 외와 진젼의 둔갑변신 ㅎ난 법을 ㅊ리고
군졸을 호령 왈 늬 진문을 ▢고

P.58

젹장을 드린 후의 조화을 비풀거신이 혹 진즁의 고이흔 일이
잇셔도 요동치 말고 신지을 비우지 말나 당부ㅎ고 진문을 크기
열고 나셔 외여 왈 무도흔 셔방장은 드르라 나난 즁원웃듬장슈
희용일넝이 너이 등이 쳔의을 거스러 시절을 불안키ㅎ이 늬
쳔명을 바다 젼장의 나와 변진을 함몰ㅎ고져 ㅎ난이 뉘 능히
딕젹할 지 잇거던 쌜이 나와 ㅎ라 ㅎ난 소릭 틱산이 문어지고
ㅎ희가 뒤눕난 덧 ㅎ더라 젹장 동학이 그 소릭을 듯고 응셩츌마
흔이 희용이 젹여마 숭의 두려시 안자난딕 오식이 영농ㅎ고
쳔지조화을 홍즁의 품어잇고 두우셩 졍기 쏘인 가온딕 비용
말굽이 분분ㅎ여 조화 일신의 쓰엿시이 시인감흔 듯ㅎ나 연소
약▢일 뿐더려 군졸이 불과 삼빅기가 못되난지라 동학이 나셔
며 위여 왈 젹장 희용은 드르라 나는 셔변국 츙두장군 빅동학이
런이 십연을 공부ㅎ여 셰상의 나온이 ㅅ름은 고수ㅎ고 귀신도
두렵지 안이

ᄒᆞ거날 네 조고만ᄒᆞᆫ 아히 쥭기을 엇지 금심치 안이 ᄒᆞ난요 ᄒᆞ며
달여들거날 희용이 되답지 안이ᄒᆞ고 말을 노와 접젼할 ᄉᆡ 희용
이 짐짓 눈을 반만 감고 ᄎᆞ든 손을 날이이 동악이 승세ᄒᆞ여
소릭을 크기ᄒᆞ며 달여드려 ᄒᆞ용의 칼을 친이 치든 ᄎᆞᆼ이 부러져
적가 되이 나라가난지라 동악이 되경ᄒᆞ여 본진으로 믈러가난지
라 희용이 ᄧᆞ르지 안이ᄒᆞ고 크기 위여 왈 적장 동악은 어린
아히로라 엇지 회읍업시 다라나넌야 늬 널을 쪼츠가 머리을
벼힐 거시로되 아즉 용셔ᄒᆞ난이 너 도라ᄀᆞ 변왕ᄯᅡ려 밧비 나와
항복ᄒᆞ라 늬 셩픔은 남과 달나 살희을 죠와 안이 한이 부듸
목슘을 익기여 슈이 항복ᄒᆞ라 만일 더듸면 셔북 오랑키을 씨도
업기 ᄒᆞ리라 늬종 후회 업기ᄒᆞ고 쳔의을 슌종ᄒᆞ라 ᄒᆞ고 본진의
도라온이 졔장군졸이 다 치ᄒᆞᄒᆞ더라 쳔ᄌᆞ 칭찬 왈 장군의 신기
흠은 진실노 쳔신이로라 적장 동악이 믈너간이 이지난 염여업
도다ᄒᆞ시더

라 잇ᄯᅥ 두 ᄌᆞᄉᆞ와 시량 군병을 거나리고 오거날 쳔ᄌᆞ 되히ᄒᆞᄉᆞ
시량와 두 ᄌᆞᄉᆞ을 블너 왈 짐이 발지 못ᄒᆞ여 경 등의 츙셩 모르
고 괄셰ᄒᆞ여신이 엇지 붓그럽지 안이 ᄒᆞ리요 시량등이 합쥬
왈 그난 다 간신의 춤소오 이 엇지 피ᄒᆞ의 허믈리라 ᄒᆞ릿가
신등은 이졔 와 황ᄉᆞᆼ의 근심을 덜지 못ᄒᆞ이 블츙ᄒᆞ온 죄을 엇지
며ᄒᆞ오릿가 믈너 나와 희용을 보고 반긴 후의 적셰을 뭇거날

히용이 되왈 동악은 어린 아히라 명일은 적진을 파할 거신이 계형은 진지을 비우지 말나 ㅎ고 황승 젼의 드르가 복지 쥬왈 소장이 동적을 잡고져 시푸되 빅면셔싱이라 문무졔장이 영을 안이 듯지할ㄱ 하난이다 승이 그지야 씨다르시고 왈 짐이 즘관 이져 젼후 국볍을 몰나도다 ㅎ시고 군수을 신칙ㅎ수 칭단을 모우고 졔장을 갈나 셔우고 승이 친이 단ㅎ의 셔셔 곽히용으로 되원슈을 봉ㅎ시고 인금을 쥬신이 원슈 탑ㅎ의 나려 복지 수은 ㅎ고 믈너 나와 길기난

소리 진동ㅎ더라 잇찌 동악이 본진의 도라와 분을 이기지 못ㅎ 여 왈 뉘라셔 적장 히용을 잡바오리요 오날날 져을본이 용밍과 금슐은 모우 미셩흔 아히라 뇌 칼이 승ㅎ여 잡던 봇ㅎ엿건이와 명일은 졀단코 벼히리라 ㅎ고 분연ㅎ거날 도수 변왕다러 왈 적장 히용은 진실노 범승흔 장슈가 안이라 그 진볍을 보이 오힝 으로 팔문유화진을 벼리고 용진ㅎ난 볍이 신통흔지라 엿지 하 날이 뇌신 장슈 안이리요 우리 장슈 동악은 종시 남을 업슌이 기여오이 엇지 후환이 업수오리ㄱ 나난 되왕을 도와 셩수할가 ㅎ여던이 쳔운이 불힝할 분 일즉 두로 살피지 못ㅎ여 다만 한탄 이건이와 되왕은 급피 퇴병ㅎ옵소셔 ㅎ고 공즁으로 구름을 타 고 올나가며 ㄱ로되 뇌 츌셰할 지 곽히용을 살피지 못흔 빈라 그 즁셩이 용문순의 빗치기로 북방을 염여ㅎ고 남방을 의심치 안이 ㅎ엿던이 엇지 곽히용이 남방의 날쥴을 아라실리요 되왕은

요량되로 흐옵소셔 경각의 되환이 밋칠 거신이 각별 조심흐옵
소셔 늬 빅즁군다려 여러 변 일너시되 흔갓 용밍만 밋고 씌닷지
못흔이 실노 답답흐도다 흐며 되히로 나려 가이라 동악이 되로
흐여 변왕게 엿즈오되 늬일은 결단코 즁원을쳐 함몰흐고 평졍
흔 후의 도스을 추즈 셜분코져 흐난이다 흐고 날시기을 기다리
더이 잇튼날 평명의 되원슈 희용이 방포일셩의 진문을 크기
열고 되호 왈 젹즁 동악은 어지 미결흔 셩부을 결단흐즈흔이
동악이 응셩 츌마흐여 셔로 마즈 십여 합의 원슈 짐짓 픽흐여
본진으로 도라온이 동악이 승시흐여 원슈을 쏘츠 진문의 달달
나가 이줍피기 되여던이 원슈난 간 되 엽고 스변으로 풍운이
일러나며 뇌셩벽역이 진동흔 즁의 치우가 눈을 쓰지 못흐며
귀졸이 만신을 침노흐며 졍신을 살난키흐며 신즁이 사면은 도
외와 쓰고 □역은 비오 듯흐고 젹즁 동악은 항복흐라 흐난 소릭
졍신이 아득흐여 이윽키 셧다가 졍신을 기우 진졍흐여

한편을 헛치고 다라나고져 할 지음의 쏘흔 즁슈 빅금투고을
씨고 빅운갑을 입고 빅말 타고 질을 마으며 왈 동악은 닷지
말고 항복흐라 흐거날 동악이 분오흐나 할 슈 업셔 죽기로써
쓰와 다이 못흐여 도로 다라던이 쏘흔 장슈 쳥용말을 타고 쳥용
도을 들고 질들 막거날 기우 몸을 벼셔나 흔 고되 다다른이
쏘흔 즁슈 오초말을 타고 즈운갑을 입고 스모창을 들고 질을

마으며 밧비 항복ᄒ라 ᄒ이 동악이 혈길 업셔 죽기로써 ᄡᅥ우던
이 ᄯᅩᄒ 즁슈 젹여말을 타고 홍운갑을 입고 방쳔금을 들고 고성
듸질왈 젹장 동악은 드르라 네 어듸로 가랴 승쳔입지 못할 거신
이 슈이 황복ᄒ라 동악이 찬황망극ᄒ여 앙쳔 탄왈 동셔남북이
다 듹키신이 어듸로 가리요 쥬져ᄒ던이 ᄯᅩ 즁잉기 아릐 ᄒ 장슈
나셔며 ᄭᅮ지져 왈 동악은 닷말 나 즁국듸원슈 곽희룡이 이왓노
라 너 이지도 황복 안이 ᄒ랴 회며 달여 들거날 동악이 ᄒ릴
엽셔 죽기 □□□□□

P.64

싸우던이 일합이 못ᄒ여 원슈의 칼이 번듯ᄒ며 동악의 말을
씰러 업지란이 동악이 □□□□ 몸을 소소와 공즁으로 달라낭이
육셩이 화ᄒ여 육화진이 되여 의와ᄡᅩ고 질을 마가 호통ᄒ이
동악이 죽기로셔 육화진을 벼셔나 본진으로 다라난이 원슈 ᄯᅩ
ᄒ 둔갑을 비퓰러 오방신장과 슘만육쳔왕을 거나리고 젹진을
ᄶᅩᆺ차 신픙취우을 뷰린이 젹진 장졸이 황황분쥬ᄒ여 굽피 진을
뭠기고 셔로 도라보며 이로듸 엇지 항오을 ᄎᄌ 분발ᄒ오릿가
병왕이 동악을 도라보며 왈 이 일을 장ᄎᆞ 엇지 ᄒ리요 ᄉ면의
만졍창파요 ᄯᅩᄒ ᄶᅩ각빅도 업신이 엇지 살기을 도모ᄒ리요 그
도ᄉ 말을 드려시면 이려ᄒ 변을 안이 볼 거셜 진작 퇴병 못ᄒ
타시로다 장군은 엇지 할여 ᄒ난요 동악이 엿자오되 ᄉ시 급하
여 신이 엇지 구ᄒ오리가 이렷텃 변화무궁ᄒ 줄을 몰나난이다
ᄒ며들 탄ᄒ던이 무슈ᄒ 장졸이 혹 용도 타고 혹 범도 타고

혹 거복도 타고 일시의 진

즁의 들으와 호통ㅎ며 횡횡할 시 원슈 젹소금을 비거 들고 스면
으로 음살흔이 군졸의 머리 츄풍의 낙엽갓더라 동악이 나셔
듸젹고져 ㅎ나 스면 팔방의 변긔 갓탄 장슈 모다 희용 아라
문듯 벽역 갓탄 소릐 진동ㅎ며 일원듸장이 칼을 놉피 들고 호령
ㅎ며 쑤지져 왈 ㅜ도흔 빅동악아 이제도 항복 안이 ㅎ야 ㅎ며
신장을 호령ㅎ여 젹장을 결박ㅎ라 셩화 갓티 직촉흔이 동악이
창황 즁의 살피본이 듸원슈 곽희용이라 황급ㅎ영 아모리 할
쥬을 모르고 썩은 나무가지 갓치 셧든이 무슈한 장졸이 일시의
달여들어 결박흔이 제 비록 용밍이 닛시나 곽원슈난 곳 산실영
이라 호풍환우ㅎ난 법을 지 엇지 당ㅎ리요 속졀 업시 결박ㅎ여
엽질이고 쏘 변왕을 자바 늬여 잇근으로 목을 거러 슈리의 실고
본진으로 돌이 보늬고 그 나문 지망은 결박ㅎ고 군스난 압셔우
고 싱견고을 우리며 존빈으로 도라온이 ▢▢▢▢

원문 박기 나와 원슈을 마즈 장듸의 안치고 잔을 잡바 위로
왈 원슈의 용밍은 쳔▢▢▢▢ 망지풍으로 변진 즁 빅만듸병와
범 갓턴 장슈 동악을 스로 즈바신이 이난 예날 졔갈무후 칠종칠
금ㅎ던 공의셔 십 비나 더ㅎ도다 ㅎ시며 못늬 칭츤ㅎ더라 이날
원슈 문무졔장을 좌우로 시우고 슉졍픠을 늬여 싯고 황졔을

중듸의 모시고 무수을 호령ᄒ여 변왕을 잡바 늬여 계ᄒ의 쑬리고 크기 호령 왈 변왕은 드르라 ᄒ날이 스름을 늬실 지 오륜을 졍ᄒ수 군신지분과 존비귀쳔을 다 각각 졍ᄒ여 졔왕와 공후와 국지장단을 마련ᄒ고 익친경즁지도 와 인의예졔을 분간ᄒ여 임ᄌ가 익고 분이가 분명ᄒ지라 쳔는명을 ᄒ날기 밧고 공후 비셩은 명을 쳔ᄌ계 바다 미일른고로 스희지늬가 닥비 왕회요 솔토지민이라 일은고로 쳔ᄒ 각국이 황졔계 증공ᄒ난 볍이 이 쥬셩이 두우셩을 응흠 갓고 강히 바다로 쏘침 갓탄지라

무도ᄒ 너히등은 그런 볍을 모르고 쳔의을 거사려 역적이 되여 신이 엇지 살기을 바리리요 역쳔자는 맛당이 벼힘 즉ᄒ나 십분 용셔ᄒ여 노와 보늰이 도라가 덕을 싹ᄀ 의을 슌종ᄒ고 어진 졍수로 빅셩을 다스리고 츙셩으로 황졔을 셤기며 일연 일차로 조회ᄒ여 옛볍을 발키면 ᄌ연 슈복이 장구할 거신이 부듸 남의 지경을 탐치 말나 션심으로 치민이나 각별히 ᄒ여라 듸강 슈죄ᄒ 후의 물이치고 빅동악나 입 국문 왈 즁슈되난 볍이 승봉쳔문ᄒ고 ᄒ찰지리ᄒ여 즁찰인의ᄒ여 풍운좌화을 임으로 ᄒ여 진졔을 살피여 승픽을 아라 이히을 안 연후의야 반다시 즁슈라 ᄒ거날 엇지 조고만ᄒ 직조와 용밍만 밋고 즁슈라 츙ᄒ리요 나라을 위ᄒ여 공을 시우고져 할진듸 착ᄒ 스름을 도므미 올은지라 너난 진역ᄒ 임군을섬기 망발싱ᄒ여 셩공 못ᄒ고 도로여 네 목슘을 져바린이 ᄌ신지칙을 못으여 네 죽기을 원

흔이 탄식을 마지 안이 ᄒ거이와 방금 쳔ᄒ 요랑할 듯 ᄒᄆᆡ
너을 다리가 신기흔 슐볍을 가라쳐 션봉을 슴고져 ᄒ여던이
쥭기을 원흔이 진실노 ᄋᆡ달도다 무ᄉ을 ᄒ령ᄒ여 진문 밧긔
ᄂᆡ여 회시ᄒ라 ᄒ고 그 남문장슈늘 결곤방츌ᄒ고 ᄯᅩ 군ᄉ난
노와 보닌이 모다 원슈의 덕을 빅 ᄇᆡ 치ᄒᄒ더라 잇ᄰᅥ 변왕이
옛단을 밧치고 빅 ᄇᆡ ᄉᆞ례ᄒ거날 ᄾᆞᆼ이 갈라ᄉᆞᄃᆡ 십분요셔ᄒ여
보닌이 일후의난 그련 싱의을 두지 말나ᄒ며 원슈의 말과 갓치
ᄒ라 ᄒ신ᄃᆡ 변왕이 황은을 츅ᄉᄒ고 보국으로 도라가이라 원
슈 그날붓텀 ᄃᆡ연을 빅셜ᄒ고 제장군졸을 ᄉᆞᆼᄉ할 ᄉᆡ 젼제즁을
히아린이 쥭은 지 빅만이요 나무 졔즁이난 삼빅여 명이라 ᄉᆞᆼ이
용누을 흘이시며 환궁ᄒ실 ᄉᆡ 원슈 복지 쥬왈 이지 도젹을 파ᄒ
ᄉᆞ온이 피ᄒ 금십치 마압소셔 신은 지금 물너가 ᄋᆡ비 젹소의
단긔 올 거시온이 복원 황ᄉᆞᆼ은 공문을 ᄂᆡ여 쥬옵소셔

ᄒ며 눈물을 흘이거날 ᄉᆞᆼ이 가라ᄉᆞᄃᆡ 환궁흔 후의 즉일 명관을
보ᄂᆡ여 모시오기 할 거신이 원슈난 염여말고 황셩으로 함기
가ᄌᆞᄒᆞ이 원슈 다시 엿ᄌᆞ오ᄃᆡ 소즁이 엇지 명관ᄂᆡ기을 다리오
릿가 오장이 면져 가 다려오리다 ᄒ며 업더져 일으나지 모ᄒ거
날 ᄉᆞᆼ이 말이지 못ᄒ여 공문과 히빗ᄒ난 죠셔을 쥬시며 왈 경이
구틱야 ᄀᆞ려 ᄒ이 말이지 못ᄒ건이와 부ᄃᆡ 슈이 도라와 짐의
울도지심을 덜기ᄒ라 ᄒ시며 왈 원슈 엇지 혼ᄌᆞ 가리요 ᄒ시고

166 곽해룡전

슈십초 장졸을 거날이고 가라 ᄒ신딕 원슈 엿ᄌ오딕 소신은 혼ᄌ 가의도 염여 엽ᄉ온이 피ᄒ난 금심치 마옵고 안졍ᄒ옵소셔 ᄒ젹ᄒ고 믈너나와 시량돠 ᄌ장군졸을 이별ᄒ고 모친기 편지만 부치고 이날 셜ᄉ도로 힝할 ᄉ 황지 원슈을 젼송ᄒ고 환궁ᄒᄉ 시량 곽용츙으로 션봉을 ᄉ고 두 ᄌᄉ로 후군을 거날여 황지는 친이 즁군의 잡도리홀

P.70

ᄉ 황셩육진군과 장안 빅셩이 빅이 밧기 나와 단ᄉ 호장으로 황승을 마ᄌ 못닉 반기더라 쳔ᄌ 복무틱을 너머 광음교을 지닉 봉황딕 올나 졔신의 조위 밧고 환궁ᄒ신 후의 졔즁을 다 입시ᄒ여 ᄒ교 왈 경등은 이번 젼장의 닉력을 드르라 당초의 짐이 친졍ᄒ여다ㄱ 젹즁 동악의 손의 빅만딕군을 다 쥭이고 짐이 ᄉ로잡피여 쥭기되여던이 승승 곽츙군의 아달 희용이 구함믈 입어 명을 보존ᄒ고 픽망군졸 빅여 명을 거나리고 셔변 팔십만 딕군과 범 갓탄 ᄌ쥬 빅동악을 금고 일셩의 ᄉ로 ᄌ바 쳔ᄒ강산을 건지고 ᄉ즉을 안보ᄒ여신이 그 공을 의논크딕 쳔ᄒ을 반분ᄒ여도 앗갑지 안이ᄒ다 ᄒ시고 즉시 젹몰ᄒ 거셜 환죵ᄒ식 곽승승이 도라오면 왕을 봉할 거시요 원슈은 승승을 봉할 거시요 위션 그 부인 임씨로 졍열왕후을 봉ᄒ시고 시여 팔 인을 쥬워 시위ᄒ기 ᄒ시고 별궁을 졍ᄒ여 거쳐

흐시기 흐며 승승으로 위왕을 봉흐시고 원슈로 츄열공 겸 좌승
승을 봉흐시고 즉첩을 예조남관으로 명송흐라 흐시고 시랑 곽
용츙으로 부열후 이부승셔을 봉흐시고 두 즈스로 북군듸도독을
봉흐시고 그 남은 지중은 차리로 공을 도두시고 젼중의 쥭은
장졸은 증직을 나리와 그 혼빅을 위로흐시고 쏘흔 무스을 호령
흐야 우승승 왕윤경과 스도 최윤경과 황문시랑 조장원 등을
결박 닉입흐여 승이 흐교 왈 너히등은 국녹지신으로 국가 활난
을 일분도 건심치 안이흐고 너히 목슘만 싱각흐야 황복흐랴
권흔이 그 죄 맛당이 슘죡을 멸홀 거시요 **츙효겸젼흐고 청염강**
즉흔 곽츙군을 모히흐여 북변의 안치기 흔이 군망승흔 죄을
의논큰듸 엇지 일시나 살여두리요 짐이 이번 츌젼의 욕본 것도
너히등의 아참한 죄라 엇지 통분치 안이 흐리요 지금 곳 쥭일
거시로듸 승승곽위왕부

즈 도라오거든 쳐참흐리라 잇써 부인 임씨 궁비정속흐엿다가
쏘 쯧밧계 정슉왕비을 봉흐시고 즉첩을 드리거날 부인이 황공
가스흐여 북힝스비한 후의 황은을 축스흐고 황틱후 젼의 들으
가 젼후 닉력을 뭇즈온듸 틱후 가라스듸 왕비 아자 히용이 금변
황승 활난을 구흐여 승젼흔 공으로 젼죄을 스흐시고 승승은
위왕을 봉흐시고 히용은 승승을 봉흐시고 부인은 왕비을 봉흐
스 위션 별궁으로 거쳐흐계 흐시미라 왕비 이 말슘을 들으시고

일경일히ᄒᆞ시던 ᄎᆞ의 원슈의 셔간이 완난지라 급피 ᄯᅵ여본이
ᄒᆞ여시되 불호ᄌᆞ 희용은 근복문 아뢰난이라 복미시ᄎᆞ시의 모친
기체일황ᄒᆞ옵신지 복모구구ᄒᆞ셩지지오며 소ᄌᆞ난 실ᄒᆞ의 써나
부친 젹소로 가난 길리 도ᄉᆞ을 만나 뭇ᄌᆞ온되 도ᄉᆞ 답왈 황승의
공문 업시면 셜ᄉᆞ도을 못가다 ᄒᆞ옵기로 회졍코져 ᄒᆞ온져 도ᄉᆞ
ᄯᅩ 갈로되 그되 가화 공참ᄒᆞ여 모친이 궁비졍속ᄒᆞ다 ᄒᆞ

고 가지 못ᄒᆞ기 ᄒᆞ이 그 말슴을 듯고 쳔지 아득ᄒᆞ여 일월이
비치 업셔 ᄉᆞ셰 부득ᄒᆞ와 도ᄉᆞ을 ᄯᅡ라 순즁의 드르가 병셔와
용법지슐을 비왓던이 맛참 국가요량ᄒᆞ와 칼乙 잡고 젼장의 나
와 도젹을 쳐 뮬이치고 황승의 급ᄒᆞ심을 구ᄒᆞ옵던니 복망 모친
은 진졍ᄒᆞ옵소셔 슈이 드라와 실ᄒᆞ의 되령ᄒᆞ와 원슈을 갑고
간신을 뮬이칠 터이온이 과도이 실허마옵소셔 ᄒᆞ엿더라 왕비
보기을 다ᄒᆞ민 일히일비ᄒᆞ여 니날부텀 원슈와 승승 오기을 날
노 가다이더라 각셜 잇셔 승이 환궁ᄒᆞ신 후의 틱후계 뵈옵고
공쥬 셩혼을 근심ᄒᆞᄉᆞ 간퇵ᄒᆞ옵기을 엿ᄌᆞ온되 틱후 왈 이변
활난의 승젼ᄒᆞᆫ 희용은 위왕의 아달이요 ᄯᅩᄒᆞᆫ 츙신이라 공의쥬
비필을 졍ᄒᆞ야 이셰 삼셰로 지우 만셰ᄭᅡ지 엇지 질겁 안이 ᄒᆞ리
요 ᄒᆞ며 혼인을 졍ᄒᆞ신이 왕비 더옥 질거ᄒᆞ시며 왈 늬 당초의
졍속ᄒᆞ실 지 치연의 후은을 입어 일신이 편함을 ▫

각혼이 간졀혼지라 바릭난이 공쥬난 닉 낫쳘 보와 추연을 각별
리 〈랑혼와 그딕와 동거쳐혼기을 원혼난이 공쥬난 황후젼의
〈연을 엿〈와 닉 소원을 풀가 바릭노라 혼신딕 공쥬 즉시 그
말슴을 황후젼의 연〈온딕 황후 드르시고 층찬 왈 왕비난 진실
노 여즁군〈라 그몸이 영귀혼여도 셕〈을 잇지 안혼신이 마음
이 가즁 아람답도다 혼시고 치연을 명혼여 졍안궁의 보닉여
왕비을 모시라 혼신이 치연이 쏘혼 소원이라 질거혼더라 각셜
잇써 원슈 셜손도오 힝할 〈 여러 날만의 용묜순의 이르러 슌쳔
이 방불혼고 풍경도 의구혼다 셕문도의 다다른이 동〈 나와
졀혼거날 션싱젼의 드려가 극진이 비리혼 딕 도〈 왈 그딕난
쳔신이로다 혼시고 층찬 왈 그딕 쳔〈을 도여시고 딕공을 일왓
신이 가라가라친 허〈 안이도다 그러나 지금 지변과 토변니
반혼여 즁을원 침범혼고져 혼이 그딕의 크 근심이로다 진변
션봉즁 묵특은 슐볍을 〈

명〈 쳘관도〈계 비와신이 그딕의셔 지닉며 쏘혼 용밍이 옛날
초픽왕으계 지닉이 그딕의셔 븩 빅나 더혼이 엇지 근심치 안이
혼리요 각별 조심혼여 부딕 경젹지 말나 혼시며 한 봉셔을 쥬며
왈 젹장과 쏘우다가 당치 못혼거던 쎅여보라 쳔기을 누셜치
마라 부딕 집피 간슈혼여 이졔 셜손도로 가면 그딕 부친의 소식
을 아련이와 승봉이 더딀지라 엇지 망극지 안이혼리요 쏘혼

니가 연분이 다ᄒᆞ시여신이 금일 이별ᄒᆞ면 슝봉이 망연혼지라 그디난 부디 동감고ᄒᆞ여 늬의 갈라친 말을 져바리지 말나ᄒᆞ고 인ᄒᆞ여 빅학을 타고 공즁으로 올나간이 소힝이 망망혼지라 원슈 혼 말도 뭇지 못ᄒᆞ고 봉셔만 심심장지ᄒᆞ여 셜손도로 힝ᄒᆞ여 갈 시 심수을 졍치 못ᄒᆞ너라 조화을 부려 풍운을 쪼ᄎᆞ 슌식간의 셜손도을 득달ᄒᆞ여 그 도즁 별장을 불너 황졔 공문을 붓치고 왈 승승이 어디 기신야 별즁이 디 왈 오ㅁ부로 소인의

P.76

관즁의 거쳐ᄒᆞ시다가 모월모일의 진변장졸이 작난ᄒᆞ여 도ㅁ을 ᄊᆞ고 승승을 잡아가오미ㅁ 인 이 연유을 쥬달ᄒᆞ여던이 원슈 오시미 알오난이다 ᄒᆞ며 못늬 황공무지하거날 원슈 이 말을 드르며 졍신이 아들ᄒᆞ여 실셩 통곡 왈 ᄒᆞ날이 히용을 미워ᄒᆞᄉᆞ 부ᄌᆞ슝봉 못ᄒᆞ기 ᄒᆞ심이로다 방셩통곡혼이 도즁 빅셩이 뉘 안이 우리요 원슈 진젼ᄒᆞ여 별장다려 문 왈 진변이 예셔 얼마나 혼요 별장 쥬 왈 슈로로 가오면 셔북디히을 건네옵고 육노로 가오면 팔만육쳘니로소이라 원슈 울울혼 분을 이기지 못ᄒᆞ여 별즁으계 니 연유로 황졔계 쥬문ᄒᆞ라 ᄒᆞ고 진변으로 힝혼이라 각셜 잇ᄯᆞ 진변이 토변으로 합세ᄒᆞ여 쳘과도ᄉᆞ와 션봉즁 묵특으로 즁원을 치고져 ᄒᆞ다가 셔변왕이 셜손도 안치한 곽승승의 아달 히용 소의 픽ᄒᆞ여다 말을 듯고 셔변은 열국지즁의 웃듬 강국이요 션봉즁 빅동

악은 만고 명중이로대 불과 일일지닉의 수로 잡피여신이 지조
와 용밍이 실노 범승치 안이 흔지라 그 장슈 두고난 어려올지라
이졔 장졸을 셜손도의 보닉여 곽승승을 즈바다가 달닉여 조흔
비살을 쥬면 졔 즈식을 불을 거신이 아비을 싱각할 거시오 쏘흔
즁원을 어든 후의 쳔흐을 반분하즈 히면 드를 거시오 그 장슈와
동심합역흐면 통일 쳔흐할 거신이 말 잘흐고 지히 잇난 스름을
보닐이라 잇쩌 승승이 부인과 히용을 싱각흐여 눈물노 지닉던
이 쳔만 의우의 진변 즁졸이 와 급촉흐거날 승승이 할 길 엽셔
셔변국의 일른이 토왕이 단흐의 나려 예필좌졍 후의 두 왕이
가로딕 지금 운슈 쇠진흐여 스름이 다 분흐이 우리도 죄민별죄
할 싞 흐나리 도여스 쳔흐명장 묵특을 웃고 쏘흔 쳘관도스을
어더 지히와 용밍이 원슈의셔 웃듬이라 이런고로 승승을 쳥흐
여신이 합씌코져 흐난니다 승승의 아달

이 지금 셔변을 파흐민 쳔즈 크기 미드시고 만스을 다 임으로
흐라 흐시민 즁국 □□일을 가라 딕스을 도모흠젹흐이 승승은
급피 편지을 보닉여 아달을 불너와 닉응이 되면 셩스될 거시요
만일 셩스되오면 쳔흐을 반분할 거시온이 승승은 집피 싱각흐
여 혀락흐시오면 복녹이 여일할 거시오 만일 거려치 안이흐면
즁음을 면치 못흐올 거신이 자앙말고 혀락흐옵셔 흐거날 승
승이 이 말을 들어시고 히용인 난 줄을 알어시고 일경일히흐여

졍신을 졍진치 못ᄒ다가 이역히 말삼을 닉여 두 왕은 드르라 쳔싱만민의 필슈지즉이라 그련 연고로 존비귀쳔이 잇셔 셩승이 쳔위을 뉘리시미 즁원을 자지ᄒ사 남만븍젹과 동이셔윤 쳐결ᄒ며 싱ᄉ지볍을 임으로 ᄒ시난고로 슌쳔ᄌ난 흥ᄒ고 역젹ᄌ난 망ᄒ난이 그딕등은 흔갓 상포만 밋고 쳔ᄒ을 거ᄉ려 망발승의 ᄒ다가 쳔별을 당할 거시요 쏘 나

P.79

을 딕ᄒ여 붕의지말을 흔이 닉 쏘 역강할 딕 갓트면 두 왕의 머리을 벼히 쳔ᄒ을 발우고져 ᄒ난이 싱심인들 딕역부도지 마음을 먹지 말나 ᄒ며 호령ᄒ더라 두 왕이 그 말을 더런이 이사 당당ᄒ여 츄호도 굴할 ᄯᆺ지 업고 츙졀이 일월 갓탄지라 마음이 붓거려오나 강포 마는 ᄉ름이라 분기을 이기지 못ᄒ여 쥑기고져 할 ᄉᆨ 쳘관도ᄉ 그 거동을 보고 말유ᄒ여 왈 쥑기지 말고 가두워 두고 츌젼할지다시 달닉미 올타ᄒ고 무ᄉ을 호령ᄒ야 지함의 가두고 츌젼영을 놋코 도ᄉ 변왕다려 왈 곽승승은 본시 마음과 기승이 일월 갓튼이 이심컨딕 그 아달 희용은 분명 ᄒ날리 닉신 빅라 이십 연젼의 남히용왕이 상졔기 등죄ᄒ고 인간의 젹거ᄒ여신이 필경 희용인가 시푸온이 실노 거려 ᄒ올진딕 분명 신통흔 도ᄉ을 만나 □□흔 변화을 빅와실 거신이 엇지 두렵지 안이 ᄒ올잇가 복은 딕왕은 승승 □□□□□

의 간절이 쳥ᄒ와 보소셔 왕이 올히 너기 즉시 승샹을 쳥ᄒ여
왈 고짐 ▢▢▢▢▢여 셩슈ᄒ오면 승샹 젹거흔 원과 참소한
분도 덜거시오 ᄯᅩ흔 노푼 비슬을 쓷듸▢▢▢ 거시온이 잠관
허락ᄒ온면 피츠 조흘거신이 심양ᄒ라 ᄒ거날 승샹이 이 말을
듯고 듸역부도젹 변왕은 들려라 늬 말을 쳐음의 일너 거시이와
죵시 듯지 안이ᄒ고 역쳔지심으로 나을 여려분 달닌들 볼늬
황셩신ᄒ로셔 신운이 불힝ᄒ여 이 지경이 되어시나 엇지 긔
갓탄 너이 무리와 반심을 두워 쳔지 죄인이 되리요 그련 누초흔
말을 늬 귀의 들이지 말나 밧비 나을 쥑기 욕을 면ᄒ기 ᄒ라
ᄒ며 크기 호령흔이 두 왕과 모든 장졸이 그 말을 들어민 슈시
당연ᄒ나 울젹흔 심슈을 참지 못ᄒ여 무스을 호령ᄒ여 승샹을
잡바닉여 원문 밧긔 회시ᄒ라 호령이 츄상 갓탄이 무스등이
일시의 달여 들려 승샹을 결박ᄒ여 슈리 우의 실

고 명픽을 늬여 쏩고 홍스로 목을 거려 원문 밧그로 나올 시
지장군졸이 좌우의 갈나셔셔 슉졍픽을 늬여 쏩고 창금을 시와
신이 그 위염이 춤승 갓드라 보난 스름과 초목금슈라도 승샹의
죄 업시믈 싱각ᄒ고 눈물을 흘이난 듯 ᄒ이 엇지 실푸지 안이
ᄒ리요 승샹이 앙쳔 탄왈 늬 쥬기난 셜지 아이ᄒ나 심 연 기리든
부인과 즈식 희용을 싱면치 못ᄒ고 긔 갓탄 오랑키 손의 쥭은이
혼빅인들 엇지 통분치 안이 ᄒ리요 일월셩신과 후토지신은 감

통ᄒᆞ옵소서 자식 ᄒ용으로 이 고ᄃᆡ와 제 익비 죽난 거시나 알기 ᄒᆞ옵소서 ᄒᆞ고 기절ᄒᆞ이 엇지 하나리 무심ᄒᆞ리요 ᄒᆞ더라 각셜 원슈 셜산도을 쩌나 지변을 힝ᄒᆞ여 변기 갓치 들여오던이 마참 우남졀도령의 들려가 말삼흔 ᄃᆡ 졀도ᄉ 뒤경ᄒᆞ여 일변 연유을 쳔ᄌᆞ기 쥬문ᄒᆞ며 원슈을 뒤ᄒᆞ여 젼일 승쳔흔 공을 치ᄉᆞᄒᆞ며 긔별거힝ᄒᆞ여 긱ㅁ의 ᄉᆞ쳐을 졍ᄒᆞ고

<u>P.82</u>

원슈을 모시거날 원슈 몸이 곤ᄒᆞ여 침셕의 잠관 조우던니 비몽간의 빅발노승이 쳥여장을 집고 들여와 침ᄉ의 비예 왈 원슈난 무슴 잠을 니뒤지 자시난잇가 방금 승승이 알영치 못ᄒᆞ온이 급피 가 구ᄒᆞ옵소서 뒤공을 셩ᄉᆞᄒᆞ되 남을 졍션이 싱각지 마옵소서 원슈 뒤경ᄒᆞ여 왈 노싱은 뉘시관ᄃᆡ 부친이 무슴 연고로 알영치 못ᄒᆞ신잇가 노승이 뒤 왈 소승은 남히 즁임ᄉ 광음졀의 잇습던이 명일 오시의 변국 원문 밧긔셔 승승이 쥬어 무쥬고혼이 될 거신이 급피 가 구ᄒᆞ옵소서 만일 오시이 득달치 못ᄒᆞ오면 부ᄌ 승봉이 어려울지라 ᄒᆞ고 인ᄒᆞ여 간 ᄃᆡ 업거날 원슈 놀ᄂᆡᆺ달르이 침승일몽이라 직시 졀도ᄉ을 쳥ᄒᆞ여 몽ᄉ을 셜화ᄒᆞ고 변국 이슈을 무려ᄃᆡ 졀도ᄉ 뒤 왈 슴만 팔쳘이로소이다 ᄒᆞ거날 원슈 마음의 급ᄒᆞ여 말을 치쳐 축지을

<u>P.83</u>

ᄒᆞᆫ이 쌔으기 살 갓흔지라 발셔 동방의셔 히가 돗난지라 울적흔

심ᄉ와 분기 츙쳔ᄒ여 변국의 다다런이 발셔 오시가 되엿난지
라 원문의 다다나 노피 발ᄅ 어던 흔 노인을 홍ᄉ로 목을 ᄆ여슈
리 우의 실고 나오난ᄃ 명픽을 꼽아시되 즁국 곽츈군이라 ᄒ여
거날 원슈 거지야 뷰친인 쥴을 알고 일변 통곡ᄒ여 일변 분기등
등ᄒ여 둔갑을 비푸려 몸을 다셜을 ᄂ여 각각 의갑을 갓초와
육경육갑을 의와 일우원시셜을 날이며 오방신장으로 변국장졸
과 셩즁을 외워ᄊ고 쏘흔 숨만육쳔왕을 불너 좌우로 엄살ᄒ라
ᄒ고 원슈 젹여말을 타고 젹소금을 들고 달여드러 고셩 ᄃ질
왈 역젹 무도흔 지변왕은 ᄂ의 부친을 히치 말나 ᄒ며 드러가
좌츙우돌흔이 변진장졸들이 물결히치지듯 ᄒ더라 원슈 젹소금
을 날여 좌우 무ᄉ을

P.84

일 합의 벼히고 부친의 향시 족쇠을 다 굴러 놋코 부친을 녹임슨
의 모신이 승승이 혼비빅ᄉᄒ여 졍신을 진졍치 못ᄒ여 아로란
쥴을 모로거날 원슈 복지 통곡 왈 복망 부친은 진졍ᄒ옵소셔
불초ᄌ 히룡이 왓난이다 ᄒ고 위로ᄒ겨날 승승이 혼미 즁의
히룡이란 말을 듯고 이역히 보다ᄀ 히용의 손을 잡고 왈 네가
히용이라 흔이 참 히용이야 반갑긔 칭양업다 쑴인지 싱시지
아지 못ᄒ노라 ᄒ시며 빅슈의 눈믈이 젹시거날 원슈 다시 엿자
오ᄃ 부친은 진졍ᄒ옵소셔 불효ᄌ 히용이 예 왓난이다 ᄒ며
통곡ᄒ거날 다시 히용의 손을 잡고 네 어이 져ᄃ지 장셩ᄒ여
이 고ᄃ 와 죽으 가난 이비을 살여ᄂ이 하날이 도으신 비라

그간의 네의 모친도 편안ᄒᆞ야 ᄒᆞ시며 젼후슈말을 듯고져 ᄒᆞ노라 원슈 엿자오ᄃᆡ 부친 졍비ᄒᆞ신 후의

P.85

소자 모친을 ᄒᆞ직ᄒᆞ고 젹소로 차자 가옵다가 두문동의 가와 두 자ᄉᆞ와 시랑을 만나 션싱을 지시ᄒᆞ와 슐볍을 ᄇᆡ운 일과 셔ᄅᆞ이 반ᄒᆞ와 변젹을 파ᄒᆞ옵고 황승긔 공문을 바다 셜슌도로 가옵다가 졀도ᄉᆞ을 만나 그 사연과 ᄭᅮᆷ의 헌몽ᄒᆞ든 말슘이며 ᄯᅩ한 그 모친 궁비졍속ᄒᆞ엿던 젼후 말을 난낫치 엿자온이 승ᄉᆞᆼ이 왈 늬 말연의 너을 어더 져되지 장셩ᄒᆞ여 구가 ᄉᆞ직을 안보ᄒᆞ며 너의 ᄋᆡ비 죄을 풀기ᄒᆞ고 ᄯᅩ 오날 날 급흔 환을 면키ᄒᆞ이 엇지 명쳔이 간동히미 안이요 ᄒᆞ며 귀흔 마음을 금치 못ᄒᆞ여 등을 어로 만지며 가로되 지금 진변 강셩ᄒᆞ여 통변과 합시ᄒᆞ여 쳘관도ᄉᆞ을 어더 모ᄉᆞ을 슘고 ᄯᅩ한 묵특을 어더 션봉으 사마 즁원을 통일코져 ᄒᆞ여 나을 자바다가 유인ᄒᆞ여 너을 동심코져 ᄒᆞ그날 늬 듯지 안이 ᄒᆞ고 ᄭᅮ지던이 불경ᄒᆞ 죄로 이 지경이 되어건이와 묵특은 만고명장이라

P.86

쌍두장군 빅동악의셔 더흔이 부ᄃᆡ 경젹지 말나 ᄒᆞ시거날 원슈 엿자오ᄃᆡ 부친은 염여 마옵시고 안심ᄒᆞ옵소셔 소자 비록 젹슈단신이나 그난 두렵지 안이 ᄒᆞ난이다 ᄒᆞ며 칼을 들고 이리시면 키기 ᄭᅮ지져 왈 진토변왕은 급피 목을 놉히여 늬 젹소금을 바드

라 오날은 진변 오량키을 합몰ᄒ고 부친이 분을 푸리라 ᄒ면
달여든이 변왕과 도ᄉ 뜻밧개 신병을 만나믹 딕경ᄒ야 변일빅
말을 ᄌ바 피을 닉여 ᄉ방으로 ᄲ리며 풍빅을 불너 음운을 다
씨려 바리고 옥츈경을 불너 ᄶ우라 ᄒ고 졔장군졸을 모와 팔문
금ᄉ진을 치고 좌우로 싱ᄉ문을 닉여 진젼의 슈졍픾을 닉여
쏩고 군령을 졩기ᄒ거날 원슈 젹진을 살펴본이 구듬이 쳘통갓
고 ᄯᅩᄒ 풍운을 거두시며 신병이 졉족지 못ᄒ이 원슈 마음이
놀

P.87

닉여 왈 닉 슐법 당ᄒ난 자 시상의 업든이 오날날 진변이 닉
슐법을 황거ᄒ여 신병을 호령ᄒ며 팔괘을 벼린이 진실노 응쳔
도ᄉ의 말삼이 올토다 그려나 직조을 시음ᄒ여 보리라 ᄒ고
바람과 비을 불여 ᄉ이 변ᄒ여 바다이 되고 몸을 소소와 공즁의
올나 안치며 외여 왈 네 조고만ᄒ 재조와 용밍을 밋고 엿지
나을 당ᄒ리요 ᄒ며 젹소금을 두려이 칼긋티 화관이 츙쳔ᄒ며
노셩벽역이 진동ᄒ며 풍진이 이려난이 쳘관도ᄉ 딕경ᄒ여 즉시
틱을경을 외와 풍운을 믈이치고 일월그을 둘너 좌우복병을 지
촉ᄒ여 원슈을 외워 ᄶ고 션봉즁 묵특으로 ᄶ우라 ᄒ이 묵특이
출만ᄒ야 외여 왈 젹장 희용은 헛장단과 조고만ᄒ 재조을 ᄌ랑
말고 밧비 나와 황복ᄒ라 너난 우리진즁에 가두워시이 엿지
벼셔나리

요 ᄒ며 달여 드거날 원슈 젹장을 바릭본이 신장이 구쳑이요
몸은 단슌닝호갓고 얼골은 먹장갓고 눈은 방울갓고 소릭난 웅
즁ᄒ여 슨악이 문으지난 쩟ᄒ고 인즁호걸이요 만고영운이라
날닉미 비호갓더라 운슈마음의 쳘관도ᄉ 심기함과 젹장의 거동
이 져려 틋 험악흔이 간틱로 잡지못할 거시이 금슐로셔 자부리
라 ᄒ고 진시을 살핀 후의 젹소금을 날여 묵특을 마ᄌ ᄊ올ᄉ
양장의 금슐리 짐짓 젹슈라 三百여합의 싱부을 결단치 못ᄒ던
이 ᄉ면으로 시셕이 비오듯 흔이 원슈형시 가즁 위틱흔지라
방위을 졍지ᄒ고 진원을 외와 몸을 三百히용을 맹거라 가만이
장신ᄒ난 볍을 위와 흔적을 감초아 슈기을 진젹중의 쩐진이
완연흔 히용이라 젹장이 그 슈기와

다톨 ᄉ 원슈난 진문밧개 나와 녹임의 올나가 부친젼의 보온틱
승승이 길거 문 왈 젹장과 틱젼흔이 엇덧ᄒ던요 원슈 엿ᄌ오틱
소자 셰의 횡힝ᄒ되 당젹할 ᄌ 업삽던이 오날날 쳘관도ᄉ의
직조와 젹즁 묵특의 금슐이 엇지 비승치 안이ᄒ리요 간틱로
삽지 못할 거신이 황상의 구원병을 기다리여 ᄊᄒ고져 ᄒ난이
다 ᄒ고 못닉 염여ᄒ더라 이 젹즁의 묵특이 원슈와 ᄊ호다가
머리을 버히 들고 마승의셔 츔츄며 본진으로 도라온이 쳘관도
ᄉ 틱경 왈 장군의 머리을 벼히시되 젹즁의 머리가 안이라 젹즁
의 슈기라 자셔이 보옵소셔 ᄒ거날 그지야 자셔이 살펴보이

과연 슈기어날 일진 장졸이 되경ᄒ더라 도ᄉ 왈 진즛 희용은
범상흔 장슈가 안이라 ᄊ와 셔난 잡지 못할 거신이 이지 모기로
써 자부리라 ᄒ고 군즁의 졀영ᄒ여 지함 슈빅 즁을 파고 사방의
창금을 뭇ᄊ고 그우의 흘걸 덥퍼 흔적을

감츄고 좌우의 위염을 비풀고 션봉을 불너 왈 닉일 평명의 적즁
과 ᄊ호다가 거짓 픽ᄒ여 본진으로 도라오면 적즁이 쪼칠 거신
이 진의 덜거던 지함의 모라 여허면 지 할 슈 업셔 잡필 거신이
부듸 명염ᄒ라 만일 누셜ᄒ면 처츰ᄒ리라 당부ᄒ고 잇턴날 평
명의 묵특이 진문밧기 닉달나 외여 왈 적장 희용은 어지 미결흔
자웅을 결단ᄒᄌ ᄒ며 왈 너을 엿틔가지 살이기난 너 의비와
흔 가지로 이온ᄒ여 황봉을 기달린 빅라 ᄒ며 잘옥이 무슈ᄒ거
날 원슈 딕로ᄒ여 졍창츌마ᄒ여 진젼의 나션이 승승이 당부
왈 경젹치 말나 고독단신이 강양이 뷰동이라 염여무궁ᄒ다 ᄒ
더라 원슈 여ᄌ온딕 부친은 염여 마옵소셔 오날은 졀단코 적장
을 벼히올리라 ᄒ고 진문을 크게 역고 호령ᄒ며 닉달나 묵특을
마자 십여 합의 적즁이 그짓 픽ᄒ여 본진으로 다라나

거날 원슈쪼츠 적진의 다다른이 장졸이 기을 두로며 창금을
슈기여 기을 통ᄒ여 인도ᄒ거날 원슈 이심ᄒ여 진문의 드지
안이ᄒ고 심즁의 히오딕 나을 유인ᄒ미로다 ᄒ고 적장이 거짓

픽ᄒᆞ여 도망ᄒᆞ난 쓰즌 날을 자부려ᄒᆞ고 분명 져의 진즁의 이함을 파고 창금을 무더 날을 쥭이고져 ᄒᆞ나 ᄂᆡ 엇지 져의씌 속으리요 ᄒᆞ고 본진으로 도라오이라 이져의 쳘관도ᄉᆞ 적즁응ᄅ 유인ᄒᆞ여 자부라 ᄒᆞ여 던이 적장이 진문의 드지 안이ᄒᆞ고 회졍ᄒᆞ믈보고 ᄃᆡ경ᄒᆞ여 왈 적장 ᄒᆡ용은 만고 영웅이라 용역과 지략이 겸젼ᄒᆞ여 젼ᄉᆞ을 몰를 거시 업시이 간ᄃᆡ로 잡지 못ᄒᆞ리라 ᄒᆞ고 군즁의 졀영ᄒᆞ여 왈 농인ᄉᆞᆫ 셔편의 시초을 싸아 두고 슈며다가 장ᄃᆡ의셔 방포ᄒᆞ거던 뷸을 일시의 노히라 ᄒᆞ고 쏘 호령즁 ᄆᆡᆼ통을 뷸너□□□□□□□□

P.92

군을 거나리고 북편 어구의 ᄆᆡ복ᄒᆞ여다가 화광 일으나거더 일시의 고함ᄒᆞ고 뷸을 □□□고 쏘 적ᄃᆡ장 묵돌을 뷸너 왈 너난 군ᄉᆞ 오쳔을 거날리고 동편의 ᄆᆡ복ᄒᆞ여다가 뷸리 일어나거던 일시의 함셩ᄒᆞ고 화셰을 도으라 ᄒᆞ고 묵특을 뷸너 왈 그ᄃᆡ난 오만군을 거나리고 녹임ᄉᆞᆫ 남편으로 三十 이을 가면 가나등이라 ᄒᆞ난 골이 잇실 거신이 우암 졀도령으로 가난 기리 잇실 거신이 ᄉᆞᆫ악이 혐ᄒᆞ고 벽ᄉᆞᆼ ᄒᆞ날의 다인 듯 ᄒᆞᆫ지라 좌우ᄋᆡ ᄆᆡ복ᄒᆞ여라 적장이 뷸을 피ᄒᆞ여 그리로 도망할 거신이 일시의 ᄂᆡ달나 치면 그 가온ᄃᆡ 든 ᄒᆡ용이 비록 승쳔입지ᄒᆞ난 ᄌᆡ조가 잇셔도 어ᄃᆡ로 가리요 졀단코 자부리라 ᄒᆞ겨날 묵특이 문 왈 적장이 면져 알고 피ᄒᆞ여시면 엇지 ᄒᆞ오릿가 도ᄉᆞ 왈 적즁이 우리을 당치 못할 쥴 알고 구안병을 기다리ᄆᆡ 그리로 ᄀᆞ유할 거시이

염여말고 어셔 갈라 흔이 묵특

이 다시 문 왈 적중이 조화무궁흔이 엇지 그 불을 두려흐오릿가
그난 염여말고 어셔 가라 지 비록 천신이라도 당치 못흐리라
흐고 초경의 호군흐고 이경의 발힝흐여 도스 군스을 호령흐여
왈 영을 어기난 지 잇시면 쳐참흐리라 흐고 군마을 직촉흐여
각각 분별흔이라 이적이 원슈 농암슌잇셔 천병을 기다라가 문
듯 싱각흔이 션싱 봉셔가 잇난지라 급피 쎄여 본이 흐여시되
엇지 실푸지 안이 흐리요 쳘관도스 신통함과 적장 묵특이 기이
흔 직조 만흔이 부듸 허슈이 싱각말고 적장이 유인흐여도 드지
말나 불측흔 환을 당할 거신이 각별 조심흐며 쏘흔 녹임슌의
오릭 잇지 말나 진소위 구조봉셔이라 오릭 잇시면 적중이 츙화
을 면치 못할 거신이 급피 운암 절도령으로 올나 안자 그딕
부친을 안접흐시고 그딕난 남히 쥼임슌 관음졀을 ᄎᄌ 가 칠일
불공흐여 경문을 통달

흐면 싱불을 보고 도을 싸근 후이쏘 무슈슨 용왕 차ᄌ 가 용지을
착실이 지닌 후의 천병을 기달이 셩공흐라 만일 글역만 밋고
닉말을 흐슈이 싱각다가난 딕환을 당할 거신이 후회말고 부듸
노인의 정셩을 져바리지 말면 착실이 셩고할 거시이 조심흐라
당부흐엿거날 원슈 보기을 다흐믹 션싱의 명감을ㄹ 탄복흐고

부친을 모시고 이날밤 초경의 우암 졀도령으로 간이라 이날밤
슴경이 진변 장졸이 녹인순 스면으로 뷸을 노흔이 만학쳔봉이
다 화렴 즁의 녹난 덧ᄒ더라 변진 즁졸이 길기 왈 이졔난 희용이
영혼도 남지 못ᄒ리라 ᄒ면 셩젼고을 울이고 본진으로 도라와
셔 션싱기 치ᄒ 분분ᄒ더라 도스 쳔기을 살피본이 장승이 우암
졀도영의 빗치엿거날 도스 변왕다려 왈 간밤의 녹임순이셔 적
장을 잡은가 하여던이 장셩이 졀도령

의 빈치엿신이 필연코 희용이 화지을 피ᄒ엿난가 시푸온이 이
스름은 진실노 지조가 졔갈양 갓튼지라 분명 구안병을 기다리
난지라 뷸구이 환을 당할 거신이 일변 군졸과 졔장이 면궁실금
극을 준비ᄒ되 군즁의 오싁이 날나들고 운무 더피오거던 일시
의 늬다라 치라ᄒ고 진즁의 솔발을 다라 염여 무궁ᄒ더라 각셜
이젹의 쳔즈 원슈룽 셜손도의 보늬고 날노 소식을 기다리던이
문던 셜손도 별즁이 장계을 올여거날 급피 개탁ᄒ신이 ᄒ엿시
되 모월 모일 모야의 변진 장졸이 달여덜려 승승 곽츈군을 잡바
갓스오믹 원슈 쏘 변진으로 갓삽난이다 ᄒ엿거날 승이 듸경ᄒ
스 졔신을 도라보와 이논ᄒ시던이 쏘 운암 졀도스 쥬문이 와거
날 급피 긔탁ᄒ여본이 ᄒ엿시되 진국이 반ᄒ야 즁원을 침범코
져 ᄒ와 승승을 잡아 가옵고 가군ᄒ여사오이 스셰 위급키로

연유을 앙달하옵난이다 스이 남필이 되경호스 즉시 이뷰시랑
곽운용으로 □□을 숨으시고 정병 八十萬을 쥬며 바비 가 구호
라 호시되 승이 고두슈병호고 군스을 거날이고 쥬야로 울도영
으로 간이라 잇찍 정슈왕비 이 소식을 듯고 방성통곡 왈 명쳔이
무심호와 십 연 고승흔 일도 오히려 가급타 호거날 무삼 일노
셔변 오랑키 손이 잡피 간난고 싱젼의 숭봉호가 바릿던이 이졔
어느 시졀이 승승의 을골을 보며 자식이 낫쳘 다시 보리요 호시
며 기졀호신이 궁비등이 붓드러 기우 정신을 진정호시더라 그
날부텀 호날겨 축슈호며 못닉 실흐 호시더라 각셜 잇찍 원슈
승승을 모시고 졀도령이 와 별장을 불러 군스을 연졉호라 호고
부친의기 호직호고 남히 죽임으로 힝할 식 둔갑을 비푸려 풍운
의 쓰이여 순식간의 다다른이 만경창파간의 물결은 충충호여
호날이

다여잇고 아람다온 공작싀난 쌍쌍이 나라들며 기화요초 만발호
고 은은흔 경쇠 소릭 징징이 들이거날 셕양이 밧분 손이 경쇠
소릭 반갑도다 단교을 얼넌 건닉 조각이 올나 안즈 동북을 차린
후의 션당의 드러간이 노승이 마조나와 연졉호며 반계 왈 귀긱
이 오시되 기력이 부조호여 스문밧개 나가 맛지 못흔이 죄송만
만이로소이다 차을 권호면 왈 승공 오신 일은 순슈을 귀경코져
호난잇가 불젼의 발원코져 호난잇가 원슈 딕 왈 과연 정성으로

발원ᄒᆞ야 경문을 귀경코져 왓난이다 ᄒᆞᆫᄃᆡ 노승이 왈 그려ᄒᆞ오면 급피 ᄌᆡ기ᄒᆞ여 불젼의 발원ᄒᆞ야 소원셩취ᄒᆞ옵소셔 원슈 직시 모욕ᄌᆡ기ᄒᆞ고 젼조단발ᄒᆞ고 볍당의 드려간이 황금연탑의 ᄉᆞᆷ조금불이 단좌ᄒᆞ여 반기나듯 ᄒᆞ더라 원슈 칠일 불공할 ᄉᆡ 불도가 ᄡᆡ치난지라 노승 왈 ᄉᆞᆼ공의 정셩으로 경문을 발원ᄒᆞ여 사온이

P.98

쳔ᄒᆞᄉᆞ을 엇지 근심ᄒᆞ오릿가 오방나얀과 십쳔왕을 뷰일거시오 명견말이 ᄒᆞ여 쳔ᄒᆞ 즁ᄉᆡᆼ의 ᄉᆡᆼ셜지원을 임으로 할 거시이 이 볍은 옛날 ᄉᆞᆷᄉᆞᆼ볍ᄉᆞ 셕가열의 명을 바다 옥황ᄉᆞᆼ제도 당치 못ᄒᆞᆫ 셕후왕 손의공 잡던 팔만ᄃᆡ장이라 엇지 조고만ᄒᆞᆫ 지변과 통변 왕 잡기을 염여할리요 ᄒᆞ고 손을 잇글고 ᄃᆡ암의 올나 천문을 가라쳐 왈 져 빌은 이러ᄒᆞ고 이 빌은 져러ᄒᆞᆫ이 양국이 그ᄃᆡ으계 망할지라 근심말고 급피 가라 ᄒᆞ거날 원슈 문 왈 노승은 엇지 자셔이 아라시난잇가 노승이 ᄃᆡ 왈 원슈난 나을 모르난다 원슈 곽시문호의 원슈 졈지ᄒᆞ기도 소싱이 함이요 졀도령의 현몽ᄒᆞ기도 소승이라 이지 육십 연 후의 다시 상봉할 거신이 이별이 훌훌ᄒᆞ오나 습피 쎳나가옵소셔 ᄒᆞ고 공즁의 올나 간 ᄃᆡ 업거날 원슈 그지야 ᄉᆡᆼ불인 쥴을 짐작ᄒᆞ고 공즁을 항ᄒᆞ야 ᄉᆞ리ᄒᆞ고 직시 운슈ᄉᆞᆫ 용을 ᄎᆞᄌᆞ

가 용계을 착리 지닌이 슈셰광활ᄒ여 오싴운뮤 자옥ᄒ며 하
노인이 원슈을 보고 치ᄉ 왈 닉 이고딕 거쳐흔지 누쳔 연이
되여씨되 나을 위로흔난 스룸을 보지 못ᄒ여던이 그딕 와셔
쥬과포을 장만ᄒ여 후딕흔이 맛당이 그 공을 잇지 안이 할리라
무슴 소원이 잇난요 원슈 빈리 왈 다른 소원이 안이오라 방금
토변을 치고져 ᄒ오나 힘이 부족ᄒ와 정성으로 발원ᄒ온이 소
원성취ᄒ기 ᄒ옵소셔 노인이 답 왈 병들고 무지ᄒ나 그딕 정성
싱각ᄒ여 한변 힘쎠 도울 거신이 근심말고 급피 도라가라 말을
맛치민 슈즁으로 드러 가난지라 희즁을 향ᄒ여 빅 비 치ᄉᄒ고
구름을 타고 졀도령으로 도라와 친부젼이 슈다흔 말슘을 쥬무
ᄒ고 발힝할 시 슈문장이 보하되 황성 구안병이 왓난이다 원슈
즉시 진문을 열고 연졉흔이 숭셔 드르와 승승 젼의 극비 왈
누연 변

방의 기치 알영ᄒ압시며 다시 숭봉ᄒ온이 쳔지가 신명ᄒᄉ 귀
시이 도어신 빈라 반가운 마음을 엿지 다 칭양ᄒ오릿가 승승이
츄연 딕 왈 그딕든 연좌로 ᄒ여금 닉 마음을 비창흔 빈라 숭시
다시 쥬 왈 십 연만의 다시 만닌이 엿지 길급지 안이 ᄒ오릿가
또 원슈을 보고 지변의 들어가 승승 모셔온 말슘을 못닉 치ᄉᄒ
시며 적진 형셰을 뭇거날 원슈 왈 진토변 양국이 딕병이 빅만이
요 쏘 묵특이난 쳔ᄒ명증이로되 닉 쏘흔 초기갓치 안난지라

즉시 힝군을 진촉ᄒᆞ여 변진으로 힝할 ᄉᆡ 상셔로 션봉을 ᄉᆞᆷ고 졀도ᄉᆞ로 후군을 졍ᄒᆞ고 원슈 친이 즁군이 되어 부친 젼의 ᄒᆞ직ᄒᆞ고 힝군ᄒᆞ여 진변ᄋᆡ 다달나셔 녹임ᄉᆞᆫ ᄒᆞ의 유진ᄒᆞ고 ᄉᆞᆫ ᄉᆞᆼ봉의 올나 살피본이 초목이 다 탄지라 마음의 히오ᄃᆡ 젹장이 나을 자부라ᄒᆞ고 츙화ᄒᆞ엿도다 ᄒᆞ고 션봉을 뷸너 왈 방포일셩ᄒᆞ고 젹진 격셔을 보ᄂᆡ라 금일은 졀단코 자부리라 ᄒᆞ고 진촉

P.101

한이 션봉이 령을 듯고 방포일셩ᄒᆞ고 격셔을 젼ᄒᆞ여 왈 셔변토변왕은 ᄲᆞᆯ이 나와 칼을 바더라 ᄒᆞ고 진젼의 횡힝한이 잇ᄯᆡ 쳘관도ᄉᆞ 원슈 진을 보고 ᄃᆡ경 왈 젹장 ᄒᆡ용은 비ᄉᆞᆼᄒᆞᆫ 장슈로다 그 진즁의 오방나안과 십쳔왕이 응위하여신이 분명이 ᄉᆡᆼ불이로다 ᄒᆞ며 의심ᄒᆞ더라 잇ᄯᆡ ᄒᆡ용이 말기 올나 크기 위여 왈 반젹토변왕은 무도한 쳘과도ᄉᆞ와 어린 아히 묵특은 함기 나와 ᄂᆡ 칼을 바들라 금일은 결단코 너의 씨을 멸ᄒᆞ고 션ᄉᆡᆼ의 근심과 부친의 분ᄒᆞ뷸 더리라 ᄒᆞ고 ᄂᆡ다른이 젹진의셔쏘 응셩ᄒᆞ고 션봉장 묵특이 ᄂᆡ다고져 ᄒᆞ거날 도ᄉᆞ 말여 왈 장군은 잠관 진졍ᄒᆞ라 남방으로 거문 굴음이 덥피온이 필련 그거시 신병인가 시푸온이 각별 조심ᄒᆞ라 말이 맛지 못ᄒᆞ여 뇌셩벽역이 쳔지진동ᄒᆞ면 큰 오니 이윽고 변진 ᄉᆞ방으로 만경창파 되어 통졉지 못ᄒᆞᆫ이 엇지 □□□

풍운이 딕작ᄒ여 눈을 쓰지 못ᄒ이 변진 장졸이 덕시을 □□□
지조로다 쳘관도ᄉ 변왕다려 왈 ᄉ면의 바다이 되어신이 급피
빅을 쥰비ᄒ여야 ᄉ리라컨딕 변왕 왈 이거시 젹장 희용의 도슐
노 일으ᄒ온잇가 이난 용왕의 ᄒ신 빅이 방비치 못ᄒ난이다
ᄒ며 빅을 쥰비ᄒ더라 이젹의 원슈 쳥용을 타고 호통ᄒ며 오방
나안을 거날이고 변진 셩문을 씨치고 믈을 셩문의 딕이 믈이
셩즁이 각득ᄒ지라 오방나안이 다 각각 어용을 타고 ᄉ면으로
작난ᄒ며 ᄉ방셩을 평지갓치 만든이 젹진 장졸이 믈의 쌧겨
쥭난 지 틱반이라 쳘관도ᄉ 딕경ᄒ여 진언을 외와 풍운을 뷰리
ᄉ면으 어덥ᄒ고 신장을 뷰려 급ᄒ 불피치ᄒ나 원슈난 싱불을
씨고 오방난안을 ᄉ면으로 츌돌ᄒ이 약간 신장으로 엇지 당ᄒ
리요 원슈 쏘ᄒ 십쳔왕을 분부ᄒ여 황근역ᄉ을 불너 진토 양국
왕을

ᄉ로 잡뷰며 쳘관도ᄉ와 묵특을 결박나입ᄒ라 셩화갓치 지촉ᄒ
이 황근역ᄉ 그 령을 듯고 쳘퇴을 드려 번기갓치 나와 좌우로
츌돌ᄒ며 결박ᄒ이 도ᄉ와 묵특이 다만 목을 움치고 변왕은
혼비빅ᄉᄒ야 쥭은 ᄉ름갓더라 황근역ᄉ 달여더려 쳘ᄉ로 목을
올가 앞시우고 본진으로 도라온이라 지장군졸이 츔츄며 질거ᄒ
더라 원슈 장딕의 좌졍ᄒᄒ고 졔장을 죄우의 셔우고 위염을
비푼 후의 무ᄉ을 호령ᄒ여 두 왕을 닉입ᄒ여 슈죄ᄒ 후의 군문

회시ᄒᆞ고 ᄯᅩ 묵특을 ᄂᆡ여 ᄭᅮ지져 왈 너난 ᄌᆞ조을 다ᄒᆞ여 셩군을 도와 일홈을 시상의 젼ᄒᆞ미 올키날 역젹 변왕과 모반ᄒᆞ여 황ᄉᆞᆼ의 근심을 깃치고 ᄇᆡᆨ셩ᄋᆡ 마음을 요랑키 ᄒᆞᆫ이 이난 다 너의 죄라 ᄒᆞ며 원문 밧긔 ᄂᆡ여 쳐참ᄒᆞᆫ 후의 ᄯᅩ 도ᄉᆞ을 잡아 ᄂᆡ여 ᄭᅮᆯ이고 ᄭᅮ지져 왈 너난 슐법을 ᄇᆡ와 어진 일홈 □□□갓탄 ᄉᆞ름을

P.104

도으미 올커날 쳔시을 거역ᄒᆞ며 ᄂᆡ 뷰친을 ᄒᆡ코져 ᄒᆞ여 □□□□근ᄃᆡ □□□ 기을 바ᄅᆡ리요 무ᄉᆞ을 호령ᄒᆞ여 밧비 자자바 ᄂᆡ여 쥭이라 ᄒᆞᆫᄃᆡ 문듯 공즁으로셔 외여 왈 원슈난 ᄂᆡ의 벼졀 ᄒᆡ치 말나 나난 용문산 노인이라 ᄒᆞ거날 원슈 그 말을 드르믹 일경일히ᄒᆞ여 장ᄃᆡ의 나려 공즁을 향ᄒᆞ여 ᄉᆞᄇᆡ한 후의 도ᄉᆞ을 노와 보ᄂᆡ여 왈 그ᄃᆡ을 쥭일 거시로ᄃᆡ 용문산 노인이 부탁이 잇셔 용셔ᄒᆞ여 보ᄂᆡ건이와 일후의난 쳔시을 살피여 셩군을 도으라 ᄒᆞ고 보ᄂᆡᆫ이 도ᄉᆞ ᄇᆡᆨ ᄇᆡ 치ᄉᆞᄒᆞ고 공즁을 향ᄒᆞ여 가더라 원슈 직시 진토양국을 멸ᄒᆞ고 진변으로 드르가 ᄇᆡᆨ셩을 안졍ᄒᆞ고 셩쳡을 슈십ᄒᆞ여 ᄉᆞᆼ셔로 진변을 지키기 ᄒᆞ고 졀도ᄉᆞ로 토변을 직키기 ᄒᆞ고 이날 발힝ᄒᆞ여 운암 졀도령으로 힝ᄒᆞᆫ이라 각셜 ᄯᅢ잇 황제 군종 소식을 몰나 쥬야로 근심ᄒᆞ시던이 문 듯 원슈 승젼ᄒᆞᆫ 쳡셔을 올이거날 반기 ᄀᆡ탁ᄒᆞ신

이 ᄒ엿시되 좌도독 겸 듸원슈 곽희용은 근빅비 돈슈ᄒ옵고
황샹 탑ᄒ의 ᄒ직ᄒ옵고 셜슌도로 가와 신의 의비 소식을 듯습
고 지변으로 가온 적 ᄉ셰 여차ᄒ옵기로 면져 연유을 앙달ᄒ여
습더이 천은이 망극ᄒ와 구안병을 보닉습기로 금고일셩의 진토
변 양국을 합몰하옵고 도총독 곽운용과 졀도ᄉ 신돈으로 진토
변 양국을 즉키기 ᄒ옵고 소신은 모월 모일의 발힝 ᄒ엿난이다
ᄒ엿거날 샹이 남필의 듸찬 왈 원슈난 국가 쥬셕지신이라 그
공을 싱각근딘 진실노 난망이로다 진토변을 근심ᄒ엿던이 원슈
ᄒ 변 가미 양국을 함몰ᄒ엿신이 이런ᄒ 승쾌ᄒ 일이 어듸 잇시
리요 만조지신을 모ᄒ고 나아ᄉ 듸원슈와 승샹 봉ᄒ 즉첩을
ᄒ송ᄒ미 올타ᄒ고 명 □□□ 이라 쳔ᄌ 다시 희교 왈 원슈
도라오면 □□

할 ᄉㅣ 명관이 희교을 밧ᄌ와 불일 셩급ᄒ여 벼 □□□양 읍더라
잇씨 졍슈왕비 쥬야로 승샹과 희용을 싱각 □□□이 문듯 원슈
의 편지을 올이거날 쩨여보이 ᄒ여시되 불호ᄌ 희용은 글을
싹가 모친 젼의 올이난이다 소자 부친 젹소로 가온즉 변진의
잡피 갓습기로 소자 변진의 가와 부친을 졀도령으로 모시고
구안병을 만나 젹진을 함몰ᄒ고 쩌나온이 근심치 마옵소셔 ᄒ
엿거날 왕비 듸히ᄒ여 슈이 도라오기을 츅슈ᄒ시더라 각셜 원
슈 운암의 득달ᄒ여 승샹을 보옵고 승젼ᄒ 말슴을 낫낫치 고ᄒ

고 질기 ᄒᆞ시던이 맛참ᄂᆡ 예관 나려와 교셔와 즉쳡을 올이거날 승ᄉᆼ과 원슈 ᄉᆞ은ᄒᆞ고 바다본이 교셔의 ᄒᆞ여시되 당당ᄒᆞᆫ 츙의을 모르고 원도의 안치 ᄒᆞ여신이 엇지 참괴치 안이ᄒᆞ리요 원슈 ᄒᆞᆫ 변 거림의 양적을 죄멸ᄒᆞ여신이 은히 난망이라 공을 ᄉᆡᆼ각근

P.107

ᄃᆡᆫ 쳔ᄒᆞ을 반분ᄒᆞ여도 오히려 부족ᄒᆞᆫ지라 슈이 도라와 ᄉᆼ봉ᄒᆞ면 ᄉᆼ쾌ᄒᆞ리라 위왕과 승ᄉᆼ 봉ᄒᆞᆫ 즉쳡이어날 보기을 다ᄒᆞᄆᆡ 쳔은을 츅ᄉᆞᄒᆞ고 증일 발힝ᄒᆞ여 올나올 ᄉᆡ 지ᄂᆡ난 곳마당 층찬아이 리 업더라 여려 날만의 황셩의 각가이 오ᄆᆡ 황졔 졔신을 다리고 마조나와 승ᄉᆼ의 손을 잡고 가라ᄉᆞᄃᆡ 짐이 발지 못ᄒᆞ여 간신의 참소ᄋᆡ 속아 ᄋᆡᄆᆡ이 안치ᄒᆞ여신이 엇지 무안치 안이ᄒᆞ리요 ᄒᆞ시며 원슈 거록ᄒᆞᆫ 츙셩을 기인각의 올이리라 ᄒᆞ시고 마ᄌᆞ 드러을 ᄉᆡ 만조졔신과 츌젼ᄒᆞᆫ 지장을 좌우의 옹위ᄒᆞ여 올 ᄉᆡ 기치창금은 일월을 가리고 고각 함셩은 쳔지진동ᄒᆞ여 황궁ᄒᆞ신이 그 ᄌᆼ하미 일ᄃᆡ 장관일너라 황궁ᄒᆞ사 ㅁ좌ᄒᆞ시고 졔장군졸을 일일포졍ᄒᆞ시고 ᄒᆞ교ᄒᆞᄉᆞ 왕(12자 정도 낙자)으로 하여금 슈죄ᄒᆞ라 ᄒᆞ신ᄃᆡ 승ᄉᆼ이 ㅁㅁㅁ

P.108

고셩 ᄃᆡ질 왈 민고 소인 반적당 ㅁㅁㅁᄒᆞ고 장셩ᄒᆞᆫ 후의 입신양명ᄒᆞ여 임군을 ㅁㅁ ᄒᆞ여도이심을 두지 말고 졍ᄒᆞᆫ ᄉᆞ름을 청거ᄒᆞ여 셩군을 돕기ㅁㅁㅁ ᄒᆞᆫ 일이어날 너이난 착ᄒᆞᆫ ᄉᆞᄅᆞᆷ미어ᄒᆞ여

소인을 ᄉ교여 셩군을 쇠기며 민심을 요량키 ᄒᆞ니 만고의 간ᄉᆞ
한 놈이로다 ᄯᅩ 닉 부친은 빅옥무죄 ᄒᆞ시거날 무삼 혐의잇셔
무단이 모함ᄒᆞ여 원도의 안치ᄒᆞ여신이 종일 즉고ᄒᆞ라 ᄒᆞ고 츄
ᄉᆞᆼ갓치 호령ᄒᆞ니 왕윤셩등이 혼비빅산 ᄒᆞ난지라 낫낫치 슈죄ᄒᆞ
고 무ᄉᆞ을 호령ᄒᆞ여 원문밧게 쳐참ᄒᆞ고 그 ᄉᆞᆷ족을 멸ᄒᆞ더라
인ᄒᆞ야 ᄉᆞᆼᄉᆞᆼ을 모시고 동ᄉᆞᆫ별궁으로 그르간이 졍슉왕비 외당의
나와 위왕을 붓들고 통곡ᄒᆞ며 말을 못잇난지라 승상이 울면
위로 왈 모친은 진졍하옵소셔 오날날 셔로 만나ᄉᆞ온이 ᄒᆞ날이
도
끝. (이후의 페이지가 낙장落張 된 관계로 다른 이본을 참고하
였음)
본부의 도라와 부모게 ᄌᆞ초지종을 말ᄉᆞᆷᄒᆞ온딕 왕과 비 못닉
깃써ᄒᆞ더라 샹이 이에 젹쟝공쥬로써 좟ᄋᆞ상 곽희룡에게 하가
ᄒᆞ니 그 위의 베부셩ᄒᆞ미 비길딕 업더라 승상이 공쥬로 더부러
화락ᄒᆞ며 위왕 야위ᄉᆡ 지효로 봉양ᄒᆞ더니 홍진비린ᄂᆞᆫ 고금상쇠
랄 위왕이 우연득병ᄒᆞ야 셰상을 이별ᄒᆞ민 왕비 ᄯᅩᄒᆞᆫ 연ᄒᆞ야
승하ᄒᆞ니 승상이 슈월지 닉에 텬지 문어지민 그 지통을 어딕비
ᄒᆞ리요 례를다ᄒᆞ야 션 능에 안쟝ᄒᆞ고 ᄉᆞ면ᄂᆞ을 지닌후 텬ᄌᆞ게
조현ᄒᆞ온딕 상이 못닉 비창ᄒᆞ시고 ᄯᅩᄒᆞᆫ 하교ᄒᆞᄉᆞ 왈 승상 희룡
으로 위왕을 보ᄒᆞ고 공쥬로 왕비를 봉ᄒᆞ나니 경은지실ᄒᆞ라 ᄒᆞ
신딕 승상이 직ᄉᆞᆷ 사양ᄒᆞ다가 조셔를 밧드러 본국으로 향홀ᄉᆡ
그위의 거록ᄒᆞ미라 왕이 즉위 ᄒᆞᆫ후 시화년풍ᄒᆞ고 국튀민안ᄒᆞ
야 강구연월의 격양가을 일ᄉᆞᆷ더라

유씨젼

I. 〈유씨전〉 해제

〈유씨전〉은 창작 연대와 작자
가 미상인 국문본 고소설로, 열녀
계 소설로 분류된다. 이 작품은
열행烈行의 중요성과 당위성이 강
조되고 죽음과 재생이라는 모티
프가 중심 소재가 되어 있다. 본
고에서의 대본 〈유씨전〉은 김광
순 소장 필사본 고소설 474종에
서 100종을 정선한 〈김광순소장
필사본 고소설 100선〉 중의 하나

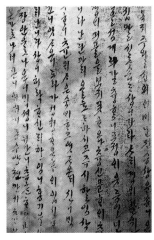

〈유씨전〉

다. 〈유씨전〉은 가로 16cm, 세로 24cm이며 총 60면으로 각
면 10행, 각 행 평균 22자의 한지에 붓글씨 흘림체로 쓴 필사본
고소설이다.

〈유씨전〉은 필사본으로 김광순 소장본 2종류 이외에 김동욱
소장본이 있다. 〈유씨전〉의 이본으로는 〈춘매전〉으로, 김광순
소장과 박순호 소장본이 있고, 필사본으로 박순호 소장본 〈이
춘매전〉 등1)이 알려져 있으며 희귀본으로 분류된다.

〈유씨전〉은 목판본이나 활자본이 발견되지 않고 필사본만

---

1) 조희웅, 『고전소설연구 자료 총서』, 2000년. 『고전소설정보』, 2006년 참조.

전하고 있으며, 각 필사자의 특성에 따라 작품의 성격이 다양하게 나타나지만, 전체적인 구조에는 큰 변화가 없는 것이 특징이다.

조희웅의 『고전소설이본목록』9에는 〈유씨전〉의 이본이 모두 33종으로 나타나 있다. 그러나 이명현에 의해 밝혀진 바에 따르면, 단국대 〈뉴부인전〉 역시 〈유씨전〉과 제명이 유사할 뿐 다른 내용의 작품2)으로 〈유씨전〉의 이본은 알려진 것만 모두 28종이라고 하겠다.

〈유씨전〉의 줄거리를 살펴보면 다음과 같다.

옛날 유형남이라는 제생에게 딸이 있어 승상 벼슬을 지냈던 전우송의 아들인 춘매와 결혼을 한다. 얼마 안 되어 유형남은 세상을 버리고 유씨는 모친 양씨부인과 의논한 끝에 기물을 정리하고 관흥으로 모두 올라오게 된다. 이때 천지의 인재를 얻으라는 방을 보고 춘매는 과거를 볼 결심을 한다. 춘매는 장원급제를 하고 어린 나이에 한림학사 벼슬을 제수 받아 황상의 사랑을 독차지하게 되나 이를 시기한 신하들의 모함으로 삼천리나 떨어진 절도로 유배를 떠난다. 춘매가 유배를 가는 길에 본가에 들러 어머님을 안심시키며 인사를 올리나 모친의 상심은 이루 말 할 수 없어 거의 실신상태가 된다. 부인에게는

---

2) 〈유씨전 연구〉, 중앙대학교 석사학위 논문, 2000.

모친과 장모님을 지성으로 섬기고 부인도 귀체를 잘 보존 하라고 당부하니 유씨가 눈물을 금치 못하며 '젊은 나를 이대로 두고 가시려하나 나도 함께 가겠다. 살아서 육신으로 못가면 죽은 혼이라도 가서 그대 뒤를 따르겠다.'라고 하며 애절하게 통곡한다.

춘매는 절도에 이르러 석 달 만에 득병하여 이미 귀양을 온 정양옥이란 자의 극진한 간호에도 불고하고 결국 세상을 떠난다. 함께 갔던 노복들이 춘매가 죽기 직전에 써 준 편지를 가지고 주야로 달려와 유씨에게 이 사실을 고한다. 집안의 모든 사람들이 놀라고 모친의 상심과 슬픔은 이루 말 할 수가 없다. 유씨 부인이 마음을 진정하여 머리를 풀어 헤치고는 춘매의 시신을 그 먼 절도에 그냥 둘 수는 없다고 여겨 비장한 각오로 두 부인에게 춘매의 시신을 찾아오겠다고 한다. 두 부인은 물론 모두가 연약한 여자의 몸으로 멀고도 험한 삼천리 절도 길을 만류하지만 유씨의 결심을 아무도 꺾을 수가 없었다. 유씨는 종들을 데리고 길을 떠나 하루는 해평 읍에 이르러 날이 저물게 된다. 해평 원이 유씨의 아름다움에 탄복하며 지난 시절 승상 전춘매와 남달리 지냈다는 등의 말을 늘어놓으며 하룻밤 묵고 가길 간절히 부탁한다. 유씨가 처음에는 거부하였으나 노복들도 몸이 지쳐 쉬고자 하며 유씨도 남편 춘매와 연고가 있는 분이 저토록 부탁하는지라 하는 수 없어 그날 밤 하루를 묵기로 한다.

그날 밤, 해평 원이 유씨의 거처로 부하들을 데리고 마당으로 들어서며 유씨의 노복들을 꽁꽁 묶자 이상한 소리에 밖을 살며시 내다보던 유씨 깜짝 놀라 그제야 자신이 속았다는 것을 알게 된다. 이에 품안에 있던 칼을 손에 쥐고 있다가 해평 원이 자기 방으로 들어오자 유씨 칼을 들어 내려쳤더니 해평 원의 팔이 끊어져 버렸다. 해평 원이 나죽는다 소리치며 유씨를 당장 옥에 가두고 칼을 씌운다. 그리고 사관에게 보고하기를 간밤에 순시 차, 길을 나서 가는데 웬 계집이 품에서 칼을 들어 자기를 살해 하려 하여 피하다 팔이 잘렸다고 거짓 보고서를 올린다. 사관이 내려와 해평 원의 말만 듣고는 올바른 판결을 할 수 없고 또 여인은 무슨 연유가 따로 있어 이런 일을 저질렀는지 상세하게 알아야 제대로 조정에 보고를 할 수 있다고 하며 감옥에 있는 유씨를 불러내어 대령하게 한다. 유씨 부인이 자신은 유형남의 딸로 승상 전춘매의 아내로서 남편의 시신을 거두려 절도에 가다가 이런 변을 당하게 된 자초지종을 낱낱이 고하였다. 사관 이 듣고 깜짝 놀라 전 승상 춘매의 부인이 이런 변을 당하게 된 것을 송구해 하며 해평 원의 죄상을 중앙에 보고하여 사건을 마무리하고 유씨를 절도에 까지 안전하게 갈 수 있도록 오히려 선처한다. 유씨 다시 석 달 만에 절도에 이르러 춘매의 관을 잡고 통곡하며 살아생전 춘매의 얼굴 제대로 보지도 못했더니 죽은 얼굴이라도 자세히 보고자 하여 관 뚜껑을 열어젖히니 죽은 지 몇 달이 흘렀으나 생시에 자던 모습을 하고 있어 유씨

시신을 붙잡고 볼을 부비며 통곡한다. 주위의 만류도 아랑곳 하지 않고 슬피 우니 울음소리 저승 염라대왕에게 까지 들려 염라대왕이 춘매를 불러 잠깐 가서 아내 유씨를 만나보고 오기를 허락한다. 유씨 비몽사몽간에 어디서 우는 소리 들려 괴이여겼더니 남편 춘매가 다시 살아나 우는 소리가 아닌가. 춘매는 유씨 부인과 주위 사람들을 둘러보며 온 사연을 말하고 살아 있는 동안 부모님을 잘 섬겨 달라는 부탁을 하고 돌아 갈 시간이 다 되었다며 혼이 다시 저승으로 올라간다. 유씨 이를 보자 실신하여 이어 유씨마저 죽게 되는데 춘매가 염라대왕에게 가는 길을 유씨도 혼백이 되어 바로 뒤쫓아 간다. 춘매와 유씨 부인이 함께 염라대왕 앞으로 가자 유씨를 보고 아직 이승의 시간이 남았는데 왔다며 다시 돌려 보내려하나 유씨는 독수공 방 긴긴 세월 홀로 보내느니 저승에서 남편과 함께 있겠다고 한다. 이에 염라대왕이 다른 인연으로 남은 세월을 이어주겠다고 하니 유씨 돌연 변색하여 열녀불경이부라 어찌 염라대왕께서 그런 말씀을 할 수 있냐고 반박한다. 대왕이 오히려 무안색하여 참으로 열녀라 칭하며 둘을 모두 이승으로 돌려보내게 된다. 죽은 사람이 다시 살아 난 것이 세상에 알려지자 황상이 알고 춘매를 다시 불러 승상 벼슬을 하사하며 부인과 그 모친에게는 각각 정열부인과 정숙 부인이라는 칭호를 내린다. 춘매와 유씨는 그로부터 행복한 세월을 영위하며 자식을 낳아 모두 벼슬하고 오래오래 그 이름이 전하게 된다는 이야기다.

본 해제에서는 독자들의 편이와 이해를 위해 〈유씨전〉의
서술의식에 대해 간단하게 언급 하고자 한다.

조선이 건국되면서 유교로써 국가질서의 근본으로 삼는다.
이에 유교는 기본 사회 단위인 가정의 질서를 형성하는 근간이
되는 근본이념으로서 백성의 생활 방식 등 두루 영향을 미치지
않는 곳이 없게 된다. 유교 이념을 국시로 삼은 조선 사회는
특히 여성의 삶을 완전히 바꾸어 놓았다. 여성의 삶을 가정
내로 제한하고 규문을 단속하였으며 또한 음양사상에 기초하여
남존여비의 관념을 정당화했고 남녀 간의 수직적 질서를 세움
으로써 가부장제도를 확립하고자 했다. 유교 이념에 입각한
여성상의 정립을 위해 국가가 적극적으로 나서서 여성들의 생
활 덕목을 규정하였는데 그 연장선상에 있는 것이 바로 여성의
재가再嫁 문제였다. 〈유씨전〉이 향유되었던 시기를 조선조 후
기로 보면, 이 때는 이미 여성들에게 열 규범이 정착되었을
시기이다. 〈유씨전〉에서는 열을 당위 규범으로 인정하는 서술
의식이 유씨의 말과 행동에 의해 표출된다. 이는 작자가 여성
억압적 이데올로기인 열 윤리를 사회악으로 부정하지 않고 당
연한 것으로 받아들이며 그것을 고수하려는 서술의식을 드러내
는 것이다.

한편, 조선의 지배체제는 임·병 양란을 겪으면서 차츰 체제
내의 모순이 드러나기 시작하다가 18세기로 넘어 오면서 다방
면에 걸쳐 시작된 사회 변화의 조짐은 19세기에 들어서 그 사상

적 체계에 변모가 일어나게 된다. 실학을 비롯하여 서학, 동학, 기독교 등은 조선의 지배 이데올로기에 균열을 가져왔다. 더불어 여성에 대한 시각도 근대적인 방향으로 바라보기 시작한다. 1876년 개항과 더불어 서양문물이 유입되자 천부인권天賦人權을 바탕으로 하여 여성인권에 관심을 가지는 사람들도 대거 늘어나 1890년대 후반기부터 여성 계몽운동이 언론에 의해 주도 되었다.

열의식의 강조와 정욕의 추구는 서로 상반되는 지향이다. 열 의식을 강조할수록 정욕의 추구는 죄악시 되며, 정욕을 추구할수록 열 의식은 약화되는 것이다. 실제로 조선말기 사회에서 열의식과 정욕 사이에서의 갈등은 사회적인 문제로 크게 대두된다.

유교와 함께 우리나라에 유입된 열 규범은 〈유씨전〉이 향유된 조선조 중후반기에는 완전히 정착되었을 것이다. 자손의 출세와 가문을 위해 자의나 타의에 의해 수절하던 조선조 여인들은 유교적 행동규범이 내면화된 후에는 여성 스스로 평생 수절하였을 뿐 아니라, 혼자 살아있다는 것은 죽은 망자에게 미안하고 부끄러운 일이며 자신이 부덕한 탓이라 여겨, 여성 스스로 목숨을 끊음으로써 열녀의 반열에 오르는 등 열 윤리는 여성들에게 당연한 규범으로 뿌리 내려져 있었다. 이러한 여성에 대한 사회의 윤리 규범은 작품에 그대로 반영되어 나타나고 있으며 작품에서 비중 있게 서술되고 있다. 유씨가 지닌 열

윤리가 유씨로 하여금 절도 행을 떠나도록 하며 위기의 극복에서도 핵심적인 동기로 작용한다. 열을 당위 규범으로 인정하는 서술 의식은 유씨의 행동과 말에 의해 보다 확연히 표출된다. 절도 행을 택한 명분이 그러하며, 정배를 가는 춘매가 떠나기에 앞서 자신의 생사를 장담할 수 없으므로 유씨에게 개가를 권유하자 유씨는 정색을 하고는 '엇지 불힝흔 말노 첩이 몸을 욕되기 흐난잇가'라고 하며 개가 권유를 받는 것조차도 욕된 일이라고 생각하는 철저한 열 의식을 보여 주고 있다. 기존의 연구들이 〈유씨전〉의 주제를 열烈 이라고 한 것 또한 이와 같은 이유에서이다.

전반부에서 사건을 이끌어 가는 중심적 역할은 춘매에 의해 수행된다. 두 주인공의 결연 후 만남과 이별을 주도하는 것은 춘매에 의해서이다. 과거를 보기 위해 상경하고, 한림학사를 제수 받고 임지로 떠나며, 결국 정배를 가게 되어 또 다시 이별의 양상을 만들어내고, 급기야 죽음이라는 이별의 극단적 양상을 주도적으로 만들어내고 있다.

이에 반해 후반부의 사건을 이끌어 가는 중심적 역할은 유씨에 의해 수행된다. 춘매의 죽음 이후 유씨는 열 의식을 표면에 내세우고 춘매와의 만남을 적극적으로 모색하기 시작한다. 전반부의 소극적인 태도에 비해 만남에 대한 유씨의 열의는 적극적이라 할 수 있다. 이미 죽은 남편의 시체를 선산에 안장하기 위해 당시 소설에서 일반적으로 보이는 남장의 모습이 아니라 여인의 모습으로 직접 절도로 향한다. 도중 해평읍에서 둘의 만남을 방해하는 위기가 닥치지만, 유씨의 재회에 대한 열의는 이를 적극적으로 극복하게 한다. 결국 유씨는 일시 회생한 춘매와의 만남 이후, 이어 즉사卽死를 통해 영원한 만남을 모색하고 있다. 명부에서 염왕에 의해 다시 한 번 이별의 위기가 닥치자, 유씨는 염왕의 호의에 오히려 나무라는 듯이 말하며 자신의 뜻을 관철하는데 더욱 적극적으로 대응해 결국 지상에서의 재생까지 성취한다. 이렇듯 후반부는 유씨의 정욕성취를 위한 적극적인 역할 수행에 의해 이야기가 전개된다. 이를 두고 볼 때 작자는 조금씩 주체적으로 변화해가는 조선의 여인상을 무시하지 못하고 작품 속에 반영한 것으로 보인다.

〈유씨전〉은 표층 구조에서의 열 의식 강화와 심층구조에서의 정욕추구가 한 작품에서 동시에 드러난다는 사실이 주목할 만하다. 열과 정욕은 서로 상반되는 가치 개념이며 현실에서는 갈등을 일으키는데 소설에서는 자연스레 이접되어 있다. 〈유씨전〉의 표층구조에서 드러난 주제는 열의식의 강화이다. 앞서 〈유씨전〉 작자는 조선사회의 억압적 여성관을 드러내는 서술의식을 보인다고 하였다. 그러면 왜 심층구조에서는 그와 반대로 정욕의 추구가 드러나는가?

이는 작자가 변화하는 시대의 현실적인 요구를 작품에 수렴하였기 때문이다. 현실적인 요구라 함은 여성들의 정욕 추구를 사회가 인정해 달라는 목소리를 말한다. 당시 주된 독자층이 양반집 아녀자들이거나 상업자본으로 부를 획득한 가정의 아녀자임을 감안할 때 열 의식 강화만으로는 소설읽기의 즐거움을 더할 수 없다. 이보다 아녀자들의 은밀하지만 현실적인 욕구를 충족시켜주는 작품이라야 즐거움을 더할 수 있을 것이다.

앞서 심층 구조 분석에서 유씨가 어떻게 정욕을 충족시키기 위하여 노력하는지를 살펴보았다. 독자는 이러한 주 인물에 공감을 하며 유씨의 욕망이 충족되기를 바랄 것이다. 곳곳에 드러난 유씨의 욕망 추구 행위는 당시 여성들 자신이 은밀히 꿈꾸었던 것들을 대변하는 것이다. 그러나 작자는 유씨의 욕망 추구를 겉으로 드러내지 않고 안으로 숨기는 서술을 하고 있다. 여기에 작자의 서술의식의 핵심을 살펴 볼 수 있다.

변화하는 현실을 수용하면서 유씨의 욕망추구 행위를 기존의 유교 윤리 테두리 내에 가두는 것이다. 즉 억압적 지배 이데올로기가 인정하는 합법적 욕망추구 행위를 표출하는 것이다. 작자는 유씨가 다른 대상이 아닌 오로지 춘매에게만 정욕을 추구하게 한다. 이로써 유씨의 정욕 추구는 겉으로는 열이 되어 나타나는 것이다.

합법적 정욕 추구는 그 의지가 강하면 강할수록 열도 강하게 겉으로 표출된다. 여성의 정욕추구를 합법적 범위 안에 묶어두기 위해서는 처벌과 보상이 따라야 한다. 즉 합법적 범위에서 벗어나면 처벌을, 벗어나지 않으면 보상을 주어야한다. 작품에서 유씨는 춘매를 따라 죽는데 만약 여기서 작품이 끝나버리면 작가의 서술 의도와는 빗나가게 된다. 즉 비극이 되어버리면 독자는 유씨의 절행이 보람 없는 것처럼 인식할 수 있다. 이에 작자는 강력한 보상장치를 마련하게 되는데, 그것은 환생과 현세에서의 부귀영화를 유씨에게 부여하는 것이다. 이로서 합법적 테두리에서의 정욕추구가 여성들에게 수용할만한 긍정적 가치로 인식되는 것이다.

이 작품에서 작자는 이러한 서술의식이 곧, 지배 이데올로기에 대해 문제를 제기하거나 변혁을 요구하는 의식이 아니라 지배 이데올로기를 옹호하고 강화하려는 의식을 표출하고 있는 것으로 보인다.

조선후기는 체제를 유지하려는 움직임과 변혁을 꾀하려는 움직임이 갈등을 일으키는 역동적인 시대였다. 이러한 시대에 소설은 시대를 어떻게 반영하며 어떻게 이데올로기적 작용을 하는지 〈유씨전〉을 통해 잘 드러나고 있다. 따라서 〈유씨전〉은 조선조 시대의 문화적 배경들과의 상호 관련성 속에서 음미해야, 진정한

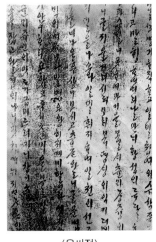

〈유씨전〉

의미를 이해할 수 있을 것이며 오늘을 살아가는 현대인에게도 시사하는 바가 적지 않으니 읽고 음미해 볼 만한 작품이다.

Ⅱ. 〈유씨전〉 현대어역

옛날 유형남이라는 한 재생齋生[1]이 있었다. 한 딸을 두었는데 내내 정혼하지 못해 노심초사하던 중 우연히 풍문에 전승상 운송의 아들 춘매라 하는 자 있다는 소문을 듣고 정혼하게 된다. 혼인한지 얼마 되지 않아 유형남은 우연 득병得病하여 호천망극 呼天罔極[2] 애통哀痛 속에 세상을 떠난다. 선산先山[3]에다 안장安葬을하고, 모친 양씨와 상의하여 가산과 집안 기물을 방매放賣[4]하여 모두 관흥 땅으로 올라 왔다.

한편, 이 때 천지天地의 인재人才를 얻으려 알성과謁聖科[5] 시험을 본다는 방이 붙었다. 이에 서둘러 춘매 과거를 보려고 어머니께 아뢰기를

"황상皇上[6]께서 과거를 본다 하오니 소자도 송구하오나 응시코자 합니다."

하니, 양씨가 대답하기를

"네 말이 기특하다. 글도 한 시절이요 과거를 보는 일도 한

---

1) 재생齋生 : 거재유생居齋儒生이란 말로 조선 시대에 성균관이나 또는 향교에서 숙식宿食하며 학업을 닦는 선비.
2) 호천망극呼天罔極 : 하늘에 목 놓아 울부짖음이 끝이 없음.
3) 선영先塋 : 조상의 무덤이 있는 산.
4) 방매放賣 : 물건을 내놓아 파는 것.
5) 알성과謁聖科 : 조선 시대 임금이 성균관 문묘에 참배한 뒤에 실시하던 문과
6) 황상皇上 : 현재 살아서 나라를 다스리고 있는 황제를 이르는 말.

때이니 부디 조심하여 다녀오라."

하시니, 춘매가 즉시 기일을 가리어 떠날 때 모친께 하직하고 아내 유씨께 당부하여 말하기를

"그대가 정성으로 두 모친을 부양하면 수이 돌아와서 은혜를 갚으리다."

하니, 유씨 흔쾌히 대답하기를

"제가 비록 불면하나 지성으로 부양하올 것입니다. 낭군은 부디 해동옥저海東玉箸[7]에서 백마금안白馬金鞍[8]으로 돌아오시기를 바라며 만 리길 경성京城에 무사히 다녀오소서."

하며, 흔연히 이별하거늘 또 빙모聘母님에게도 하직하고 한 필의 청여靑驢[9]와 종 서너 명을 거느리고 떠나 여러 날 만에 황성皇城[10]에 도착하니 불과 수일이 못되어 과거를 보게 되었다. 춘매 장중에 들어가니 글귀가 걸려 있어 바라보니 평소에 익히던 것이라. 지필紙筆[11]을 갖추어 일필휘지一筆揮之[12]하여 일천一喘[13]에 선장先場[14]하고 물러나왔다.

얼마 후 상이 보시고 칭찬하여 말하기를

---

7) 해동옥저海東玉箸 : 우리 조선국.
8) 백마금안白馬金鞍 : 흰 말과 좋은 안장. 즉 출세하여 벼슬에 나아가는 것.
9) 청여靑驢 : 푸른 털을 가진 당나귀.
10) 황성皇城 : 임금이 거처하는 궁궐이 있는 소재지. 즉 나라의 수도.
11) 지필紙筆 : 종이와 붓.
12) 일필휘지一筆揮之 : 붓을 한번 들어 글씨를 단숨에 줄기차게 써 내림.
13) 일천一喘 : 한번 가쁘게 숨을 내몰아 쉰다는 뜻으로 가볍고 활기찬 마음.
14) 선장先場 : 과거장에서 가장 먼저 시험 답안지를 제출.

"그대의 글 솜씨는 이태백李太白이요, 필법筆法은 왕희지王羲之[15]니 어찌 아름답지 않겠는가."

하시고, 즉시 춘매를 부르시므로 이 때에 춘매 사람들 속에 있다가 장중히 들어가니 상이 춘매를 보시고 손을 잡고 말하기를

"경卿의 나이 몇이며 누구 집 자손子孫인가?"

춘매 엎드려 말하기를,

"신臣의 부친은 전승상 운송이옵고 나이는 18세입니다."

하니, 상이 말하기를

"경의 부친은 일찍이 짐을 섬겨 충성을 다하니 조정에 으뜸이었다. 이제 경의 기골을 보지 못 하게 되었다 하였더니 충신문하忠臣門下에 충신이 난다더니 과연 그 말이 옳도다."

하시고, 즉시 한림翰林[16]직을 제수除授[17]하니 춘매가 그 은혜 숙배肅拜하고 여쭈되 "신에게는 백발 편친偏親[18]이 있으니 돌아가 먼저 선친을 뵙고 어머니께 인사를 드린 후에 입시入侍[19]하길 바라나이다."

하니, 상上이 허락하므로 한림이 나라에서 내린 붉은 깃발을 받쳐 들고 장안長安[20]으로 나오니 백성들이 모두 칭찬해 마지않

---

15) 왕희지王羲之 : 동진東晋의 정치가, 서예가. 자는 일소. 서예에 뛰어나 서성書聖이라고 일컬음.

16) 한림翰林 : 조선 시대의 '예문관검열藝文官檢閱'의 별칭.

17) 제수除授 : 천거에 의하지 않고 임금이 직접 관리를 임명하는 일.

18) 편친偏親 : 홀로 된 어버이.

19) 입시入侍 : 대궐에 들어가 임금을 알현하는 일.

20) 장안長安 : 중국의 옛 수도 이름에서 유래한 말 '서울'을 일컫는 말.

았다.

관흥 본가로 내려오니 지나는 곳마다 동서 양쪽에 만 가지 깃발이 춘풍을 못 이겨 춤추는 덧 그 영괴함은 측량치 못 할 지경이었다. 한림이 집에 이르러 유씨에게 이르기를

"그 간에 모친을 모시고 부양하였습니까?"

유씨 대답하여 말하기를

"한림께서 국은國恩을 입어 돌아오니 기쁜 마음 그지없습니다." 하였다.

십 여일 정도 머무르니 날이 쉬 당도하여 모친과 유씨에게 하직하며

"이 몸을 나라에 허락하여 임금 섬기는 것이 옳사오니 종종 자친하오려니와 아내 유씨와 더불어 침식 평안히 하옵소서." 하고, 경성으로 올라갔다.

이 때 황상이 한림을 명촉命屬하니 한림이 급히 들어가 숙배肅拜하온대 상上이 말하기를

"경卿을 보내고 다시 보고자 하여 또 급히 불렀으니 부디 정성을 다 하여 짐을 도우라." 하시니, 한림이 은혜에 감사하며 절하고 물러났다.

황상이 무척 한림을 사랑하여 벼슬을 하사下賜하시니 소인小人들이 다 시간屍諫21)하였다. 마침내 간신들이 해치고자 하는 뜻을 아시고 한림을 그냥 두고자 하였으나 하루가 멀다 하고

상소上疏22)가 이르니 상이 마지못해

　"정배定配23)하라."

하시니, 불측한 소인들이 삼천리 절도 섬으로 정배하였다.

　한림이 적소謫所24)로 향할 때 관흥 본가本家로 내려가니 모부인母夫人이 보시고 반기며 물어 말하기를

　"네 국사에 골몰하여 얼굴이 추비麤鄙25)하구나."

하시니, 한림이 여쭈되

　"무슨 연고 있겠습니까?"

하고, 소세梳洗26)를 전무하고 수일 머무르더니 율관이 재촉하여 말하기를

　"국령國領이 지중하니 급히 출발합시다."

하고, 재촉하니 한림이 마지못하여 모부인께 들어가 여쭈기를

　"소자 춘매는 불효자로 생겨나서 지차之次인 동생도 없고 모친을 모시고 몸이 용문龍門27)에 올랐다가 간신에게 잡힌 바 되어 삼천리 절도에 적거謫居28)하오니 모친과 유씨는 누구를

---

21) 시간屍諫 : 자기 자신을 죽여서까지 임금에게 간언하는 것.

22) 상소上疏 : 임금에게 글을 올리는 것. 또는, 그 글.

23) 정배定配 : 죄인에게 내리는 형벌의 하나. 지방이나 섬으로 보내 일정한 기간 동안 정해진 지역 내에서만 감시를 받으며 생활하게 하는 것.

24) 적소謫所 : 죄인을 귀양 보내는 곳.

25) 추비麤鄙 : 거칠고 더럽고 너절하다.

26) 소세梳洗 : 머리를 빗고 낯을 씻는 일.

27) 용문龍門 : 어려운 관문을 통과하여 크게 출세하게 됨. 또는 그 관문을 이르는 말. 잉어가 중국 황하강 상류의 급류인 용문을 오르면 용이 된다는 전설에서 유래한다.

의지하오리까?"

하며, 눈물을 금치 못하는지라. 대부인이 잠잠하시다가 기절하거늘 한림이 급히 구하니 이윽고 진정하여 한림을 붙들고 말하기를

"늙은 나와 젊은 아내는 누구를 의지하며, 집안 재산과 무수한 비복婢僕 등은 누구를 의지하라고 이렇게 가려는가?"

하며,

"풍진風塵한 원로遠路 섬에 자주 가보지 못하고 침식이 편치 않았더니 하물며 삼천리 절도에 가면 어찌 다시 그림자나 보리요?"

하고, 좌불안석하거늘 한림이 모친 상할까 염려하여 관후寬厚[29] 한 말로써 여쭈기를

"인명이 재천이오니 설마 죽기야 하오리까? 수이 돌아와 모시겠습니다."

하고, 유씨 방에 들어가 이별하여 말하기를

"부인은 나 없다고 한탄 말고 모친과 장모님을 지성으로 섬기고 귀체貴體를 내내 안보하면 수이 돌아와 은혜를 갚으리다."

하며, 슬픔을 금치 못하거늘 유씨 정신이 망극하여 가슴을 뚜드리며 통곡하여 말하기를

"낭군은 편친과 젊은 나를 누구에게 맡기시고 이대로 가시려

---

28) 적거謫居 : 귀양살이를 함.
29) 관후寬厚 : 너그럽고 후하다.

하십니까? 나와 함께 갑시다."

하고, 말을 잇기를

"우리 서로 만난 지 비록 삼 년이나 국사에 골몰하여 부부지간
화락和樂함을 보지 못하였으니 살아서 육신으로 못 가면 죽은
혼이라도 가군의 뒤를 따르고자 합니다. 낭군은 물리치지 마옵
소서."

하며, 슬피 통곡하니 양 볼에 눈물 흔적이 부용화芙蓉花가 아침
에 이슬 머금은 듯 연약한 섬섬옥수로 가슴을 두드리니 한림이
눈물을 거두고 부인을 거두며 말하기를

"슬퍼 마옵소서. 그대 청춘을 아끼거든 다른 가문을 섬기면
절로 귀하리라."

한데 유씨 정색하여 말하기를

"한림은 만고에 정을 끊고자 한들 어찌 부행婦行에 무도한
말로써 첩의 몸을 더럽히십니까? 영수穎水30)가 가까우면 귀를
씻고자 합니다."

하고, 슬픔을 이기지 못하거늘 한림이 위로하여 말하기를

"부인은 내 말에 격분하지 마옵소서. 한갓 부인을 진정하게
하고자 함이었습니다."

하며, 이어 장모께 하직인사를 드리니 부인이 울며 말하기를

---

30) 영수穎水 : 중국 요임금이 소보와 허유라는 현자賢者들에게 황제자리를
   주려하자 귀에 담지 못할 소리를 들었다고 영수 물가에서 귀를 씻었다
   고 함.

"백면白面[31]한 몸이 서랑壻郎[32]을 의지하여 세월을 보냈더니 이제는 누구를 의지하여 세월을 보내리까?"

하며, 말을 잇기를

"원로에 평안히 가기를 바라니라."

하고, 한림에게 통곡하며 아련하여 눈물을 감추지 못하거늘 한림의 마음 오죽하리요.

이윽고 노복 두 명을 데리고 선산에 하직 하고 출발하여 서른 날 만에 절도에 도착하였다.

무변창해無邊蒼海[33]는 좌우로 양양洋洋[34]하고 만첩청산萬疊靑山[35]은 전후로 중첩되어 고향 소식 한 자락 듣기에 적막한 곳이 었다.

'암암한 회포를 누구와 더불어 풀어 보리요.'하며, 혼자 탄식 하였다.

이 때 마침 동방급제同榜及第[36]한 정양옥이라 하는 사람이 한림과 같은 곳에 먼저 정배定配왔는지라 한림 보고 내달아 붙들고 통곡하여 말하기를

"한림은 혼백으로 왔는가, 생시로 왔는가, 어명御命으로 나를

---

31) 백면白面 : 방안에만 있어 햇빛을 제대로 받지 못해 얼굴이 창백함. 즉 몸이 여위고 힘이 없음.
32) 서랑壻郎 : 사위의 높임말.
33) 무변창해無邊蒼海 : 끝없는 푸른 바다.
34) 양양洋洋 : 넓고 넓음.
35) 만첩청산萬疊靑山 : 겹겹이 두른 푸른 산.
36) 동방급제同榜及第 : 같은 때에 대과大科에 급제함.

잡으러 왔는가?"

하며, 슬피 울거늘 이에 한림도 양옥을 붙들고 울며 기절하였다. 좌우에서 붙들어 구하니 이윽고 인사를 차리며 양옥을 잡고 말하기를

"정형은 무슨 연고로 이곳에 왔습니까? 나는 정성을 다하여 나라를 섬기다가 천대가 무정하여 간신에게 잡혀 정배 왔거니와 정형은 무슨 연고로 왔습니까?"

양옥이 말하기를

"나도 여차여차하여 이 곳에 왔습니다. 이제 우리 서로 만났으니 사생동락死生同樂을 함께 합시다."

그리고 눈물로 세월을 보내더니 한림이 먼 길에 지친 몸으로 편치 못한 중에 모친과 아내를 생각하여 수심으로 더욱 병이 잦아들어 식음을 전폐하고 누워 일어나지 못하거늘 양옥이 말하기를

"나도 부모처자 이별하고 왔으나 천행으로 시절을 만나면 돌아가 반갑게 만나 볼 날 바라고 있으니 전형全兄은 그다지 허곡虛曲37)한 마음을 먹지 마소서."

한데, 한림이 말하기를

"정형은 동생이나 있어 만사를 믿거니와 한림은 팔십 노모와 허다한 가산과 청춘 아내를 맡길 곳 없이 왔으니 어찌 마음을

---

37) 희곡戲曲 : 헛되고 바르지 못함.

진정하리요."

하니, 양옥이 왈

"형은 만일 저러다가 불행하여 죽으면 아주 영결永訣할 것이니 마음을 진정하여 다시 보기를 생각하여 보옵소서."

한림이 눈물을 흘리며 말하기를

"나는 천명天命이라도 살기는 어렵습니다. 형은 좋은 시절을 만나 부모처자를 만나 보옵소서."

하니, 양옥이 더욱 각별히 구병救病하나 백약이 무효라. 병을 앓은 지 석 달 만에 만시와 청산을 불러 말하기를

"내 억울하게 이 곳에 왔다가 살아 돌아갈까 바랐더니 천명인가 어찌 할 수가 없도다. 너희는 무사히 돌아가 부인을 편히 모시고 지내면 후세에 은혜를 갚으리라."

하니, 만시와 청산이 이 말을 듣고 정신이 어질하여 여쭈되

"소인 등이 한림을 모시고 이 곳에 왔다가 불행하게 무슨 면목으로 고향에 돌아가 대부인을 뵙겠습니까?"

하며, 서로 붙들고 통곡하니 그 참담한 정경은 보지 못할 정도였다.

한림이 말하기를

"나를 붙들어 앉혀라."

하고, 필먹筆墨을 내 와 편지를 쓰니 그 글에 이르기를

"가부家夫 춘매는 재배하고 유씨 좌하에 글을 올립니다. 나는 팔자 무상하여 일찍 부친을 잃고 모친을 모셔 천행으로 그대를

만나 편친偏親을 봉양하고 나라를 도와 백 년을 기약하고 만대 유전萬代流傳하여 백자천손百子千孫 하자했더니 귀신이 시기하고 조물이 시기하여 삼천리 절도 섬에 외로이 죽는 나는 더욱 한심하도다. 오른편 운천을 바라보니 운산雲山이 만첩이요 만악천봉萬岳千峯이라. 천행으로 살아 돌아가면 그대 태산 같은 정성을 치하致賀하고 그 공을 만분지일이나 갚을까 바랐더니 불행하여 신병이 극중하여 세상을 부지하지 못하오니 지하에 돌아간들 눈을 감으리오. 이후에 바라나니 부인은 불효한 나를 본받지 말고 백발편친白髮偏親과 그대 모친을 정성으로 섬기다가 모친께서 때를 당하거든 선산에 안장하시고 천금 같은 몸을 보존하였다가 후 세상으로 돌아오면 그 은혜를 갚을 것이니 부디부디 만세 무양無恙 하옵소서. 붓을 듦에 정신이 아득하여 대강 합니다."

라 하였다. 또 모친께 부치는 편지를 한 데 봉하여 청산을 주며 말하기를

"내 죽은 후에 신체를 환고還故[38]하라."

하고, 또 양옥 손을 잡고 말하기를

"인명이 재천이니 제 복인 다한 것 같습니다. 이제 천명이 다하였기로 지하로 돌아가려니 어찌 눈을 제대로 감으리오. 그대는 부디 무양無恙히 있다가 돌아가소서."

---

38) 환고還故 : 고향으로 돌아감.

하며, 한 소리 통곡하고 별세하니 황천黃泉[39]이 혼매昏昧[40]하고
환한 태양이 빛을 잃은 것 같았다. 두 노비와 양옥이 춘매를
붙들고 통곡하였다. 도성의 백성이라면 누구 아니 슬퍼할까.
초종初終[41]을 극진히 한 후 양옥이 말하기를

"돌아가 부고訃告를 전하라. 제형은 내가 있는 동안은 잘 거둘
것이니 다녀오라."
하니, 만시와 청산이 제청에 하직하고 양옥께도 하직하고 주야
로 올라왔다.

한편, 이 때 한림이 절도에 가신 후로 유씨 외모 단정히 하고
슬픈 면색을 감추고 정성으로 노모를 섬겼다. 두 부인도 슬픈
거동과 기리는 형상을 감추며 세월을 보냈더니 하루는 유씨가
기운을 잃고 안석에 의지하여 사창을 밀치고 절도를 향하여
눈물을 흘리며

"창 앞의 앵도화는 임자 없이 피고 지고 앞산에 두견새는
누구 간장을 놀라게 하려는 듯, 가을 하늘에 우는 저 기러기는
한림 계신 곳을 질러 지나가련만 한 장의 편지도 아니 부치시고

---

39) 황천黃泉 : 저승. 고대 중국인들은 지하에 망자의 세계가 있다고 생각했고
  거기를 황천 또는 구천九泉이라고 불렀다. 오행설에서 황색이 흙을 표상
  하기에 지하를 가리킨다는 설도 있다.
40) 혼매昏昧 : 어둡고 깜깜함.
41) 초종初終 : 초종장사初終葬事의 준말. 초상이 난 때로부터 졸곡卒哭까지
  를 이르는 말.

상심하는 처량한 심사에 모습조차 희미하구나."

하며, 정신이 막막해지는 것 같아 서안書案을 의지하여 잠깐 졸았더니 비몽사몽간에 한 까치 날아와 앵두 가지에 앉아 세 번 울고 남천을 향하여 날아가거늘 유씨 놀라 깨어나니 꿈이라. 유씨 생각하기를

'분명 한림이 어디 편치 못한가? 불길한 몽사로다'

하고, 눈물을 흘려 한탄하다가 아미蛾眉를 다시 펴고 눈물 흔적을 없이 하여 양부인께 들어가 여쭈되

"절도에 무슨 연고 있는가 싶습니다."

대부인이 말하기를

"원정에 노독路毒으로 행여 불편한가?"

하면서, 눈물을 지었다.

한편, 이때 만시와 청산이 여러 날 만에 도달하여 대부인을 뵙게 되었다.

부인이 놀라 왈

"네 한림이 무양無恙히 계시는가? 어디 편치 못하여 부모 계신 이곳 까지 왔는가?"

하거늘, 만시 품에서 편지를 드렸다. 이어 유씨 물어 말하기를

"한림께서 귀체 평안하시느냐?"

하니, 청산이 품에서 서찰을 드리거늘 유씨 또 묻기를

"한림께서는 편안하신가?"

청산이 눈물을 흘리며 여쭈기를

"한림께서 출발하여 삼색 만에 절도에 도달하여 보니 정양옥이란 자가 있어 한림과 동방급제하여 벼슬하다가 조정 간신들의 시기를 입어 절도에 머물고 있었습니다. 한림과 함께 서로 형제같이 지내다가 불행히 한림께서 병이 듦에 그 양반이 친히 간병하기를 극진히 하였으나 다시 회춘하지 못할 것을 알고 임종시에 편지를 써 주시고 인하여 별세하였습니다."

하고, 통곡하거늘 유씨 난간에 있다가 뜰 아래로 떨어져 기절하거늘 두 부인이 놀라 또 기절하거늘 비복婢僕 등이 경황에 놀라 분주히 구하니 겨우 정신을 차렸다. 유씨 머리를 풀고 통곡하며 만시와 청산을 불러 왈

"너희들은 한림의 신체를 어찌 간수하고 왔느냐? 갈 때는 한림과 함께 가고, 올 때는 혼자 왔단 말이냐? 죽을 때에 무슨 정신이 있어 부모와 아내를 이다지 생각하는고. 나는 살기가 막연하다. 아무리 절도의 곡혼이라도 나를 데리고 가소서. 밝고 밝은 푸른 하늘과 빛나는 해와 달 그리고 별들은 어찌 그리 무정하신가."

하며, 가슴을 두드리며 하늘을 향해 울부짖으니 그 참혹한 거동은 차마 보지 못할 지경이었다. 유씨 말하기를

"생각해보니 내 박명薄命하여 하늘아래 씻을 죄인이요 나 또한 죽으면 청산 귀신 몸이 되니 내 물어 무엇하리요?"

하니, 대부인께서 유씨를 위로하여 말하기를

"너마저 그리하고 죽으면 뒤를 어찌 하려는고."

하였다. 그날 유씨 한림의 편지를 효칙效則[42]하여 말하기를

"한림의 백골을 운상運喪[43]하여 선산에 안장安葬한 후에 죽은들 무슨 억한億恨이 있으리오."

하고, 대부인 전에 나아가 여쭈되

"한림의 백골을 운상하여 선산에 안장하고자 합니다. 두 모친은 만류하지 마옵소서."

하니, 부인 말하기를

"노모를 버리고 죽는 자식을 아껴 무엇하리요. 망령된 말을 하는구나."

하니, 유씨 양부인에게 말하기를

"소부少婦의 고집과 정절을 말리지 못할 것입니다."

하며,

"굳이 말리시면 죽겠사옵니다."

하니, 양씨 말하기를

"너의 말이 그러할진대 말리지 못 하겠다."

하니, 유씨는 두 부인의 허락하심을 듣고 치행治行[44]할 때 백교자白轎子[45]에 노복 두 명을 데리고 두 부인께 하직하고 침방針

---

42) 효칙效則 : 법으로 삼아 본받음. 여기서는 한림이 준 편지를 읽고 더 힘을 냄.
43) 운상運喪 : 상여를 메고 운반하는 것.
44) 치행治行 : 길 떠날 행장을 차리는 것.
45) 백교자白轎子 : 여인들이 타는 가마.

房[46])에 들어가 손가락을 깨물어 피를 내어 한 줄 글을 써 붙이고 나오더라.

한편, 두 부인들은 유씨가 떠나는 것을 본 후 심신이 산란하여 두루 배회하다가 유씨 방에 들어가니 예전에 없던 글이 벽에 붙어 있거늘 자세히 보니 혈필血筆로 썼으되

'한마음으로 밝힌 화촉. 임의 소식만 기다렸더니 이제 절강성 길 얼마인가 오직 혼이나마 응하시어 가는 길 밝혀주소서'라는 글귀였다. 유씨의 모친 마음으로 빌며 말하기를

"여자의 몸으로 먼 길을 떠났거든 부디 박명薄命하지 말게 하소서."

하며, 못내 슬퍼하였다.

유씨 절강을 향하여 가며 한림을 부르며 통곡하니 울음소리 구천에 이르러 산천초목도 슬퍼하였다. 집 떠난 지 여러 날 만에 하루는 해평읍에 도착하니 날이 저물어 주점에 들렀다. 주점에서 마침 자신이 이 곳 본관태수 한쇠돌이라며 유씨에게 전갈토록 태수가 하인에게 일렀다. 하인들에게 유씨 자색이 뛰어나다는 소리를 듣고 관비에게 전갈하기를

"태수는 한림과 극히 친하게 지내며 분분한 사이로 정이 오고

---

46) 침방針房 : 잠자는데 필요한 도구들이 있는 침방'寢房'일 수도 있겠으나, 뒤에 이어지는 내용으로 봐서 바느질 도구들이 있는 침방'針房'이 더 맞는 덧 하다.

간 사이인데 망극하게도 한림이 세상을 버렸다하오니 비감스럽습니다. 부인은 어찌 진정이 되시겠습니까. 원로에 무사히 오신지 알고자 하나이다."

하거늘, 유씨 듣고 한림과 친하다 함에 반기며 회답하기를

"이 몸은 인간에 박명薄命47)한 사람입니다. 가장을 잃고 그 백골이나마 거두어 고향에 안장安葬하고자 가고 있습니다. 귀인은 한림과 친하다 하오니 반가우며 이 몸은 무사히 왔거니와 귀인은 정히 무양하시나이까? 몸의 괴로움을 물으시니 감격부지感激不知 하옵니다. 내일 아침 일찍 인사를 드리려하오니 존체를 안보하옵소서."

하니, 관비가 유씨의 확고한 연고를 고하니 본관 태수 또한 전갈하되

"부인 같은 약질에 어찌 연이어 행차하오리까. 하루 더 머무르고 가시면 한림과 못 다한 정이나마 보답할까 합니다."

하거늘, 유씨 생각하되 '일찍 한림과 친하던 온정으로 나 같은 사람을 위하여 머물게 하고자 하니 감격스러운지고'하며 답하여 전하기를

"귀인께서 박명한 몸을 위하여 여러 번 전갈하오니 전갈대로 하리다."

하고, 머물려 하였더니 태수 쇠돌이 흉심을 먹고 이 날 밤 삼경

---

47) 박명薄命 : 운명이 순탄하지 못함.

에 몇 명의 하인을 데리고 유씨 방에 오려 하더라.

　이때 유씨 행색을 생각하니 슬픔을 이기지 못하여 잠을 이루지 못하고 본관 태수 은혜를 생각하니 매사 너무나 감사한 지라 미안한 마음이었더니 문득 화광이 충천하며 여러 명의 하인들이 유씨 하인들을 결박하거늘 유씨 놀라 정신을 수습하여 한 칼을 들고 문틈으로 엿보니 어떠한 놈이 문을 열고 들어오거늘 한 칼로 힘을 다해 치니 팔이 맞았거늘 그 놈이 큰소리 하며 말하기를

　"내 죽는다."

하니, 하인 놈들이 달려들어 유씨를 잡아내어 결박하거늘 유씨 질색하여 말하기를

　"너희는 어떠한 놈이건대 무죄한 사람을 결박하느냐?"

하자, 그 놈들이 답하여 말하기를

　"우리는 이 고을 태수 하인들인데, 어찌 우리의 대인을 해하여 친히 살기를 바라는가."

하거늘, 유씨 그제야 해평 태수의 간계奸計에 빠진 줄 알고 분기忿氣를 이기지 못하며

　"몸을 미처 빠져 나가지 못한 것이 한이다."

하니, 그 놈이 겨우 정신을 차려 하인을 호령하여

　"큰 칼을 들어 유씨에게 씌워라."

하고, 동원으로 들어가 감영에 보초를 보내

　"그 하인과 유씨를 가두어라."

하며, 구박과 호령이 추상같았다.

유씨 조금도 의심치 아니하고 죽으려하나 한편 생각하니 '죽으면 그 놈 원수를 갚지 못할 것이며 한림의 혼백을 운상치 못할 것이라. 그렇다면 목숨을 보존하리라.' 하고, 옥중으로 들어갔다.

한편 이때 태수가 보고장을 공무에 올려 자세히 이르기를

"어떤 빌어먹을 계집이 제가 출입할 때, 무단히 길가에 섰다가 한 칼로 제 팔을 끊었사오니 사람으로 풍화지죄風化之罪[48]를 지은 큰 죄인이라."

하니, 감사가 보고서 허경虛驚[49]하여 즉시 나라에 집행하는 글을 올리니 상이 보시고 판단하되

"길쌈이나 하는 한갓 계집으로써 무죄한 수령을 칼로 치기는 반드시 곡절이 있을 것이니 사관을 명하여 흑백을 가려오라."

하였다. 사관이 명을 받들어 급히 해평읍에 득달得達하여 본관을 보고 전하되

"그 때 일을 소상히 하여 억울한 일이 없도록 하라 하심에 왔거니와 어찌된 연고요?"

본관이 말하기를

"모월 모일에 마침 출읍出邑했더니 빌어먹는 여인이 길 가에 섰다가 앞을 건너거늘 '네 어떤 계집이건대 방자히 관청 출입할

---

48) 풍화지죄風化之罪 : 풍속을 어지럽힌 죄.
49) 허경虛驚 : 헛것을 보고 놀람. 크게 놀람.

때 이 길을 건너느냐' 하며 호령하자 그 계집이 품에서 한 칼을 내어들고 달려들어 침에, 팔이 끊어졌거니와 만일 피하지 못하였으면 목이 끊어질 번 하였을 것입니다."

하거늘, 사관이

"그 죄인을 올리라."

하되, 태수 말하기를

"그 미친 죄인을 올려서 무엇 하오리까? 제 말대로 주달하옵소서."

사관이 말하기를

"어명을 모시고 왔다가 죄인 조사도 없이 그대 말만 듣고 가는 것은 불관하니 죄인을 급히 올리라."

쇠들이 급히 말리거늘 사관이 성내어 말하기를

"객사에 사초를 정하고 나졸을 호령하여 급히 올리라."

하시니, 좌우 나졸이 일시에 옥에 나아가

"유씨는 급히 나오라."

하니, 유씨가 크게 꾸짖어 말하기를

"아무리 불측한 놈의 하인인들 그렇게도 무도하냐?"

하며, 가는 목에 큰 칼을 쓰고 흐트러진 머리를 칼머리에 서려치고 들어가니 비록 궁곤窮困에 처해 있다하나 천연한 자태와 은연한 걸음이 진실로 일반 아녀자와 다르거늘 사관이 보고 크게 물어 말하기를

"너는 어떠한 여자이건대 무단한 수령을 해하여 황상이 나로

하여금 '죄목을 사실査實하여 올려라' 하시기로 왔거니와 한 말도 피하지 말고 사실을 바른 대로 아뢰어라."

하니, 전달하는 나졸의 호령소리 벽력霹靂하되 유씨 조금도 낯빛을 변치 아니하고 가는 목소리 길게 내여 여쭈되

"소첩에 죄상을 낱낱이 아뢰올 것이니, 사관은 소첩의 죄상 추호도 잊지 말고 탑전榻前50)에 주달하옵소서. 첩은 본디 관흥 땅에 유형남 여식으로 전승상 운송의 아들과 정혼하였더니 가군家君이 일찍 등과하여 벼슬하다가 간신의 모함에 황상도 불면不免51)하여 삼천리 절도에 정배하였음에 서로 만난 지 불과 삼 년에 서로 이별하였더니 세월이 불행하여 군君이 그곳에서 절도의 고혼孤魂이 되었습니다. 혈혈단신孑孑單身52)으로 누가 반고反故53)하오리까. 부부에게 더 없는 이별이라 떠난 지 여러 날 만에 이 고을에 이르러 날이 저물었음에 주점에 기거하니 이 위에 본관 태수 놈이 관비를 시켜 전갈하여 가군과 친하다 하고 극진히 또 전갈하여 말하기를 '부인 약질에 연약한 행차이오며 또한 이곳을 지나가다 하루도 머물지 아니 하오면 전일에 한림과 친하던 정분이 없다고 하옵기로 간절히 만류하거늘 여자의 좁은 소견에 그 놈 흉계를 파악하지 못하고 오직 권하기를

---

50) 탑전榻前 : 임금 앞. 임금이 계시는 곳.
51) 불면不免 : 면하지 못함.
52) 의지할 곳이 없는 외로운 홀몸.
53) 반고反故 : 돌아가 고인을 거둠.

간곡히 함에 반가이 여겨 유留하게 되었습니다. 객창客窓54) 등 하燈下에 잠을 이루지 못하고 처량한 회포를 스스로 탄식하였더니 갑자기 마당에 불빛이 훤하게 밝은지라 무수한 하인이 첩의 하인을 결박하거늘 첩이 황급하여 문틈을 엿보니 어떤 놈이 첩의 방으로 들어오거늘 첩이 한 칼로 치니 팔이 그만 끊어졌는지라. 그 목을 못 벤 것을 한탄하며 옥중에 들어가나 태수와 하인 놈의 구박함을 어찌 다 측량하리요."

하며, 감정에 복 받혀 눈물이 나삼羅衫55)에 흘러 양 볼을 적셨다.

사관이 듣기를 다함에 대경실색大驚失色56)하여 뜰에 내려와 관비官婢에게 명하여 "즉시 칼을 벗기고 내당內堂57)을 깨끗이 하여 유씨를 모셔라."

하고, 그날 바로 이러한 연유를 장문狀聞58)을 지어 올리고 나졸을 황급히 호령하여 본관 태수에게 죄목을 걸어 잡아 들여 뜰아래에 꿇리고 호령하여 말하기를

"불측한 쇠돌아. 승상 운송은 비록 젊은 나이로 세상을 떠났으나 지금도 조정에서 잊지 못하며 또한 유형남도 세상이 아는 바요, 또 한림 춘매는 조정의 명으로 귀양은 갔으나 황상이 지금도 잊지 못하시는 바라. 유씨도 명문가 여자요 재상 가문의

---

54) 객창客窓 : 나그네가 객지에서 묵는 방. 객창.
55) 나삼羅衫 : 얇고 가벼운 비단으로 만든 적삼.
56) 대경실색大驚失色 : 몹시 놀라 얼굴빛이 변함.
57) 내당內堂 : 부녀자가 거처하는 안방. 내실內室.
58) 장문狀聞 : 임금에게 직접 보고하는 것. 또는, 그 글.

딸이라 정절이 겸전하니 너는 국은國恩의 망극을 입어 수령이 되어 행실이 그른 고로 너 같은 흉적을 베어 사해四海에 회시回示[59]하여 후세사람들에게 본보기로 삼으리라."

하고, 그 때의 하인 수 십 명을 잡아 드려 가두고 장문을 올리니 유씨 말로 장두狀頭[60]를 삼고 사실대로 고하였다. 이러한 놈은 살려두면 국법에 해를 줄 덧 하옵기로 처참하게 관리하고 그 때 함께 하던 하인 놈들 모두 함께 가두었사오니 어찌하여야 할지 처분을 기다리며 장문을 주달하였으니 살려두지 못하리라 하고는 사관이 모두를 정죄하고 나졸을 호령하여 결박하고 남문으로 좌기하여 처참하게 죄를 다스려 백성에게 보여주게 하였다. 쇠돌을 잡아들여 왈

"이 죄가 하늘을 거슬렀으니 살려두지 못하리라."

하시며,

"너 죽기를 사양말라. 국법으로 다스리니 원망말라."

하시고,

"급히 다짐하라."

재촉하신데, 쇠돌이 사실을 부인타가 다짐을 적어 올리거늘 황상이 보고를 받고 별도로 교지를 내려 국법이 이리 엄중하거늘 고을 수령이란 자의 행실이 처참하기 그지없나니 그 때 함께 한 하인 놈을 엄형에 처하게 하며 따로 교지를 내려 이르기를

---

59) 죄인을 끌고 다니며 뭇 사람에게 보이는 일.
60) 여러 사람이 서명한 소장訴狀의 첫머리에 이름을 적는 사람.

"명패命牌[61]를 달고 목을 베어라."

하시며, 이 때 상이 사관에게 백성들에게 그 본을 보이게 하니 처참함이 말로 할 수 없었다.

이윽고 사관이 쇠돌에게

"국법이 엄중하여 죄인의 형을 시행케 하니 나를 원망마라."

하고, 급히 죄인을 다룰 것을 재촉하였다. 사관이 쇠돌이에게 명패命牌를 상호에 달고 목을 베었다고 이르니 황상皇上이 사관의 장문을 보시고 행하사 소신들을 모아 말하기를

"춘매는 절도의 고혼이 되었으니 경들의 마음이 상쾌하시겠소."

하시며, 먼저 조치하시기를

"쇠돌은 목을 베어도 쾌치 못하거니와 유씨 부인의 하인들은 주인을 위하여 착실하였으니 위位를 봉하고 한림 아내는 극진히 치송治送[62]하라."

하였다. 비답批答[63]을 사관이 전하여 말하기를

"부인은 원로의 백골을 편안히 운회運回하옵소서."

유씨 사례하며 말하기를

"첩을 대인이 받들어 주신 덕으로 잔명을 보존하고 돌아가오

---

61) 명패命牌 : 명命이라는 글자를 쓰고 붉은 칠을 한 나무 패. 형장刑場으로 가는 사형수의 목에 거는 패.
62) 치송治送 : 행장을 꾸려 길을 떠나 보내는 것.
63) 비답批答 : 상소한 것에 대한 임금의 대답.

니 그 은혜는 백골난망白骨難忘이로소이다."

하니, 사관이 말하기를

"나는 어명御命을 봉행奉行한 바이니 어찌 나의 은혜라 하겠습니까?"

하였다.

부인을 전송하고 가두었던 죄인을 올려 낱낱이 전교傳敎[64]를 잘 도모하여 형벌의 일을 착실히 하여 각도 각읍으로 정배하였다. 태수와 그 하인이 모두 안전眼前[65]에 죄를 입으니 그의 부모 처자 다 원망하며 죽은 혼인들 어찌 평안하리요.

차설, 이 때 유씨 해평읍을 떠나 절강을 향해 가며 말하기를

"성인의 말씀에 참으로 흥진비래興盡悲來[66]는 사람의 일상사라 하였거니와 팔자 기박奇薄하여 낭군을 천리 밖에 두고 불측한 일을 당하여 목숨을 겨우 부지하였으되 슬프다 한림은 그 어디에 가 잦아지고 내 이러한 줄 모르는고."

하며, 애연哀然히 울면서 가니 산천초목이 다 슬퍼하더라.

그럭저럭 절도에 다다르니 청산이 먼저 들어가 정양옥께 유씨 오심을 전하니 양옥이 놀라 칭찬하되

"여자의 몸으로 이곳 만 리 길을 헤매고 이르렀으니 남자라도

---

64) 전교傳敎 : 임금이 내린 명령. 하교下敎.
65) 안전眼前 : 눈에 보이는 앞. 또는, 눈으로 볼 수 있는 앞. 현전現前.
66) 흥진비래興盡悲來 : 즐거움이 다하면 슬픔이 옴.

어려웠으리라."

하고는, 십리 밖에 나와 기다렸다. 이윽고 문득 백교자 한 행차 들어오며 한림 부르며 슬피우는 청랑한 소리는 사람 애간장을 끊는 덧 하더라. 양옥이 하인에게 전갈하되

"원로에 평안平安히 왔습니까?"

하거늘 유씨 답하기를

"그간 중에도 위문하러 나오시다니 실로 미안하여이다. 한 많은 말씀은 종후에 논하외다."

하고, 통곡하니 길 가던 사람들 보고 들으며 뉘 아니 눈물을 흘리리. 청초히 말하기를

"유씨 정절은 만고에 없을 것이라."

하더라.

유씨 관 앞에 이르자

"유씨 왔나이다. 어찌 한 말씀도 없으신고. 이제 가시면 백발 노친과 기댈 곳 없는 첩은 어찌하라고 그리 무정하게 누었는고. 첩이 삼천리 길을 마다 않고 지척이라 달려 왔건만 반기지도 아니 하시나이까?"

하며, 통곡하다 기절하거늘 양옥이 어쩔 줄 몰라 연연히 분주하 더니 이윽고 인사를 차리고는 양옥은 밖에서 울고 유씨는 안에 서 통곡하니 그 구차한 정경은 차마 보지 못할 것 같았다. 유씨 양옥에게 치하하며 말하기를

"인사가 늦었사옵니다. 귀인은 낭군과 함께하여 지내다가

낭군이 죽었사오니 그 아니 슬퍼오리까 한림에게 베푼 은혜에 감격하며 종과 가인들에게도 중히 하였다하오니 감사하옵니다. 힘입은 바가 지극하니 그저 망극하옵니다.

하니, 양옥이 왈

"한림도 나와 같은 처지라 서로 형제처럼 의지하며 위로하고 지내며 함께 죽고 함께 살자 하였더니 한림이 먼저 세상을 떠나게 되었습니다. 저도 함께 죽고자 하였으나 제가 죽으면 한림의 신체를 뉘가 간수하오리까? 나도 부모처자 있는 몸으로 아직 살아있사오나 참으로 죽음만 못합니다. 부인께서 삼천리 절도를 멀다 아니하고 이곳에 오시니 한림의 혼백인들 어찌 슬프지 아니하리오. 부인께서 귀체를 인고하여 한림에게 아뢰어 고하시니 수성하심을 바라나이다."

하니, 유씨 말하기를

"죄인이 귀인의 말씀을 듣자오니 절로 감격할 뿐입니다. 이제 한림의 신체를 보고자 하나이다."

하니 양옥이 만류하여 왈

"이제 유명幽明[67]이 다르니 보아 무엇하리요?"

하니, 유씨 말하기를

"한림과 서로 결혼한 지 불과 삼 년이오나 첩이 어린 소견에 본디 군君의 면목을 자세히 보지도 못하였으니 이것이 한이라.

_____

67) 유명幽明 : 어둠과 밝음. 저승과 이승.

말리지 마옵소서."

하고는, 갑자기 관 뚜껑을 열었다. 유씨 낭군의 얼굴을 헤집고 보니 한림의 안색과 수족이 마치 살아 있는 듯 눈을 반만 뜨고 누워 있는데 생시와 다름이 없는지라. 한림의 손을 잡고 낯을 한데 데이고 울며 부르기를

"한림 아내 왔나이다. 어찌 그리 무정하십니까? 삼천리 절도에 온 나를 그다지 박대하고 묻는 말도 없나이까? 백발의 노친과 이팔청춘을 뉘게 의탁하라 하시는고? 나도 한림께 가사이다."

하며, 아연 통곡하니 뉘 아니 슬퍼하리. 유씨 정신이 막막하여 갑자기 신체를 붙들고 기절하니 노복 등이 하는 수 없어 고인의 상을 차려 차례를 드리니 어디서 울음소리 들리거늘 정신을 차려 자세히 들으니 울음소리 점점 가까이 오면서 슬피 울거늘 마치 한림의 음성 같거늘 괴이 여겨 살펴보니 한림이라. 한림을 붙들고 유씨 말하기를

"한림은 어찌 잔약한 나를 속이고. 먼데 갔더이까?"

하며, 한편 반기며 하인에게 왈

"한림이 회생하였다."

하니, 정생이 한림을 잡고 경황하여 미친 사람 같더라. 한림이 유씨 손을 잡고 왈

"그대는 이 곳이 어디라고 왔느뇨. 모친께서는 안녕하신가. 또 삼천리 원정에 무사히 오셨는가. 나는 인간에 불효하여 부모

처자를 버리고 수 천리 절도에서 천명이 다하고 구천九泉에 돌아가도 눈을 감지 못하고 갔더니 그대의 절행이 구천에 사무쳤음에 염라왕이 부인의 절행을 불쌍히 여겨 나로 하여금 잠깐 나가 부인 생면生面하고 즉시 돌아오라 하심에 왔습니다.

그대는 부디 몸을 상하게 하지 마소서. 원로에 평안히 돌아가 모친 두 부인을 봉양하다가 뒷날 저승으로 들어오시면 많이 은혜를 받을 것입니다. 지금 시간이 다되었으니 들어가노라. 즉시 떠나오니 정회情懷를 다 못하겠소이다. 부인은 부디 평안히 계시다가 모친 만시輓時[68]를 당하거든 선산에 안장하시고 천금 같은 몸을 보중하여 무고히 계시다가 후생에 돌아오시면 은혜를 갚으리라. 평안히 가옵소서."

하며, 유씨를 안심시키고 돌아가더라. 유씨 도리어 망극하여 통곡하며

"신체라면 붙들거니와 혼백으로 가니 무엇으로 붙들리오. 도리어 아니 만남만 같지 못하도다."

하고 머리를 풀고 관을 붙들고 울며 말하기를

"한림은 할 말 듣게만 하고 저는 한 말도 못하여 적막케 하고 가십니까?"

하며, 시신을 붙들고 그만 쓰러져 죽거늘, 정생과 하인이 망극하여 아무리 구하되 회생할 기미가 없고 더 이상 막무가내莫無

---

68) 만시輓時 : 세상을 버리는 때, 즉 돌아가심.

可奈라.

　"초상初喪의 예를 차려라."

하고, 주선하니 이 때 유씨 혼백魂魄이 한림을 붙들고 구천을 급히 따라오거늘 한림이 돌아보니 유씨 오거늘 급히 위로하여 말하기를

　"그대는 어찌 오는가. 바삐 가옵소서."

하니 유씨 말하기를

　"내 어찌 낭군을 버리고 혼자 어디로 가며 남은 명을 보존하오리까. 낭군과 한가지로 구천에 있겠습니다."

하고 따라오거늘 한림이 할 수 없어 함께 들어가는데 염라왕이 말하기를

　"춘매는 인간에게 가서 시한을 어기었다."

하고, 사신을 명命하여

　"급히 잡아들이라."

한데, 사신이 영을 받고 춘매를 만나 염왕의 분부를 전하여 왈

　"그대를 잡아오라 하여 왔나니라."

하니, 춘매가

　"내 돌아오는 길에 아내의 혼백을 만나 다시 돌아가라 만류하다가 시한을 어기어 하는 수 없이 데리고 들어가노라."

하고, 들어가니 사자가 염왕에게 사연을 고하였는데 염라대왕이 즉시 춘매와 유씨를 불러 세우고 물어 말하기를

　"춘매는 제 원명原命69)으로 잡아 왔거니와 유씨는 아직 원명

이 멀었으니 어찌 들어왔는고?"

하거늘 유씨 이마를 조아려 여쭈되

"대왕께오서 사람을 생기게 하실 때에 부자유친父子有親, 부부유별夫婦有別, 장유유서長幼有序, 붕우유신朋友有信이라. 그 중 부부애夫婦愛도 중한지라 남편 춘매를 결단코 따라왔사오니 대왕께서는 첩도 이 곳에 있게 해 주옵소서."

하니, 대왕이 유씨를 달래어 보내려 하자 유씨 또 여쭈되

"대왕의 법으로 세상에 내었다가 어찌 첩에게 이런 작별을 하게 하였으며 또한 남편 춘매에게 어찌 부모자식 간에 사랑을 이리도 일찍 저버리게 하셨습니까? 나는 새와 달리는 짐승도 다 짝이 있사오니 하물며 젊은 인생 배필 없이 어이 살며 의탁할 곳 없는 몸을 누구에게 붙여 살라고 하십니까? 여필종부女必從夫는 인간의 제일 정절이니 결단코 춘매를 떠나지 못하겠습니다."

염라대왕이 말하기를

"그대 모친과 춘매 모친은 누구에게 부탁하고 왔느냐?"

하기에 유씨 대답하여 말하기를

"정이 이토록 절박하온데 첩의 청춘으로 부부 함께 있어야 봉양도 하옵고 영화도 볼 터인데 공방空房70) 독침獨寢71) 혼자

---

69) 원명原命 : 본디 타고난 목숨.
70) 공방空房 : 사람이 거처하지 않는 빈방. 오랫동안 남편 없이 아내 혼자서 거처하는 방. 공규空閨.
71) 독침獨寢 : 혼자서 자는 것. 독숙獨宿.

누워 무슨 봉양하며 무슨 참 영화 보오리까. 부부지정은 끊지
못하겠습니다."

하니, 염라대왕이 말하기를

"진실로 그러하면 다른 배필을 정하여 줄 것이니 네 여연餘
緣72)을 다 살고 돌아오라."

하시니 유씨 아득하여 얼굴색을 변하며 말하기를

"아무리 저승과 이승이 다르오나 대왕이 어찌 무류한 말씀으
로 건곤재생乾坤齋生73)의 여자로 더불어 희롱하십니까. 대왕께
서 저러하고도 저승을 밝게 다스리는 대왕이라 하십니까?"

하며, 천연히 꾸짖거늘 염라대왕이 유씨의 백설 같은 정절과
절의에 탄복하여 말하기를

"그대의 마음을 탐지해 보고자 함이니 도리어 무색無色74)하
도다."

유씨 대답하여 말하기를

"염라께서 무색無色하다 하시니 도로 죄를 사하옵니다."

하고, 사죄 하거늘 염라대왕이 말하기를

"내 그대를 위하여 가군家君과 함께 도로 내려 보내니 세상에

---

72) 여연餘緣 : 남은 인생.
73) 건곤재생乾坤齋生 : 하늘과 땅에 사는 모든 생명체. 여기서는 살아 있는
     아녀자의 의미.
74) 무색無色 : 겸연쩍고 부끄럽다. 어떤 대상이 훨씬 더 뛰어나거나 두드러진
     대상으로 말미암아 부끄러움을 느끼거나 특색을 나타내지 못하는 상태에
     있다.

나가 부귀영화富貴를 누려 자손에게 전하고 한 날 한시에 들어
오라."

하고, 사자使者를 명하여 길을 가르쳐 주거늘 춘매와 유씨 염라
대왕께 백배 사례하고 나왔더니 사자가 오던 길을 버리고 다른
길로 가거늘 춘매 사자더러 말하기를

"오던 길을 버리고 다른 길로 가느냐?"

사자 고하여 말하기를

"그 길은 아주 오는 길이요, 이 길은 회생回生하여 가는 길이라."

하거늘 또 물어 말하기를

"이리로 가도 절간으로 가느냐?"

사자 대답하여 말하기를

"더욱 쉽다."

하고,

"이제 승상丞相75)은 평안히 가옵소서."

하거늘 한림이 대답하고 생각하기를 '내 생시에 승상을 하지
않았거늘 어찌 승상이라 하는고. 이상하다.'하고 유씨를 데리고
오며 들으니 곡소리 진동하거늘 유씨 말하기를

"하인이 우리를 부르며 우는가 싶으니 바삐 갑시다."

하고 급히 왔더니 문득 정생鄭生이 하인을 데리고 초상예절을
천연히 차려놓고 통곡하여 말하기를

---

75) 승상丞相 : 중국의 옛 벼슬 이름. 우리 나라의 정승에 해당함.

"춘매야. 너란 것이 죽었으나 백발편모를 두고 아내 유씨는 무엇 하려 데려갔느냐. 아무리 삶과 죽음이 다르다 한 들 그다지 무심히 하고 죽었느냐."

하는데, 한림이 죽음에서 깨어 눈을 들어보니 정생은 문 밖에서 울고 하인은 문 안에서 울고 유씨는 곁에 누었으니 행역行役[76] 이 노곤하여 기운이 부족하기로 인사를 급히 차리지 못하다가 겨우 한림이 일어나며 양옥을 불러 말하기를

"그대는 우리가 걱정만 끼쳤으나 꾸짖지 마옵소서."

하고는, 홀연히 일어나니 양옥이 경황실색하며 무색하여 달려 들었다. 그리고 춘매 손을 잡고 반기며 말하기를

"형은 어찌 우리를 그다지 속입니까?"

하며 눈물을 거두고 곁에 앉히니 이윽고 또 유씨 일어나거늘 정생이 황급하여 문 밖에 나가려 하거늘 유씨 정생의 옷깃을 잡고 말하기를

"나가시지 마옵소서. 이제는 진위가 어떻게 되었는지 분별 할 것이니 저기 앉으소서."

정생 마지못하여 밖을 향하여 앉거늘 유씨 왈

"만일 회생치 못하였으면 귀인이 더욱 괴로웠을 것이며 세상 에 한림과 친 동기간들이 안 밖으로 받들기를 극진하였으니 더럽다 마시고 내 몸과 같이 여겨 동기간의 우정을 계속 돈독히

---

76) 행역行役 : 먼 길을 여행한 뒤에 느끼는 피곤과 괴로움.

해 주십시오."

정생이 말하기를

"그렇지 않았더라도 정이야 어련하였겠습니까?"

유씨 말하기를

"네 한림과 오래오래 생면하시기를 바라며 다른 걱정일랑 마옵소서."

하며, 염라대왕국에 들어갔던 일을 낱낱이 이야기하며 평읍서 욕보던 사연을 낱낱이 설파하였다. 한림이 일어나 나오며

"이것이 본디 제가 갈 길이오니 무슨 근심 있겠습니까?"

한림도 정생도 함께 화답하였다.

그리고 이 이야기는 장안의 상인과 비복들의 즐거운 이야기로 칭찬해 마지않는 이가 없었다. 절도 첨사가 사연을 적어 황상께 보고 하였다.

한편 이때 상이 해평에 갔던 사관을 보시고 그 뜻을 자세히 들으시고 칭찬하사 왈

"참으로 춘매 아내의 정절은 고금에 드문 일이라. 돌아오면 정절을 낱낱이 고하도록 하라."

하며, 춘매를 잊지 못하였더니 마침 절도첨사의 장문을 보시고 칭찬하시며 만조 대신을 모아 이르시길

"세상에 이러한 일이 있으니 참으로 경하할 일이로고. 양옥과 춘매를 불러들이라."

하시고, 춘매 대령하니 좌승상을 봉하시고 정양옥을 우승상 右丞相에 봉하시고 유씨로 정열부인을 봉하시고 양 부인을 정숙부인을 봉하시어 사관을 급히 보내어 각도 각 읍에 이 뜻을 반포하게 하니 각도 각읍 상하 사람들이 누구 아니 놀라겠는가. 사관이 급히 절도에 이르러 교지를 올리거늘 춘매와 유씨 유지宥旨[77]를 받들어 상床에 놓고 북향 사배하고 국왕의 사신들에게 치사致謝[78]하고 사관을 연접延接[79]하여 사례하고 승상과 정열부인이 행차를 떠날 때 그 의연한 모습과 유연함은 비할 데가 없더라. 사관이 관흥 본가를 향하여 올 때 고을수령이 경황해 하여 장막을 설치하고 주야로 분주하니 한 번 죽음이 도리어 영화로다 하겠다.

한편, 이 때 양부인과 유씨 모친이 유씨가 길 떠난 후로 소식 두절하여 시시時時로 뜰에 나가서 남천을 바라보고 한탄하되 그간의 기침起寢은 고사하고 심회를 참지 못하여 서로 눈물로 세월을 보내더니 하루는 본관 태수가 외당外堂[80]에 나와 뵙고 부인께 문안하며 사연을 자세히 말하고 가거늘 두 부인이 너무나 괴이하여 말하기를

---

77) 유지宥旨 : 조선 시대에 죄인을 특사特赦하던 임금의 명령.
78) 치사致謝 : 고맙고 감사하다는 뜻을 나타내는 것.
79) 연접延接 : 손님을 맞아서 접대하는 것. 영접迎接.
80) 외당外堂 : 집의 안채와 떨어져, 바깥주인이 거처하며 손님을 접대하는 곳. 사랑. 외실.

"절도에서 죽었다는 사람이 어이 살아 돌아 왔을꼬, 아무래도 내 눈으로 보아야 실감을 하겠도다."

하였더니, 이윽고

"승상 행차 오신다."

하고, 각 읍의 수령이 모두 대연大宴[81]을 배설排設하고 기다리니 두 부인은 아득하여 제대로 일어나지도 못하며

"생시거든 어찌 깨리오."

하며 정녕 진정하지 못하더라. 이윽고 승상 행차 외당에 이르니 각 읍 수령이 모시고 내당에 들어가 부인께 엎드려 문안하여 말하기를

"모친은 그 간에 안녕하셨습니까? 불효자 춘매가 왔습니다. 불효 특심特甚[82]하여 모친 마음을 불평하게 하여 세상을 버렸다가 유씨 절행으로 돌아왔습니다."

하는데, 사관이 그때 정숙부인에게 직첩을 올리거늘 부인이 정신을 진정하여 성은을 축사祝辭[83]하고 승상의 등을 어루만지며 말하기를

"네가 나를 버리고 돌아감에 슬픈 근심이 생각나 어찌 잊으리오. 천행天幸으로 오늘날 다시 만나보니 어찌 기쁘지 아니하랴."

또 유씨 손을 잡고 말하기를

---

81) 대연大宴 : 큰 잔치.
82) 특심特甚 : '특히 심하다' 정도의 뜻으로 추측됨.
83) 축사祝辭 : 축하하는 뜻의 글이나 말. 하사賀詞.

"너의 명설明雪같은 절개로 구천九泉에 사무쳐 명천明天[84]이 감동하사 죽은 자식을 생면生面하여 돌아오게 하였으며 봉비작첩을 받자와 영화가 극진하니 이것이 다 정열의 덕분이라. 이 기쁜 마음 어디다 비하리오."

하니, 유씨 울먹이며 말하기를

"이것은 모친의 넓고 두터우신 덕입니다."

하고, 해평에서 욕보던 이야기와 염라대왕과 수작하던 말을 낱낱이 여쭈니 부인이 일희일비一喜一悲[85]함을 이기지 못하더라. 정숙부인이 시비로 하여금 정승상에 관해 치하하여 왈

"귀인의 은혜는 너무나 큰 은혜로 자식과 삼생 연분일 것이다. 만 리 밖에 까지 가서 내 자식으로 근고 하셨으니 그 은혜 망극하오나 장차 무엇으로 갚을까?"

하며 걱정하였다.

승상이 황상의 부름을 받고 급히 올라오니 황상이 승상의 손을 잡고 기뻐하며

"사지死地 절도에 고혼이 될까 하였더니 이제 짐의 좌우 승상이 되었도다."

하며, 절절히 탄식하더니

---

84) 명천明天 : 모든 것을 알고 살피시는 하느님.
85) 일비일희一悲一喜 : 기쁜 일과 슬픈 일이 번갈아 일어남. 한편으로는 기쁘고 한편으로는 슬픔.

"천만여외 다시 보니 이제는 짐의 그 공을 얻었는지라. 어찌 기분을 다 측량하리요?"

하고, 어주상御酒床[86]을 친히 권하시니 승상이 엎드려 사려하며 말하기를

"소신은 본디 척촌지공尺寸之功[87]도 없이 덕택에 지중한 은혜 만분지일도 갚음이 없사오니 불생 황공惶恐하옵니다."

상上이 또 말하기를

"경은 심복心服[88]을 지닌 사람이요, 주석지친柱石至親[89]이라, 짐은 나이 많고 태자太子는 나이 어리니 부디 정성을 다 하여 나라를 도우라. 경의 거처할 곳은 미리 별궁 삼백 간과 노비 일천 명과 전답 오백 두락을 상급하노라."

하시고 유씨 절행을 귀담아 들으시고 많은 담소설화說話를 종일 나누시다가 말하기를

"승상이 원로에 피곤할 것이며 마음이 아직 안정이 필요할 터이니 물러가 쉬도록 하라."

하시니, 승상이 사은謝恩하고 상급賞給[90]하신 별궁[91]으로 돌아 오니 궁실의 웅장함과 화려함, 주위 경관을 어디 비할 데 없더

---

86) 어주상御酒床 : 임금이 신하에게 내리는 술.
87) 척촌지공尺寸之功 : 보잘 것 없는 작은 공.
88) 심복心服 : 충심으로 기뻐하며 성심을 다하여 순종함.
89) 주석지친柱石至親 : 기둥과 주춧돌. 가장 중요한 구실을 하는 사람.
90) 상급賞給 : 상으로 주는 것. 또는 그 물건.
91) 별궁別宮 : 왕이나 왕세자의 혼례 때 왕비나 세자빈을 맞아들이는 궁전. 특별히 따로 지은 궁전.

라. 두루 살펴보니 정열문이 있으되 단청丹靑[92])이 영롱하거늘 자세히 살펴보니 적혀 있기를

"좌승상의 춘매지처 유씨 정열문이라."

하였으니, 이것은 황상의 친필親筆[93])로 적은 바라. 승상 부부에 게 내리는 성은聖恩[94])을 못내 사례하고 각각 처소로 돌아갔다. 북편의 현문궁은 정숙왕비 양씨 모시고 동편에 춘정궁은 유씨 모친을 모시고 서편에 추열궁은 정열부인 유씨 모시니 삼부인三 婦人 분처分處[95])하신 후에 그 가운데 흥양각은 승상이 거처하시 고 그 곁에 정애당은 빈객을 영접하는 집이요, 또 남편南便으로 주작당朱雀堂[96])은 승상이 정사政事하는 집이요, 그 앞에 영월루 가 있으니 풍청월백風淸月白[97]) 소창消暢[98])하는 집이요, 또 그 곁에 잉벽정이 있으니 또 목욕하는 집이요, 좌우 일백간은 노비 각각 들게 하고, 또 저편에 일백간은 금은을 보관하는 곳이며 장치藏置[99])하는 집이요, 또 일백간은 각 읍의 전령傳令을 받는

---

92) 단청丹靑 : 절이나 궁의 건물, 또는 누각 등의 벽·기둥·천장 같은 데에 여러 가지 빛깔로 무늬를 아름답고 장엄하게 그리는 것. 또는 그 그림이나 무늬.

93) 친필親筆 : 손수 쓴 글씨.

94) 성은聖恩 : 임금의 큰 은혜.

95) 분처分處 : 나누어 거처하게 함.

96) 주작당朱雀堂 : 주작은 봉황새로 남쪽을 의미하기도 한다. 여기서는 남쪽 에 자리 하여 지은 집.

97) 풍청월백風淸月白 : 바람은 맑게 불고 달은 밝음.

98) 소창消暢 : 갑갑한 마음이 풀려 후련 함.

99) 장치藏置 : 간직하여 둠.

곳이라. 그 장함도 장할시고. 요지일월堯之日月 순지건곤舜之乾坤100)이라.

유씨 모녀와 노비들과 서로 즐거워하며 태평한 세월을 보냈더니 세상은 유한한지라. 승상 모친과 유씨 모친이 연 나이 팔십에 차차 별세하니 승상 부부 애통해하며 삼 년 초토草土101)를 극진히 지낸 후 오남五男 일녀一女을 두었으니 각각 벼슬하여 부귀영화 일국에 제일이라. 그 후 세월이 여류如流102)하여 승상 부부 한날 한시에 별세하니 오남 일녀 애통하고 선산에 안장安葬하더라. 자손 복록과 영화부귀가 대대로 끊어지지 아니하여 고관대작高官大爵이 편만遍滿103)하여 조정朝廷에 서고 백자천손百子千孫104) 만대로 유전流傳105)하더라.

---

100) 요지일월堯之日月 순지건곤舜之乾坤 : 요임금 때 해와 달이 밝게 비추고 농사가 풍년을 맞이하며 순임금 때 하늘과 땅의 모든 사물들이 태평하였다고 함. 즉 요순임금이 다스리던 태평시대.
101) 초토草土 : 거적자리와 흙베개의 뜻. 거상居喪 중임을 나타내는 말.
102) 여류如流 : 세월이 물과 같이 흐름.
103) 편만遍滿 : 널리 차서 그득함.
104) 백자천손百子千孫 : 많은 자손.
105) 유전流傳 : 세상에 퍼져 전하는 것.

Ⅲ. 〈유씨전니라〉 원문

P.1

예날 관흥당이 흔 지싱니 잇시되 유형남니라 ᄒ난 스람니 이시
되 흔 ᄯᅡᆯ을 두어시나 니니 정혼치 못ᄒᆞ여 큰 근심ᄒᆞ더니 풍평이
드라니 전승승 우송이 ᄋᆞ들 츈미라 ᄒᆞ난 ᄌᆞ 니시되 니미 정혼ᄒᆞ
엿난지 오릭지 안니ᄒᆞ여 유형남니 운수불길ᄒᆞ여 우연 특별 ᄒᆞ
니 호천막국 이통으로 선슨이 안중하고 못친 양씨와 상이ᄒᆞ여
가슨기물을 방미하여 관흥쌍으로 올닌니라 차시 천지 인지을
어더라 ᄒᆞ는 율성과 방을 보니 서둘러 츈미 과거를 보려고 모친
께 ᄒᆞ엿

P.2

으되 황상긔압서 과거을 보난ᄃᆞᄒᆞ오니 코저 ᄒᆞ나니ᄃᆞ 흔되 양
시 되알 네 말은 귓특ᄒᆞ나 문흔 시절니라 극키 미안ᄒᆞ나 부되
조식ᄒᆞ여 단여오라 ᄒᆞ신되 츈미 직시 기일을 갈히여 발힝할
시 모친긔 ᄒᆞ직ᄒᆞ고 안히 유씨긔 당부 왈 그되난 정성으로 두
모친을 봉양하면 수이 도라와 은히을 갑푸리니ᄃᆞ 흔되 유시
혼연니 답 왈 첩니 비록 불면ᄒᆞ나 지성으로 보양ᄒᆞ오러니와
낭군은 부되 동옥저와 븩마금 안으로 도라오시기을 바리나니라
만리 경성을 무양니 단여옵소서 흔연니 이별

ᄒ거날 쏘 병모긔 ᄒ직ᄒ고 일 필 쳥여와 수삼 죵을 거나리고
발힝ᄒ여 여러 날 만늬 황셩이 득달ᄒ니 불과 수일싀 못ᄒ여
과거을 보일싀 츈믜 즁즁이 드러가니 글시을 거러시되 ᄇ릭
보니 평승이 익키 더빅라 지필을 나소와 일필 휘지ᄒ여 일쳔이
션즁ᄒ고 물너 나온 후 상니 보시고 츙츈 왈 니 글문법은 니틱빅
이 버금나라 필법은 왕히지계 비할러라 엇지 아람답지 안니ᄒ
리요 하시고고 즉시 츈믜을 부르실 시 ᄎ시이 츈믜 쥬인이 잇ᄃ
가 급피 드러가니 상니 츈믜을 보시고 소을 잡고 왈 경이 나니
밋치며 뉘 집 ᄌ손인ᄀ

츈믜 복지주 왈 신의 익비난 젼승상 운송니옵고 나흔 십팔 시로
소니ᄃ 상니 가라ᄉ되 경이 분친 일젹 짐을 셤게와 갈츙흠니
조졍이 웃듬일넌니 니지 경이 긔골을 보지 못 ᄒ오나 츙신문ᄒ
이 츙ᄒ지신니라 난단 마리 올토ᄃ 하시고 즉시 할임삭을 지수
ᄒ니 츈믜 ᄉ은 숙비ᄒ고 엿ᄌ오되 신니 빅발편친니 앗사오니
도라가 셩쳥ᄒ온 후이 입시홀가 바릭난니다 상니 허락ᄒ신되
할임니 홍긔을 밧치고 장안으로 나온니 빅셩니 뉘 안니 츙츈ᄒ
리요 관홍 본가로 나러온니 위위긔 동셔양 쳔만긔 츈풍

을 못 이긔 츙츈난닷 그 영괴흠은 츙양침소 할너라 할임니 물나

와 유시다러 그간의 뫼친임을 모시고 무양ᄒᆞ던잇가 유시 ᄃᆡ
왈 할임은 국은을 입ᄉᆞ와 도라온니 길겁ᄉᆞ오니ᄃᆞ 하더라 십여
일 유흔 후의 수유날니 당ᄒᆞ거날 뫼친과 유시게 ᄒᆞ직 왈 몸니
나리이 허 하오미 임군 섬긔난 거시 올ᄉᆞ오니 종〃 근친ᄒᆞ오런
니와 안히 유시로 더부러 침식 평안니 ᄒᆞ옵소서 ᄒᆞ고 경성으로
올나가니라 잇ᄃᆡ 황싱니 할임을 명촉한니 할임이 급피 드러가
숙비ᄒᆞ온ᄃᆡ 상니 가라ᄉᆞᄃᆡ 경을 보니고 다시 보고저 ᄒᆞ여 ᄯᅩ
급피 불너신니 부ᄃᆡ 정성을 다 하여 짐

을 도으라 ᄒᆞ시고 흘임니 ᄉᆞ은ᄒᆞ고 물너나오더라 이후로 붓텀
할임을 사랑ᄒᆞ고 벼슬을 ᄒᆞᄉᆞ신니 소인니 다 시간ᄒᆞ여 히고저
한난 ᄯᅳᆺ절 아르시고 아모러 붓줍고저 ᄒᆞ시되 무가니히라 ᄃᆡ시
은 할임을 죄긔지니ᄃᆞ 상소ᄒᆞ되 상니 마지 못ᄒᆞ여 정비하라
ᄒᆞ신니 불측한 소인놈니 삼철니 절도 섬이 정빅한난지라 할임
니 적소로 향할ᄉᆡ 관흥 본가로 나러간니 모부인이 보시고 반겨
무 왈 네 국ᄉᆞ이 골물ᄒᆞ여 얼골니 츄비ᄒᆞ요 ᄒᆞ신ᄃᆡ 할임니 엿ᄌᆞ
오ᄃᆡ 무슴 연고 잇사오릿가 ᄒᆞ고 소세을 선피ᄒᆞ고 수일 머무던
니 율관니 ᄌᆡ촉하여 왈 국영

니 지즁ᄒᆞ니 급피 빌힝ᄒᆞᄉᆞ니ᄃᆞ ᄒᆞ고 ᄌᆡ촉하거날 할임이 마지
못하여 모부인긔 드러가 엿ᄌᆞ오ᄃᆡ 소ᄌᆞ 츈미난 불호ᄌᆞ로 삼겨

나서 짓츠 동싱업고 모친을 뫼와 몸니 용문이 올나삽드가 간신
이 잡핀 빈 되어 삼철니 절도이 적거하온니 못친과 유시난 뉘을
의지하오리잇가 ㅎ며 눈물을 금치 못하난지라 되부인니 잠〃ㅎ
시드가 기절ㅎ거날 할임이 급피 구한니 익고 진정하야 할
임을 붓덜고 왈 늘건 날과 절문 안히난 뉘을 으지하며 허다ㅎ
가슨과 무수ㅎ 비복 등은 뉘을 으지ㅎ리요 ㅎ고 어듸로 가랴
ㅎ난요 풍진ㅎ 월노섬이 즈조

보지 못ㅎ고 침식니 부란ㅎ니던 ㅎ물면 삼철니 절쏘이 가면
엇지 드시 긔럼지나 보리요 ㅎ고 좌불안석ㅎ거날 할임니 모친
상홀가 염여ㅎ여 관후ㅎ 말노써 엿즈오되 인명니 지천ㅎ오니
혈마 죽스오릿가 수히 도라와 모시리다 ㅎ고 유시 방이 들어가
이별ㅎ여 왈 부인은 나 업드 한탄 말고 모친과 병모임을 지성으
로 섬기시고 귀체을 닉〃 안보ㅎ오면 수히 도라와 은히을 갑스
오리다 설파이 눈물을 금치 못ㅎ거날 유시 정신니 망극ㅎ여
가삼을 쑤달니며 통곡 왈 낭군은 편친과 절문 나을 뉘기 부치시
고 이듸로 가시

P.9

리 ㅎ시난잇가 날과 홈게 가스니드 ㅎ고 우리 서로 만닌지 비록
삼연니ᄂ 국스의 골물ㅎ여 부〃지간 화락ㅎ옴을 보지 못ㅎ여신
니 스라 육신으로 못 가면 죽은 혼니라도 가군이 뒤을 싸라고저

ᄒ나니ᄃ 낭군은 물치지 마옵소서 ᄒ며 실피 통곡ᄒ니 양형의
눈물흔적니 부용화 앗참이 이실 며금은 듯 연〃 악지리 섬〃옥
수로 가삼을 ᄯᅮ다리길 싥ᄒ거날 할임니 눈물을 거두고 부인을
긔유ᄒ여 왈 슬허 마옵소서 그디 청춘을 익기거든 다은 가문을
섬긔면 절노 귀ᄒ리라 흔디 유시 정싥ᄒ여 왈 할임은 아모리

P.10

정을 싄코져 흔들 엇지 부힝무도흔 말노서 첩이 몸을 더럽피난
잇가 영수 각가오면 귀을 싯고져 ᄒ나니라 ᄒ고 슬품을 니기지
못ᄒ거날 할임니 위로ᄒ여 왈 부인은 ᄂᆡ 말을 격분치 마옵소서
흔갓 부인을 진정코져 ᄒ니로소니ᄃ 인ᄒ여 병모긔 ᄒ직흔디
부인니 울며 왈 빅면한 몸니 셔랑을 이지하여 세월을 보ᄂᆡ더니
니지난 뉘을 의지ᄒ여 시월을 보ᄂᆡ잇가 ᄒ며 말니 월노의 평안
니 가기을 바리나니라 ᄒ고 흘임께 통곡며 아연ᄒ믈 마지 못ᄒ
거날 할임이 마음 온전ᄒ리요 ᄒ고 노복 니명을 다리고 선슌의
ᄒ직ᄒ

P.11

고 발힝ᄒ여 삼싥만이 절도의 득달한니 무변창히난 좌우의
양〃ᄒ고 만첩청순은 전후의 중〃ᄒ니 고향 소식 적막흔지라
암〃흔 회포을 늴노 더부러 설화하리요 혼ᄌᆞ 안ᄌᆞ 탄식 왈 잇ᄃᆡ
맛참 동방 급졔한 정양옥니라 하난 ᄉᆞ람니 할임과 갓치이 마니
면저 정빅 왓난지라 할임 보고 ᄂᆡ 달나 부들고 통곡 왈 할임은

혼빅으로 오나 양싱시로 오나 양 어명으로 나을 ᄌ부로 오나야 하며 실피 울거날 할임니 양옥을 부들고 기절하거날 좌우 구한니 익윽고 인ᄉ을 ᄎ러 양옥을 잡고 왈 정형은 무ᄉᆷ 연고로 니

고ᄃᆡ 완난요 나난 정성을 다ᄒ여 나라을 섬긔다가 천되가 무정ᄒ여 간신익기 잡펴 정비 왓거니와 정형은 무ᄉᆷ 연고ᄋ 왓난요 양옥니 왈 나도 엿ᄎᄒ여 니 고ᄃᆡ 왓노라 니지 우리 서로 만ᄂᆡ신니 사싱동약을 한가지로 ᄒᄌ ᄒ고 눈물노 시월을 보ᄂᆡ더니 할임니 노독이 편치 못한 즁이 모친과 안ᄒᆡ을 싱각하여 수습즁이 디옥 침병ᄒ야 슥금을 전피ᄒ고 눕고 니지 못ᄒ거날 약옥니 왈 나도 부모 처ᄌ 니별ᄒ고 와난니 천ᄒᆡᆼ으로 시절을 만나면 도라가 반가이 볼가 바리나니 전형은 그ᄃᆡ지 희곡한 마음을 먹난요 ᄒᄃᆡ 할임

니 왈 정형은 동싱나나 잇서 만ᄉ로 밋거이와 할임은 팔십 노모와 허다한 가산과 청츈 안ᄒᆡ을 믹길 곳업시 와신니 엇지 마음을 진정ᄒ리요 양옥 왈 형은 마일 저러ᄒᄃᆞ가 불ᄒᆡᆼᄒ여 죽으면 아조 영결할쩌신니 마음을 진정ᄒ여 ᄃ시 보기을 싱각ᄒ여 보옵소서 할임이 체읍 ᄃᆡ왈 나난 천명이라도 살기난 어렵삽ᄂ니다 형은 조흔시절을 만나 부모 처ᄌ를 다시보옵소서 양옥니

더옥 각별ᄒ여 구병ᄒ니 빅약니 무효라 병든 석돌만의 비복
만시와 쳥슌을 불너 왈 닉닐로 더부러 니 고딕 와스라 도라갈가
발의드니 쳔명이라 도무가닉

P.14

라 너히난 무스니 도라가딕 부인을 편니 모시고 지닉면 후셰의
은히을 갑푸리라 한니 만시와 쳥슌니 니말을 듯고 졍신니 어질
ᄒ여 엿ᄌ오되 소인 등니 할임을 모시고 니 곳딕 왓습다가 불힝
ᄒ며 무슨 면목으로 고향의 도라가딕 부인을 뵈올잇가 ᄒ며
서로 붓들고 통곡통곡한니 그 ᄎ목한 경싱은 차마 보지 못할너
라 할임니 왈 나을 붓드러 안치라 ᄒ고 필먁을 나소와 편지을
션니 그 글이 하여시되 가부 츈민난 직비ᄒ옵고 유시 좌ᄒ의
글을 올나난다 나는 팔ᄌ 무승하야 일직 부친을 일삽고 모친
을 뫼와 쳔힝으로 그딕을 만닉 편

P.15

친을 호양ᄒ고 나라을 도와 빅연을 기약ᄒ고 만딕 유젼ᄒ고
빅ᄌ쳔손 ᄒᄌ든니 귀신니 시기ᄒ고 조물니 시기하여 삼철니
졀도 셤이 위로니 죽난 나넌 더옥 한심ᄒ도ᄃ 오른 운쳔을 바릭
본니 운스니 만쳡이요 만악쳔봉니라 쳔힝으로 사라 도라가면
그딕 틱슨갓탄 졍셩을 치ᄒ고 그 공을 만분지 일니나 가풀가
바릭던니 불힝하와 신병니 극즁ᄒ여 셰상을 부지치 못ᄒ오니
지ᄒ의 도라간덜 눈을 쌈으리요 니후 바릭난니 부인은 불효

나을 본밧지 말고 빅발편친과 그듸 모친을 정성으로 섬긔다가
모친만시을 당하거던 선순이 안중하시고 천금갓탄 몸을

P.16

보존하엿다가 후시상으로 도라오며 그 은히을 갑스올것시니
부듸〃 만시무양 ᄒ옵소서 부실들미 정신니 아득하여 듸강 하
난니듯 쏘 모친긔 부치난 편지을 흔 틱 봉ᄒ여 청순을 쥬시며
왈 님 죽은 후이 신치을 환고하라 ᄒ고 쏘 양옥 손을 잡고 왈
인명니 직쳔ᄒ니 한 씌 보긔럽 쏘 듯 나는 천명니다 ᄒ여도
지ᄒ로 도라가니 엇지 눈을 짬으리요 그듸난 부듸 무양니 잇다
가 도라가소서 하며 한 소리 통곡하고 별셰한니 황친니 흠미하
고 빅일니 무광니라 두 노비와 양옥니 신쳐을 붓들고 통곡 왈
도즁 빅셩니 뉘 안니 실피ᄒ리요 초종을 극진니

P.17

한 후 양오니 가로듸 도라가 부고을 전ᄒ라 계형은 수호흘 것시
니 그리 알고 단여오라 한듸 만시 청순니 제 쳥이 ᄒ젹ᄒ고
양옥괴 하직ᄒ고 쥬야로 올나온나라 츠설 잇듸 할임니 절쏘이
가신 후로 유시 이복단장하고 두모무인을 모시고 실푼 연식을
감초고 정성으로 섬긴니 두 부인 쏘 슬푼 거동과 기리는 형상을
감초고 유씨 하루하루 부듸 시월을 보뇌던니 ᄒ로난 유시 기운
니 빠지면서 침셕이 으지ᄒ여 사창을 밀치고 절도을 향ᄒ여
눈물을 흘여 왈 창밖의 앵도화난 임직 업시 피여지고 압순이

256 유씨전

뒤견식난 뉘 간중을 놀뇌

난 듯 추천이 우난 저 기리기난 할임 긔신 곳 질러 지닉런만은
일장 셧츨 쏘 안니 붓치시고 상설하난 저 심사이 목숨 보전할
수 업다 정신니 막〃하여 서안을 의지하여 잠관 의지하여 조유
던니 비몽간이 한 깟치 나라와 잉도가지이 안즈 세 번 울고
남천을 향하여 날나 가거날 유시 놀닉 긋달은니 한 쑴니라 유시
닉럼이 싱각하되 분명 할임니 어딕 편치 못흔가 불길흔 몽사로
다 하고 눈물을 흘여 한탄하다가 아미을 다시 펴고 눈물 흔적을
업시ㅎ고 양 부인긔 들히가 엿즈오딕 절쏘이 무슴 연고 잇난가
시푸옵드딕 부인니 왈

원정이 노독으로 힝여 불편홀가 ㅎ면 누물을 지우더니 츠시이
만시 청슨니 여러 날 만이 득달하여딕 부인을 뵈온딕 부인이
일러 왈 네 할임니 무양니 긔시며 어딕 편치 못하여 부모 곳외원
난다 하거날 만시 품으로서 편지을 드러나나 유시 문 왈 할임
긋치 평안 ㅎ냐 청산이 눈물을 흘니며 엿즈오딕 할임긔 옵셔
가실 때는 삼싁만이 절도이 득달하니 ㅁ춤 정양옥니러ㅎ난 양
반이 할임과 동방급지ㅎ여 벼살ㅎ다가 할임과 마침 조정이 시
기을 입스와 멀리 귀양하와 긔시다가 할임과 서로 형지 갓치
ㅎ옵다가 불

힝ᄒ여 할임긔옵서 병 시즁ᄒ미 그 양반니 친병 번액을 극지니
하되 다시 회춘치 못할거슬 알고 임종시에 편지를 하여 쥬시고
인하여 별시하엿난니하고 통곡하거날 유시 난간이 은즈다가
쁠 알릐 써러저 기절하거날 두 부인이 노라ᄒᆞᄃᆞ가 기절ᄒᆞ거날
비복 등니 정황긔척하여 분주니 구ᄒᆞ니 이역ᄒᆞ여 인ᄉᆞ을 차려
유시 머리을 풀고 황급하며 만시와 청슌을 일나 문왈 너이 할임
신치을 엇 간슈ᄒᆞ고 완난다 갈 치난 할임과 함긔 가고 올 지난
혼즈 왓난 죽을 쌔이 무슴 정신이서 부모와 안희을 니히지

싱각ᄒᆞ고 나는 살기가 마연ᄒᆞᄃᆞ 아모리 절도 곡혼니라도 나을
다리 가소서 명"한 창천과 요"한 일월성신언 엇지 그리 무정
ᄒᆞ신잇가 ᄒᆞ며 가슴을 쑤다리 호천호성하니 참목한 거동은 차
마 보지 못ᄒᆞ더라 내 도리혀 싱각한니 늬 박명하여 하늘 아래
식을 죄 기고 유시 쏘 죽으면 청성 구신 몸니라 내 물어 무얼
ᄒᆞ리요 ᄒᆞ고 유시을 외료ᄒᆞ여 왈 너그리하고 □□□□ 쥭여며
뒤을 엇지 □□□□ ᄒᆞ리요 ᄒᆞ면 거날 유시 할임으 편지을 호칙
ᄒᆞ여 왈 할임이 빅골을 운숭하여 선순이 안즁ᄒᆞ

후이 그날 죽은들 무삼 억흔니 잇시리요 ᄒᆞ고 부듸 부인 젼이
나아가 엿즈오듸 할임이 빅골을 운숭하여 선순이 안즁코저ᄒᆞᄂ

이다 ᄒ오니 두 모친은 말유치 마옵서 한ᄃᆡ 부인 왈 노모을
바리고 죽난 ᄌᆞ식을 잇기 무앗ᄒᆞ리요 망연된 말하난요 흐ᄃᆡ
유시 양부인다러 왈 소부의 고집 정절을 아난니 말이지 못ᄒᆞ리
다 하거날 구지 말이시면 죽ᄉᆞ올니ᄃᆞ 한ᄃᆡ 양시 왈 너의 마리
그러할진ᄃᆡ 말니지 못ᄒᆞ리로ᄃᆞ ᄒᆞ니 유시 두 부인의 허락하심
을 듯고 치힝할 ᄉᆡ 빅고ᄌᆞ의 노복 니 명을 다리고 두 부인긔
하직ᄒᆞ고 침방이 드러가 손까락을 깃무러 피을 ᄂᆡ여 절귀을
써 붓치고 써나가니

P.23

ᄎᆞ설이 적히 양부인 유시 써나물 본 후 심신니 살난ᄒᆞ여 두로
빈회하다가 유시 방이 드러가니 예 업던 벽승이 그을 붓쳐거날
ᄌᆞ시 보니 혈필노 셔시되 동방회촉문기연고용착잉도삼결가은
하효절강을심ᄒᆞ리요유아차혼니응미지라 두 모친이 슬퍼하며
깊이 새겨 왈 여자 ◻◻ᄒᆞ거든 엇지 박명치 안니ᄒᆞ리요 ᄒᆞ고
못ᄂᆡ 슬히 한니라 유시 절강을 향하여 가며 할임을 부르면서
통곡한니 처낭한 우름손ᄃᆡ 구천에 이르러 산천초목이 다 서러
ᄒᆞ난다 길 써난지 여러 날만이 희평읍이 당한니 나리 저물거날
주점애 들ᄉᆡ ᄌᆞᆺ스니 본관 ᄐᆡ수 한쇠도라 전갈ᄒᆞ여 하인이

P.24

듯고 자색인 줄 아난지리 관비로 전갈하되 ᄐᆡ수난 할임과 극히
친한지라 분〃흔 시절니라 만나 정빅가온니 망극ᄒᆞ온 줌이 셰

상을 바리다 ᄒ온니 비감ᄒ오니 부인은 엇지 진졍하신잇가 월
노이 무고니 오신지 알고져 ᄒ나니다 하거날 유시 듯고 할임과
친ᄒ오믹 반기니 회답하되 이 몸은 인간에 방명한 사람니다
가군을 일삽고 빅골나나 윤상하여 고향이 안즁코져 가옵더니
귀인은 할임과 친타 하오니 반가오며 니 몸은 무사니 왓삽건니
와 귀인은 졍치 무양ᄒ신잇가 니 몸은 괴로니 무러신니 감격부
지 하옵건이라 닉 일 조〃이 반겨 ᄒ올터니 오니 묵원 존치난
닉닉 안보ᄒ옵소서 관비니

P.25

연유를 고한니 본관 틱슈 쏘한 젼갈ᄒ되 부인 약지리 엇지 여일
힝여 오린잇가 오날 유ᄒ여 가시면 할임과 친하던 본졍니로소
니ᄃ 하거날 유시 싱각하되 일즉 할임과 친하고 날 갓탄 사람을
외하여 말유고져 하니 감격하여 유하여가리라 ᄒ고 답 젼 왈
귀인긔옵서 방명ᄒ 몸을 위하여 여러 번 젼갈하온니 젼갈딕로
하오리다 ᄒ고 유하려니 틱수 쐬도리 흉기를 먹고 니날 밤 삼경
이 수다ᄒ 하인을 다리고 유시방이 오라 하더라 잇대ᄋ l 유시
횡식 승각ᄒ니 씰품을 이기지못하여 잠을일우지못ᄒ고 본관틱
슈 은히을 싱각한니 닉 럼이 감ᄉ한라미암한 마암니 ᄌ여난

P.26

던니 문듯 화광니 충천하면 수다한 하인을 명ᄒ여 유시 하인을
결박하거날 유시 놀닉 정신을 수십하여 한도로 들고 문틈으로

엿보니 엇더한 놈니 문을 열고 드러오거날 흔 도로 친니 팔니
마즈거날 그 놈니 크기 소리 ᄒ여 왈 늬 죽난다 하니 수다한
하인 놈니 달여 드러 유시을 ᄌ바늬여 결박하거날 유시 길칙하
여 왈 너이난 엇던흔 놈니관되 무죄한 사람을 절박ᄒ난닷 한되
그 놈들니 답 왈 우리난 니 골 한인이라네 어지 우리 안되 이을
희하여 친니 살기을 바리리요 ᄒ거날 유시 그지야 희평원이
간기 쌔진 줄 알고 분기을 니기지 못ᄒ야 못

P.27

모비 연거시지옴 한탄니라 하니 그윽니 긔우인ᄉ을 츠러 ᄒ이
을 호령ᄒ며 큰 칼을 드러 그에을씨니라 하고 동원으로 드러가
감영이 보초을 보되 일변 그 하인과 유을 가두라 한니 본음
하이 구박과호러니 츄상갓호되 유시 조곰도 으싯치 안니하고
죽으려ᄒᄂ 일변 생각 하니 내 죽어면 그 놈 원수을 갑지 못할
것신니 또 한림 시빅을 운ᇰ치 못할거시니 안적고 몸을 보존하
리라 ᄒ고 옥 즁으로 드러가 만사를 원망ᄒ더라 각설 차시에
태수호장을 공무이 올늬난 찬연히 하여시되 비러 먹난 긔집이
현감 츄립ᄒ

P.28

실시이 무단니 길가이 섯다가 한도로 팔을 ᄅ셔사오니 ᄉ관
푸화지죄로 죄인니라 ᄒ고 ᄒ엿거날 감ᄉ 보고 허경ᄒ여 즉시
나라이 잡문하니 삽니 보시고 판윤ᄒ시되 결심 ᄒ난 긔집으로

서 무죄한 수령을 칼노 치기난 반다시 곡절니 잇실거신니 사과
을 명ᄒ여 흑빅을 갈니오라 하신듸 사관니 명을 밧ᄌ와 급피
희평읍이 득달ᄒ여 본관을 보고 전ᄒ되 그듸 말 슷난 일을 사실
ᄒ라 하시미 왓건니와 엇진 연괴요 본관 왈 모월 모일이 맛참
츌읍 하던니 비러먹난 여인니 길가이 섯다가 압풀 건늬거날
네 엇던 기집니관듸 밤는니 관청 츌입할 듸 이 질을 건늬난
양 ᄒ며 호령ᄒ지고 그 기집

P.29

니 품으로 한도로 늬여들고 다ᄒ여 드리치미 팔에 마자 슨너저
것니와 만일 피치 못하여시면 목을 슨칠 쌘 하엿다 ᄒ거날 사관
니 그 죄인을 올나라 하듸 틱수 왈 그 밋친 죄인을 올니 무엇ᄒ
올잇가 말유하면 니 말듸로 주달ᄒ옵소서 빅변긔 유히전이 첩
을 즐하면 죄인 유시을 밧지 못하긔 하거날 사관니 왈 어명을
묘시고 왓다가 죄인 조사도 업시 그듸 말만 듯고 가기난 불관하
니 죄인을 급피 올나라 한듹 급피 말니거날 사관니 대로ᄒ여
왈 긱ᄉ이 □초을 정하고 나졸은 호령하여 급히올리라 하신듸
좌우 나졸니 일시이 청영ᄒ여 옥이 나아가 유시난 급피 나오라
ᄒ니 유시 크기 쑤지저 왈 아모

P.30

리 불측 놈이 하인인들 그듸 무도한 양 ᄒ며 가은 목이 큰 쾰을
씨고 헌튼 머리을 쾰 머리이 서리치고 드러간니 비록 긍곤이

사니시나 천연한 틱와 은연흔 거름니 진실노 범여즈어늘 사관
니 보고 크긔 문 왈 너난 엇더한 여즈관듸 무단한 수렁을 힝하여
황상니 날노 하여금 죄목을 사실흥여 올니라시기로 왓거니와
한 말은 회치말고 바른 듸로 알외라 한듸 나졸이 호령소릭 벽역
하되 유시 조곰도 낫빗틀 변치 안니흥고 가은 목소릭 길기 늬여
엿즈오듸 소쳡이 죄상을 난낫치 알외올거신니 사관은 소쳡이
최사추호 잇지 말고 탑전이 쥬달흥옵소서 쳡은 본듸 관흥쌍
유

P.31

형남 여식으로 서승상이 아달과 정혼하여 삽던 가군이 일적
등과하여 벼살하옵다가 황상니 불면타 하옵고 삼철니 절도이
정빅하옵시믹 서로 만늬지 불과 삼년니라 서로 니별하여 삽든
니 시을니 불힝하와 구니 절도 고혼니 되여시믹 혈〃(혈) 단신
으로 뉘가 반고흥올잇가 부부전의 유별인고로 더나 여러 날
마익 이 골을 당하와 날니 저물믹 쥬점이 즈옵더니 이 위익
본관 틱슌 놈니 과비로 전갈흥되 가군과 친타흥옵고 극진니
전갈 쏘 하여 왈 부인약질니 연약발행흥오며 쏘흔 니 곳절 지늬
다가 하로도 웃치 못타오면 전일이 할임과 친흥든 본성니 업스
오니다 흥옵고 간절니 말유흥옵거날 여즈이

P.32

조분 소견이 그 놈 흉기을 쌋다 못하옵고 오직 강권흥옵물 반가

니 너겨 유ᄒ옵더니 극창한 둥ᄒ이 잠을 니류지 못ᄒ옵고 철량
ᄒ 회포을 자탄ᄒ옵더니 의위이 화광니 츙천하며 무수ᄒ 하인
니 쳡이 하인을 결박거날 쳡니 황급하여 문틈을 엿본니 엇든
놈니 쳡이 방으로 더러오거날 쳡니 한도로 친니 팔니 마ᄌ 슨어
전난지라 그 목을 못 비현거시 한탄하며 옥 즁이 드러가나 졍ᄉ
과 하인 놈이 구박하음을 엇지 다 츙양ᄒ리요 감정석난 눈물니
나삼이 흘너여 양험을 적시나니다 사관니 듯기을 다하미 듸경
질싁하여 쓸이릭날여 관비을 명ᄒ여 직시 칼을 빗기고 닉당을
수의ᄒ

P.33

여 유시로 모시라 ᄒ고 니 쓴지로 날이 즁문을 지어 올니고
나졸을 황급 홀령하여 본관을 사실 노목을 거러 ᄌ바 드리여
쓸 알이 쑬니고 호령 왈 불칙한 쇠돌아 승상 운송은 비록 연소로
시상을 바릭시나 지금도 조졍이 잇지 못하며 쏘한 유형남도
시상니 아난 빅요 쏘 할임 춘믹난 조졍 듸칙으로 귀양가사오나
황상니 지금도 잇지 못하시난 빅요 유시도 비록 초회하나 명문
가 여ᄌ요 직상가문 여라 졍졀니 겹젼하시나 너난 국운니 망극
하야 수령니 되여 힝실 그른고로 너 갓탄 흉젹을 비혀 사히이
회시하여 훗사람을 경기하리라 ᄒ고 굿 씩이 하인 수십명 ᄌ바
드리 염형을 츳실 쳐가두고 즁문을

264 유씨전

올니티 유시 말노 장듀 삼고 온갓 하여시되 니러흔 놈은 살려두
오며 국볍니 히리 할덧흐옵기로 처츰후기 달흐옵난니 굿 함긔
가던 하인 놈을 염형 일 측실하와 가두왓사오니 엿지흐올지기
달흐옵나니다 장문을 나라이 쥬달하여시니 살려두지 못 흐리라
흐고 사관니 모딕을 정지흐고 나졸을 호령하여 졀박흐고 명픽
을 달고 남문으로 좌기흐고 처참긔기을 츠리면 빅셩보라 흐고
쐬돌을 잡아들려 왈 이죄역쳔니며 못산다하며 신니 너 쥭긔을
사양말나 국볍으로 시힝하니을 원망마리 흐고 급피 다짐하라
지촉흐니 쇠돌이 사실을 부인타가 드짐을 저거 올니거날 명픽
을 상호이 달고 목을 버흐니라 얏디 승니 사관이 즁

문을 보시고 힝흐사 소신을 모와 가라스디 춘믹난 절도의 고혼
니 되온니 경 등이 마음니 상쾌하야 그리흔 줄 먼저 아난니
직시 설고비 답흐시되 쇠돌은 목을 벼혀도 괘치 못흐건와 하인
놈은 염형일 착실흐여 원쳔봉위흐고 할임 아히난 극진니 치송
하라하거날 비답 사연 젼흐여 왈 부인은 월노이 빅골을 편안니
운회흐옵서소 유시 사 왈 쳡니 딕인 밧드신 덕은로 잔명은 본존
하고 도라가온니 그 은히난 빅골 남방니로소니라 사관이 딕
왈 나난 어명니 봉힝한 빅오니 엇지닉이 은히라 하다요 즉시
젼송흐시고 가두왓던 죄인을 올여 낫〃치 젼교을 반모흐고 엄
형일 착실흐여 각도각

P.36

음으로 정비한니 그 하인이 저이 안전이 죄을 입어더라 저이 부모처즈 다 원망하여 죽은 혼니덜 엇지 평안ᄒ리요 츠셜 잇틱 유시 히평읍을 □나 절강을 향히가며 왈 셜운말삼ᄒ□홍진빗니 난 사람이 상ᄉ라 하건니와 본시 팔 팔즈 기박ᄒ여 낭군을 쳘니 박긔 두고 가다가 불칙ᄒ 환을 당ᄒ여 목숨을 기우 존속ᄒ엿시 나 실푸다 할임은 그 어틱 가 즈″지고 틱 이러ᄒ 쥴 몰난고 틱연니 울며 가니 산천초목니 다 실히 한닷 그렁져렁 절도의 달은니 쳥ᄉ이 면져 드라가 졍양옥긔 유시 오시물 젼ᄒ니 양옥 니 놀틱여 칭춈ᄒ틱 여즈난 큰거이가 남즈라도 그럿치 못ᄒ리 로다 ᄒ고 심니 박긔 나와 지다더니 문듯

P.37

백교자 한 힝츠 드려오며 할임을 부르며 실피우나 쳥항한 소리 사람 이간장을 ᄉ난던 ᄒ더라 양옥이 한인차 젼갈하되 월노이 평안니 왓시잇가 하거날 유시 틱왈 〈해독불능〉나와거니와 귀 비간 기즁이 위문ᄒ오나니 실로 미안하여이다 수다한 말삼은 종후에논하외다. 하고통독하여 드러 이도즁이 보나사람이 뉘 아니 눈물을 흘니리 쳥초히 왈 유시 졍졍졀은 만고의 업시니라 유시 왓나리다. 엇지 한말쏘 업신가 고 이제 백발 노친과 싯안무 로 무귀 아내하고 그리 무졍니 누엇난고 쳡니 삼쳘니 길 쳐참하 시니 만감로안이 하시나 □□하여 통곡ᄒ다가 기졀ᄒ거날 양옥 니 막

어쩔줄을 몰라 연연 분쥬하더니 이윽고 인사을 최리□□□□
□□□박긔서 은고 유시 안의서 통곡ᄒ니 구ᄎᄒ 정경은 참이
보지 못할러라 유양옥읙긔 차하 왈 늦엇사온니 귀인은 항군과
함긔하여 삼다가 낭군인 죽사오리 귀안ᄂᆡ 할임□□□□□□감
격하옵기난 종긔 가인늘 그 박긔 더 즁ᄒ오니 왓가 양옥니 제청
바미셩엇지ᄒ오 뢰ᄌ은니 망극하셔 니 곳히 원찬왓ᄉ더니 할임
도 나와가사귀 와서 홀안 형제갓치 셩각ᄒ여 사생동고 하옵더
니 할임이□□□□

리 곡한 아뢰ᄀ 가시어 어서고왈 □을 쳐□술을 올리니 나도
함긔 죽고져 싯푸되 싱각하옵니 죽어면 할임의 신체도 뉘가
간수ᄒ오리잇가 나도 부모처자 잇난 몸 안직 살아 잇사오나
살아도 주아만 갓치 못하던니 여긔외 부인니 삼철니 절도을
마다아니ᄒ고 이곳외 오신니 할임의 혼백인들 엇지 실프지 안
니하리오 부인은 귓쳐인고할옵고 할임에 백을 여신니 우성하심
을 바라나니. 유시 왈 죄인에 말삼을 듣자오니 랄노감격하여
니다 아라노 할임신체를 보고저하아니다 정셩니 만리우하여왈
이제유명니 다은니 보와 무엇하리요 유시 왈 할임과 서로 결혼
ᄒ 지 불과 삼

연니오나 첩니 어린 소견이 본듸 군의 면목을 ㅈ서니 보지 못하
여신니 니지 한나라 말니지 마옵소서 ㅎ고 전라을 뎃고 언표을
표 〈해독불능〉본이 할임이 안ㅅ 뺵과 슈족이외 듯고 눈을 밥만
쓰고 누엇시되 싱시와 다음이 업난지라 할임이 손을 반만 쓰고
누엇시되 싱시와 다름이 업난지라 할임이 손을 잡고 낮을 데이
고 울던 불너 왈 할임 아내 왓난이다 엇지그리 무정하신잇가
삼철이 절도이 온나를 그리 박듸하고 문난 말로 업나잇가 뷕발
노친과 이팔청춘을 뉘게 이잇다하라 하시난고 나도 할임게 가
사이다 아연 슬피 통곡한니 뉘안니 슬퍼ㅎ리 유

씨 정신이 막〃ㅎ야 잠관 신체을 붓들고 기절하니 노복 등이
항ㅁㅁ하던니 고인상을 차려 차례 자셰이 드르니 어되셔 우름
소릐 덜니거날 이윽고 인상을 차려 자셰이 드른니 어듸셔 우름
소릐 점〃 갓가이 오며 실피 울거날 자서이 들른니 할임이 음성
갓거날 괴히 녜겨 살피본이 할임을 붓들고 왈 할임은 엇저 잔악
한 날을 쏙기난고 하데 어대 갓던잇가 ㅎ며 반긔며 ㅎ인더 왈
할임니 회싱하엿다 하니 정생이 듯고 경황ㅎ여 밋친 사람 갓더
라 할임니 유시 손을 줍고 왈 그듸난 니 곳질 어듸라고 ㅎ고
완난요 모친긋치 알영ㅎ신잇가 쏘

P.42

삼철니 원정이 무스니 오신잇가 나는 인간이 불효ᄒ야 부모쳐
ᄌ을 바리시고 수철니 절도이 천명니 다ᄒ고 구천이 도라가도
눈을 쌈지 못하고 갓던니 그듸이 절힝니 구천이 삼못차시미
염늬왕니 부인이 절힝니 불숭니 너겨 날노 하여금 잠관 나가
부인 싱면ᄒ고 즉시 도라오라 ᄒ시미 왓나니다 그듸난 부듸
몸을 상키 말나 원노이 평안니 도라가 못친 두 부인을 봉양하다
가 후싱으로 드러오시면 가니 마늬 회은히랄 갑스오며 그듸난
듸부인을 보야ᄒ다가 후싱으로 드러오시면 반가니 만늬 은히을
갑스오리라 지금 시가 스시듸 아신니 드러가노라 즉시 쩌나온
니 정회을 다 못하리다 부인

P.43

은 부듸 평안니 모시다가 모친 만시을 당ᄒ거던 선순이 안장ᄒ
시고 천금갓탄 몸을 보즁ᄒ야 무양니 긔시다가 후싱으로 도라
오시면 은히을 갑스오리라 평안니 가옵소서 유시을 붓들고 한
숨ᄒ고 죽은니라 유시 도로혀 망극하여 통곡하며 육신으로 가
면 붓쓸거니와 혼빅으로 가이 무어시로 붓쓸리요 도로혀 안니
만남만 갓지 못ᄒ도다 ᄒ고 며리을 풀고 관을 붓쓸고 울며 왈
할임이 한 말 듯고 소저 한 말 쏘 못하여서 적막키 ᄀ신잇가
하며 신치을 붓쓸고 인하여 죽거날 정칭과 하인이 망극하여
아모리 구ᄒ되 회싱할 빅 업난지라 니지 무가닉히라 초상 범빅
을 ᄎ리자 ᄒ고 쥬선ᄒ던ᄎ에

잇쩌 유시 혼빅니 할임을 붓덜고 구권을 급피 싸르오거날 할임
니 도라본니 유시 오거날 급피 위여 왈 그딕난 엇지오난잇가
밧비 가옵소서 한딕 유시 왈 닉 엇지 낭군을 바리고 혼즈 어딕로
가며 잔명을 보존하오잇가 낭군과 한가지로 구원이 잇시리다
ᄒ고 쌀라 오거날 할임니 하일 업서 함긔 드리가더니 염닉왕니
왈 츄믹난 인간이 가서 시한니 어기엇다 ᄒ고 사신을 명ᄒ여
급피 잡붓드리라한데 사신이 영을 받즈와 춘매를 만나 염왕이
분부을 전하여 왈 그대를 잡아오라 ᄒ딕 왓나니라 내 도라오던
니 다시오라구지 말유하다가 시한을 어기여 다리고 들러가니
사자 염왕긔 사연을 고ᄒ데

염왕니 직시 츈믹와 유시을 불너 긔ᄒ이 서우고 문왈 츈믹난
지 원명으로 자바 왓건니와 유시난 안직 원명니 멀어신니 엇지
드러온고 하거날 유시 익미을 쇠기고 엇즈오딕 딕왕긔옥서 마
인을 싱기 쥬실 씨의 부즈유친 부〃유별 정유〃셔 붕우유신니
요 부〃익도 즁ᄒ건와 결단코 츈믹을 쌀아 왓스온니 딕왕은
첩쏘 니 고딕 잇기 ᄒ옵소서 딕왕니 유시을 달닉여 보닉러 흔
적 유시 쏘 엇즈오리 첩과 춘매을 딕왕이 법으로 셔상이 닉여삽
다가 엇지 첩인들 불지별니 업시 ᄒ며 츈믹들 엇지 부모지친니
업기 미련ᄒ신잇가 비금조수도 드 즉니 이

사오니 흐물며 인싱니야 빈필 업시 어이 살며 잇탁 업난 몸을
뉘겨 붓처 살냐 흐신잇가 예필종부난 인가이 지일 정절니오니
절단코 츈민을 써나지 못하던니 염왕 왈 그 못친과 츈민 못치은
뉘겨 붓탁흐고 안이라 하난요 유시 답 왈 두 부인을 의논컨듸
정이 익절 박흐오되 첩이 청츈으로 불한자지 잇사오면 봉향도
하옵고 영화 쏘 보런니와 공방독침 혼즈 누어 무슴 봉야하며
무삼 영화 보올릿가 쏘흔 부부지의난 끈치 못하올닌니다 염왕
니 왈 진실노 그러하면 다른 빈필을 정흐야 쥴 것시니

네 여연을 다 살고 도라오라 흐듸 유시 막연 빅싴 듸왈 아모리
유명니 다르오나 듸왕니 엇지 무류한 말삼으로 건곤직슝의 여
즈로 더부러 히롱하시난잇가 듸왕긔옵서 저러흐고도 명나라
치정흐신잇가 천연니 굿짓거날 염왕니 유시 명설갓탄 정절과
숱한 의을 탄복흐사 왈 그듸의 마음을 탐지코저 함닌이 도로혀
무싴하도다 유시 왈 듸왕긔옵서 무쉽다 하신니도로혀 죄사무시
니로소니다하고 사죄하거날 듸왕 왈 닉 그듸을 위하여 가군과
함긔 도로 닉여 보닌니 세상익
나가 부귀영화와 즈손익긔 전흐고 흔날 한시이 들려오라 흐고
사자을 명흐여 질을 가리치처 쥬거날 츈민와

유시 염왕계 빅비 사려ᄒ고 나올ᄉ 오던 질을 바리고 다른 질노 가거날 츈ᄆ 사자다러 왈 오른 질노 바리고 다른 질노가난요 사ᄌ 고왈 그 질은 아조 오난 질니요 니 질은 회싱하여 가난 질니라 하거날 ᄯ 무 왈 니리로 가도 절간으로 가난야 사자 답 왈 더옥 쉽다 ᄒ고 이지 승상은 평안이 가옵소서 하거날 할임니 되답ᄒ고 싱각ᄒ되 늬 싱시이 승상을 안니 희엇거날 엇

지 승상니라 ᄒ난고 〃히하다 ᄒ고 유시을 다리고 오며 들른니 곡셩니 진동하거날 유시 왈 하인니 우리을 부르면 우난가 시푼니 밧비 가사니다 ᄒ고 급피 오던니 문든 정싱니 하인을 다리고 초상범절을 천연니 차러노코 통곡 왈 츈

ᄆ야 너난 긔시 죽여시나 빅발편모을 두고 안히 유시난 무엇하라 ᄒ고 다러간난닷 아모리 유명니 다란들 그듸지 무심ᄒ라하이 죽어 들끼여 눈을 드러본 정싱은 문 븍긔서 울고 하인은 문 안이서 울고 유시난 젓히 누어시되 힝역이 뉘곤 하여 기운니 부족하긔로 인ᄉ을 급피 치리지 못하난지라 할임 니러라며 양옥을 불너 왈 그듸난 우리로하여금 졍을 민ᄉ오니 ᄭ짓지 마옵소서 와연니 니러나니 양옥니 경황실긱하여 무안외라 달여드러 왈 츈ᄆ 손을 잡고 반긔 왈 형은 엇지 우리로 그듸지 속기난잇가 하며 눈물눈물을 거두고 겻틱 안친니 이역고 ᄯ 유시 니

러나거날 정싱니 황급하여 문 박긔 나가러 히거날 유시 정싱의
옷기설 줍고 왈 나가시지 마옵소서 이지난 엇지 뉘위을 분별ᄒ
오잇가 저긔 안지소서 정싱 마지 못ᄒ여 박글 향하여 안거날
유시 왈 웃지 만일에 회생치 못하여시면 귀인니 더옥 괴로옵니
이만할진되 세상외 진동기간인를 이 안밧 긔려 금전흘러잇가
더럽다 마르시고 늬 몸과 동긔지인을 정ᄒ시다 정싱 왈 그것
이시 아니하온를 정이야 어련ᄒ오리잇가 유시왈 아모리 그러ᄒ
오나 ☐☐함과 갓튼잇가 ᄒ고 을아바임은 조금도 염려치마옵소
서 ᄒ여 염왕긔 드러갓던 말과 처음 올때의 큇음이셔욕보던

을 낫〃치 셜파ᄒ고 가리 이거난 우리 서로 도라갈 기리온니
무삼 근심 잇사오리잇가 할임도 정절로 함긔하라 한니 상인외
질금과 비복의 화담과 로중 빅셩이 층춘ᄒ옷긔로 못늬 하더라
이때이 절도 첨ᄉ 사연 쓰귀로 ☐☐사실니라 차셜 이적이 승상
니 해평에 갓듯 사관을 보시고 그 쓰즐 굿〃치 드르시고 칭찬하
사 왈 츈믹 안히의 빈난 절긔난 고금이 드문지라 만일 무고니
도라 오며 정절을 낫낫치하라 하시더라 춘매 ☐☐ 잇지못ᄒ더니
마참 절도첨사이 장문을 보시고 경청ᄒᄉ 만조 지신을 모와
가라ᄉ듸 셰승이 이러ᄒᆫ 일니 이시나 ☐☐

양옥과 츈미을 불너시리라 ᄒ시고 츈미 ▢▢승상을 봉하시고
정양옥을 우승상을 봉ᄒ시고 유시로 정열부인을 봉ᄒ시고 양시
로 숙열부인을 봉ᄒ시고 사관 급피 보니실시 각도 각읍이 니
쓰지로 반포 하시니 각도 각읍 상하인명니 뉘 안니 놀니리요
사관니 급피 절ᄯᅩ이 니러고 ᄒ봉직첩을 올니거날 츈미와 유시
유지을 바다드러 상이 노코 북향 사비ᄒ고 국은을 못니 치사ᄒ
고 사관을 연접하여 사려ᄒ고 승상과 정열부인니 힝ᄎᆞ을 발힝
할 시 위의 거동과 순난흠은 비할디 업더라 사과니 관흥 본가로
향ᄒ여 올시 려러 수령니 경황ᄒ

여 장막을 빗설하고 쥬야 분쥬ᄒ니 한변 쥭염 도로혀 여화로다
하러라 ᄎᆞ설 잇디 양부인과 유시 못친니 유시 길 써난 후로
소식 두절ᄒ여 시〃로 쓸이 나서 남천을 바리보고 한탄ᄒ되그
가라히 시롱ᄒ고 심회을 참지못ᄒ하야 서로 허연 눈물노 세
월을 보니더니 하로난 본과 틱수 외당이 나와 시쳐ᄒ고 부인긔
문안ᄒ고 사연을 ᄌᆞ서니하고 가거날 두 부인니 일변 고니하여
왈 응당 그을진디 절도이 간노니 수줌ᄒ나니 나오면 올히러니
왓고니 ᄒ도다 ᄒ던니 이윽고 승상 힝ᄎᆞ 오신다 ᄒ고 각읍 수령
니 모다 디연을 빗설ᄒ고 기다리디 두 부인은 마음니 안절부절

ㅁㅁ못ᄒᆞ고 승시어던 엇지 씨리요 정ㅁㅁ진정치 못ᄒᆞ더라 이억
고 승상 힝츠 연석이 다달나 각읍 슈령사ᄃᆡᄒᆞ고 닉당이 드러가
부인긔 복저 문안하여 왈 모친은 긧치 알영하신잇가 불효ᄌ
츈미난 왓난니라 불효 특심하여 모친 마음을 불평킈 ᄒᆞ여 시상
을 바리다가 유시 절힝으로 도라왓삽던니 사관니 비로소 정숙
부인직첩을 올니거날 그제야 부인니 정신을 진정ᄒᆞ여 축은을
축ᄉᆞᄒᆞ고 승상이 등을 어로만지며 왈 네 날을 바리고 도라가미
실푼 근심을 엇지 시각나 니질니요 천힝으로 오날〃 다시 만나
본니 엇지 깃부지 아니ᄒᆞ리요 ᄯᅩ 유시 손을

잡고 왈 네이 명셜 갓탄 절긔을 구천이 사못츠 명천니 감동ᄒᆞ사
죽은 자식을 싱면하야 로라 오며 봉비 직첩을 반ᄌᆞ와 영화 극진
하니 니거시라 정열이 덕분니라 엇지 비감치 안니하리요 유시
울면 엇ᄌᆞ오되 니난 못친이 너부신 덕니로소다 ᄒᆞ고 희펑이서
욕보던 말과 ᄯᅩ 염왕과 수즉 ᄒᆞ던 말을 낫〃치 엿ᄌᆞ오되 부인니
일히일비ᄒᆞ옵을 니기지 못하더라 정숙부인니 시비로 ᄒᆞ여곰
정승상 긧치하 왈 죄인이 은희난 은희로 갑사과 삼색연분으로
말니 밧긔 가닉이 자식으로 근고하시다가 영화로 도라오시니
그은히 망극ᄒᆞ오나 잠창 무어슬 갑스으리잇가 조고만ㅁㅁ

P.56

기로 몸소 나가 보지 못ᄒ오니 도로혀 이 달건니와 □□이ᄒ여
다 ᄒ오니 더옥 감격하여 이달ᄒ거날 정싱니 듯기을 다ᄒ리
답전 왈 니난 다 유시 빅옥감천 절괴와 철석갓탄 절긔로 회싱ᄒ
옵고 쏘흔 싱도 그 덕을 십스와 영화로소라온 니 엇지 싱이
공니라 하리요 이적이 딕연을 빅설ᄒ연 일□기다가 보던 수령
을 다 전송ᄒ고 정승상은 본가로 도라가고 이승상은 면저 횡성
이 올나가 도로무연 □유시로 더부러 츄후ᄒ여 오니라 ᄒ고
써나니 □□다달나 □□긔 뵈온딕 왕니 승상이 손을 줍 □□가
라사딕 절도 공혼니 되오며 엇지 짐이 좌우송은 □□

P.57

닷 하여 절〃긔 탄ᄒ더니 천만여외 다시 보온니 인졔난 짐이
그 공을 어던닷 흔지라 엇지 깃분을 침양하리요 ᄒ고 어쥬상을
친이 권ᄒ신니 승상니 복쥬왈 사려ᄒ여 왈 소신은 본딕 척초지
공도 업시 덕틱니 지즁하여 조정은은 만분지 일도 갑사오미
업사오니 불싱 황공ᄒ여니라 상니 쏘 가라사딕 경은 심복 지닌
이요 쥬셕지친니라 짐은 나히 만고 틱즛난 나히 어리이 부딕
정셩을 다 ᄒ여 나라을 도으라 경이 것처할 곳을 미리 별궁
삼빅 간과 노비 일천명과 전답 오빅수락 상급ᄒ도다 ᄒ시고
유시 절힝을 시혀

다한 설화을 종일 수죽하시다가 □□가라사듸 승상니 월노이
굿차하여 심여여이 뇌 □□것시니 물너나가 쉬라 하신듸 승상
니 사은ᄒ고 상급ᄒ신 별궁으로 도라오신인 궁실니 웅즁함과
그 이타ᄒ고 변빅니 비할듸 업더라 두로 살보니 정열문니 잇시
되 단청니 영농하거날 자서니 살펴본니 하여시되 좌승상니 츈
민지쳐 유시 정열문나라 하엿신니 이난 황상 친필노 지간한
비라 승상 부처 성은을 못닉 사려ᄒ고 각〃처소로 도라간니라
북편이 현문궁은 정숙왕비 양시 드리시고 동편이 츈정궁은 유
시 못친니 드려

시고 션편이 츄열궁은 정열부인 유시 드려신이 삼부인 분처하
신 후이 그 가온듸 흥양각은 승상니 거처ᄒ시고 그 겻틱 정이당
은 빈긱을 연접ᄒ시난 집비요 또남편으로 쥬죽당은 승상 정스
ᄒ 집니요 그 압이 영월뉴가 잇신니 풍청월빅 지시이 소창ᄒ난
집니요 또 그 겻틱 잉벽정니 잇기되 또 목욕한난 집니요 좌우
일빅옵간은 노비 각〃 들기ᄒ고 또 저 편이 일빅 간은 금은보화
장치하난 집니요 또 일빅 간은 각 읍 전봉 밧난 고니요 그 장함
도 장할시고 부듸 □□□ 업다 요지 일월 수지 건곤니라 □□

유시 모여와 노비로 서로 길거하여 틱평을 시월을 보닉런니

시상니 ㅁㅁㅁ모친과 유시 모친니 연만 팔십이 차〃 별시한니
승상 부〃 이통하며 삼연 초토을 극진니 지닌 후이 오남 일여을
두어시되 각〃 벼살하여 부귀영화 일국이 지일니라 그 후 시월
니 여류ㅎ여 승상 부〃 한날 한시이 별시한이 오남일여 이통ㅎ
고 선산이 안장하더라 ㅈ손 복녹과 영화부귀가 되〃 불핍절히
여 고관되작니 편만조정ㅎ고 빅ㅈ천손 만되 유전하더라

-끝-

■ 〈김광순 소장 필사본 고소설 100선〉 간행 ■

□ 제1차 역주자 및 작품 (14편)

직위	역주자	소속	학위	작품
책임연구원	김광순	경북대학교	문학박사	진성운전
연구원	김동협	동국대학교	문학박사	왕낭전 · 황월선전
연구원	정병호	경북대학교	문학박사	서옥설 · 명배신전
연구원	신태수	영남대학교	문학박사	남계연담
연구원	권영호	영남대학교	문학박사	윤선옥전 · 춘매전 · 취연전
연구원	강영숙	경북대학교	문학박사	수륙문답 · 주봉전
연구원	백운용	경북대학교	박사수료	강릉추월전
연구원	박진아	경북대학교	박사수료	송부인전 · 금방울전

□ 제2차 역주자 및 작품 (15편)

직위	역주자	소속	학위	작품
책임연구원	김광순	경북대학교	문학박사	숙영낭자전 · 홍백화전
연구원	김동협	동국대학교	문학박사	사대기
연구원	정병호	경북대학교	문학박사	임진록 · 유생전 · 승호상송기
연구원	신태수	영남대학교	문학박사	이태경전 · 양추밀전
연구원	권영호	경북대학교	문학박사	낙성비룡
연구원	강영숙	경북대학교	문학박사	권익중실기 · 두껍전
연구원	백운용	경북대학교	박사수료	조한림전 · 서해무릉기
연구원	박진아	경북대학교	박사수료	설낭자전 · 김인향전

□ 제3차 역주자 및 작품 (11편)

직위	역주자	소속	학위	작품
책임연구원	김광순	경북대학교	문학박사	월봉기록
연구원	김동협	동국대학교	문학박사	천군기
연구원	정병호	경북대학교	문학박사	사씨남정기
연구원	신태수	영남대학교	문학박사	어룡전 · 사명당행록
연구원	권영호	경북대학교	문학박사	꿩의자치가 · 박부인전
연구원	강영숙	경북대학교	문학박사	정진사전 · 안락국전
연구원	백운용	경북대학교	박사수료	이대봉전
연구원	박진아	경북대학교	박사수료	최현전

□ 제4차 역주자 및 작품 (12편)

직위	역주자	소속	학위	작품
책임연구원	김광순	경북대학교	문학박사	춘향전
연구원	김동협	동국대학교	문학박사	옥황기
연구원	정병호	경북대학교	문학박사	구운몽(상)
연구원	신태수	영남대학교	문학박사	임호은전
연구원	권영호	경북대학교	문학박사	소학사전 · 홍보전
연구원	강영숙	경북대학교	문학박사	곽해룡전 · 유씨전
연구원	백운용	경북대학교	박사수료	옥단춘전 · 장풍운전
연구원	박진아	경북대학교	박사수료	미인도 · 길동